ジャン＝クリストフ・ビュイッソン
Jean-Christophe Buisson
神田順子／田辺希久子／村上尚子 訳
Junko Kanda　Kikuko Tanabe　Naoko Murakami

ASSASSINÉS

暗殺が変えた世界史 上

カエサルから
フランツ＝
フェルディナントまで

原書房

暗殺が変えた世界史・上

カエサルからフランツ＝フェルディナントまで

◆目次

暗殺が変えた世界史◆下・目次

わたしに歴史と物語の面白さを教えてくれた亡き父（二〇一二年二月没）
および
物語を他者に伝えたいとの思いを育んでくれた
故ピエール・シェンデルフェル（二〇一二年三月没）に捧ぐ

まえがき

殺された指導者、国家元首たち

不特定多数の殺傷を狙うテロが起き、政治指導者、なかでも世界を支配する大国の指導者たちが厳重に警備されているいま、国家の頂点に立っていた男女の暗殺をふりかえることに現代的意義があると確信して筆をとるのは、いささか無謀な試みだ。たしかに、二〇〇二年七月一四日にマキシム・ブリュヌリがフランス大統領ジャック・シラク暗殺を狙って起こしたお粗末な未遂事件を、柄《つか》が赤と黒の短刀をふりかざしたイタリア人アナーキスト、カゼリオによる第五代フランス大統領サディ・カルノーの暗殺（一八九四年）や、白軍出身のロシア人ゴルグロフの自動拳銃から放たれた三発の弾で第一四代フランス大統領ポール・ドゥメールが殺された事件（一九三二年）と比較することはできない。アフガニスタンのタリバンがインターネットで発したイギリスのウィリアム王子殺害予告と、一九世紀の終わりから二〇世紀のはじまりにかけて欧州やアメリカの国家元首の命を奪った劇的な犯罪とのあいだには懸隔《けんかく》がある。[1] とはいえ、世界各地からとどくニュースに注意深く耳を傾けると、国家元首の暗殺は現代でも政治の世界に影を落とす脅威であることがわかる。

わたしがこの序文を書いているいま、この脅威が現実であることを示す出来事は、この一週間だけでも一〇を超す。モーリタニアでは、モハメド・ウルド・アブデル・アズィーズ大統領が、自国の軍隊の兵士により機関銃を「誤射」された。大統領が乗っていた覆面公用車が、軍の警戒線で停止することを拒否したあとの出来事であった。レバノンでは、情報局トップのウィサム・アルハッサンが、二〇〇五年に起きたラフィク・ハリリ首相暗殺を思い出させる爆弾テロによって殺された（どちらの暗殺も、シリアのバシャール・アル＝アサド政権が命じたものと思われる）。ポーランドでは、ソヴィエトによるカチンの森の虐殺（一九四〇年）の犠牲者追悼式に出席するために搭乗していた飛行機が墜落してレフ・カチンスキ大統領が事故死してから二年をへて、飛行機の残骸から微量のニトログリセリンが検出されたとの報告書が発表され、ロシアによるテロ説が勢いよく再燃している。ギニアビサウでは、三年前にジョアン・ベルナルド・ヴィエイラ大統領を暗殺した反乱部隊の隊長によるクーデターが正規軍によって鎮圧された。グルジア〔現ジョージア〕では、近々行なわれる議会選挙での苦戦が予想されているミヘイル・サアカシュヴィリ大統領が、「二〇〇八年の南オセチア戦争以来、ロシア政府がわたしの首に懸賞金をかけている証拠がみつかった」と主張している。ベナン共和国の首都ポルト＝ノーヴォでは、トマ・ボニ・ヤイ大統領を訪問先のブリュッセルで毒殺しようとしたとの容疑で、商務大臣、大統領の姪および侍医の逮捕を共和国検事が命じた。カダフィ大佐のリンチと殺害からちょうど一年後、フランスやアメリカやリビアの数多くの新聞雑誌が、大佐の死の正確な状況について疑問を呈している（フランスの特殊部隊がなんらかの形で関与したのではないか？）。キューバでは、共産党の新聞「グランマ」が、死にかけているといわれていたフィデル・カストロの近影を朝刊に掲載し、カストロが一九五九年に権力の座について以来、アメリカ政府は彼を亡き者にしようと何十回も試みた、と指摘した。コンゴでは、同国を訪問したフランス大統領フランソワ・オランドが、ジョゼフ・カビラ大統領の出迎えを受けた。彼の父親、ロラン＝デジレ・カビラ大統領は二〇〇一年にボディガードによって暗殺されている。ラマラでは、パレスティナ自治政府大統領であった故ヤーセル・アラファートの遺体を掘り返そうとしている。毒殺されたのかどうか調べるためだ（アルジャジーラが放映したドキュメンタリーによると、彼が死んだときに着ていた服からポロニウムの痕跡が検出されている）。大統領選挙戦たけなわのアメリカでは、バラク・オバマは一日に約三通の「深刻で信憑性の高い」脅迫を受けている、と大統領警護機関が発表している…

　このようにダモクレスの剣が頭上でゆれている日々を、政治家たち――国家元首であろうとなかろうと――はどのように生きているのだろうか？　ときどきは暗殺の危険について考えるのだろうか？　しばしば？　それとも四六時《しろくじ》中《ちゅう》だろうか？　恐怖を覚えているのだろうか？　むしろ、暗殺の標的であることに誇りをいだいているのだろうか？　彼らにとって暗殺で死を迎えることは、自殺した、もしくは悲劇的な最期を迎えた小説家や詩人（ニミエ、ドリュ・ラ・ロシェル、ガルシア・ロルカ、三島由紀夫、アポリネール…）の場合と同じような不死の名声を、どの程度保証してくれるのだろうか？　一九九六年一二月、わたしはフィガロ・マガジンに記事を書くために、スロボダン・ミロシェヴィッチの強権政治に対して毎日のように異議を唱えているセルビア民主勢力の指導者三人のうちの一人、ゾラン・ジンジッチをインタビューした。哲学を学び、ドイツでユルゲン・ハーバーマスに師事したジンジッチは、自分の命が狙われていることは承知している――反体制派の「事故死による」

排除は、ユーゴスラヴィアの共産党体制の得意技の一つであった――が、そのことを自分がおそれるべきか望むべきかわからない、と答えてくれた。ジンジッチによると、反対派の暗殺のような大事件が起きないかぎり、セルビア人は悪夢から目覚めて、国粋的な共産主義や軍国主義のデーモンをふりはらうことはできないからだ。ジンジッチはこのとき、作家イヴォ・アンドリッチのある短編小説について話してくれた。この本の主人公は、好ましくない感情ではあるが、憎しみや怒りは希望の誕生を可能とするには必要だ、と主張している。憎しみは力をあたえるから、怒りは行動をうながすからだ。わたしはジンジッチの答えは少々威勢がよすぎて大仰《おおぎょう》だとの感想をいだいた。この感想は、二〇〇二年一〇月にミロシェヴィッチが退陣したことでさらに強まった（ベオグラードに滞在していたわたしは、民衆による小規模な反乱によって体制が平和裡《へいわり》にくつがえるのを目撃していた）。それも二〇〇三年三月一二日までのことだった。この日、民主国家となってもポストコミュニズムの泥沼からまだ抜け出していないセルビアの首相となり、改革を推進して欧州への接近をはかっていたゾラン・ジンジッチは、スナイパーが放った一発の弾で心臓を打ちぬかれて死んだ。犯人は、ズヴェズダン・ヨヴァノヴィッチという名の警察官だった。おそらくは、ミロシェヴィッチ前大統領とかかわりがある組織犯罪集団に金で雇われたのだろう。まさにこの暗殺が、ミロシェヴィッチの政治生命に引導《いんどう》を渡し、セルビア国民を覚醒させるのに強い力を発揮した。分離主義過激派組織ＥＴＡ（バスク祖国と自由）に反対するバスクの民衆による大規模なデモさながらに、何十万人ものセルビア人がジンジッチの棺の前に集まり、いまだにセルビアにはびこり、セルビアがいつの日か欧州連合に加盟するチャンスを潰《つぶ》している暴力を終わらせよう、と誓った。

わたしがこの本を書こうと思ったのは、やがて国家元首となり暗殺される運命にあったジンジッチとの出会いを回想してのことだった。そして、後にも先にもこれ一度きりであるが、カール・マルクスが正しくて、リベラルであったイギリス首相ベンジャミン・ディズレーリがまちがっていると示すためでもある。マルクスは「暴力は歴史の産婆である」とみなしていた。これは事実である。進歩を信じ、人間には善良な本性がそなわっているとの前提に立ち、幸福を追求するおめでたい歴史哲学を奉じ、視界狭窄におちいった民主主義的思考を宣伝してまわる人々は気に入らないかもしれないが。暴君――暴君と決めつけられている者であれ、本物の暴君であれ――が無力化されるのは、ほかでもない暴力によってである。選挙によってではない。ましてや、国連の演壇における無力なよびかけによってでも、地球上の各地（ヒトラー時代のベルリン、スターリン時代のモスクワ、そして現代のダマスカス、北京、平壌、ハバナ、テヘラン、ハボローネ、ミンスク、グロズヌイ）で人権が尊重されることを求める新聞雑誌の記事によってでもない。

ディズレーリは、一八六五年四月のリンカン大統領暗殺を受けて、「世界の歴史を変えた暗殺など一つもない」という根拠にとぼしい発言を口にした。歴史を探れば、これに対する反証はいくらでも見つかる。

マルクスの説を具体的な例をあげて援護し、ディズレーリに反論するため、わたしは男女一五人の暗殺を語ることにした。だが、なぜカリグラではなくカエサルを選んだのか？　なぜアンリ四世ではなくアンリ三世を選んだのか？　スウェーデン王グスタフ三世、ユーゴスラヴィア国王アレクサンダル一世、ペルシアのクセルクセス一世、ジョン・F・ケネディ、アイルランドのマイケル・コリンズ、教皇クレメンス二世、マリー＝アントワネット、ラムセス三世、ズールーの初代国王シャカ、イラク国王ファイサル二世、ベーナズィール・ブットー、バシール・ジェマイエル、イングランド国王ヘンリー六世、ヴァルター・ラーテナウ、イツハク・ラビンをとりあげないのか？　ハプスブルク家から三人、ロマノフ家から二人選んだのに、ブルボン王家から一人も選んでいない理由は？　なぜ女性は二人だけで、ヨーロッパ人が多数を占める人選となったのか？　以上の疑問はすべてもっともである。だが歴史は精密な科学とは違う。世界の様相を大きく変えた暗殺、もっとも劇的な暗殺、多くの人々の記憶にもっとも深くきざまれた暗殺に限定する、という基準を適用しようと試みたが、むりであった。時代や国や性別などの面で完璧なバランスを志すことは、解のない方程式であった。わたしはそこで、あらゆるタイプの暗殺を網羅し、同時にきわめて多様な状況を紹介しようと努めた。ただし、いくつかの共通項をもたせることにも配慮した。一見したところ、一五八九年にアンリ三世に短刀をつき刺して死傷を負わせたドミニコ会修道士ジャック・クレマンと、一九八一年の軍事パレードでサダト大統領に機関銃の弾を浴びせたイスラム主義者のエジプト人たちのあいだにはなんの関連もない。しかし、二つの暗殺の実行犯は同じ熱情を共有している。古代より、少数の例外（精神障害者や個人的な復讐心をいだく者による暗殺。たとえば、スペンサー・パーシヴァル首相は、自分が破産したのは首相のせいだと思いこんだ両替商に殺された。また、「だれもが一五分間は世界的な有名人になれる、そんな時代が来るだろう」と述べたアンディ・ウォーホールの言葉どおりに、誇大妄想的な思いに駆られた者による暗殺も例外的にある。「やつらは俺を毒ガスで殺すことはできるかもしれないが、俺はいまや有名人だ。ロバート・ケネディには一生かかったことを、俺は一日で達成したのだ」と述べた、サーハン・ベジャラ・サーハンによるロバート・ケネディ暗殺のように）をのぞき、国家元首の暗殺者たちに武器をとらせるのは同じ動機である。不当で罪深いと自分たちが考える体制——憎むべき人物が体現している体制だ——を終わらせる、という動機にほかならない。

時代や国や状況により、「悪からの解放」と称する殺人の大義は、共和政、聖十字架、アッラー、革命、国王、国家などさまざまだ。だが、暗殺者たちはつねに「これは、正義のための闘いだ」と確信している。Assassin［アササン、暗殺者を意味するフランス語］の語源となったイスラム教イスマーイール派のおそるべきハッシャーシーン教団が、十字軍のキリスト教徒やスンナ派イスラム教徒を殺したのは、彼らの指導者ハサン・サッバーフの哲学および宗教の教えにしたがってのことだった。「山の長老」とよばれたハサン・サッバーフは、要人を選んでの殺害という概念を理論化した。中世とルネサンスの暴君殺害者たちは、スコラ派哲学者ジョン・オヴ・ソールスベリー（「暴君と君子のあいだには、微妙だが根本的な違いがある。後者は法を遵守する」）、神学者の聖トマス・アクィナス（「義人の義務は、暴君に対抗することである」）、リベラル政治の父であるイギリスのジョン・ロック（「権利なくして力を行使する者はいずれも、その力の行使によって圧迫される者と戦争状態に入ることになる（…）万人は自衛して攻撃者に抵抗する権利をもつ」）をよりどころとした。フランス革命はその恐怖政治によって「国内の敵」の殺害を日常茶飯事としたが、徳（サンジュストはこれを「ヨーロッパではこれまでになかった新しい考え」とよんだ）の名においてこれを正当化した。政治的な動機にもとづく暗殺の黄金時代であった一九世紀については、無政府主義と社会主義の台頭と民族主義的な国民感情の高まりのほかに、ドイツ・ロマン主義の影響を無視することはできない。ハプスブルク家の代理である代官に対するスイス農民の反乱（一四世紀）を韻文で描いた戯曲『ウィリアム・テル』のなかで、作者シラーは自然権をもちだして殺人を明白に正当化している。「いや、暴政には限界がある！　虐げられた者がどこに行っても正義を得ることができないとき、重荷が耐えがたくなったとき、彼は疑いの心をもたずに天に両手を差しのべ、天にきざまれた、だれも彼から奪うことができず、星々のようにいつまでも変わらない永遠の権利を引きよせる。すると、かつての自然状態が復活し、人は人に立ち向かい、すべての手段が無効だとわかったとき、剣のみに頼ることになる」。戯曲の終わりで、テルの弓矢による代官ゲスラーの殺害は、オーストリアの圧政に対するスイス各州の反乱の引き金となり、スイス独立の下地となる。イタリアの炭焼党（カルボナリ）、ロシアのポピュリスト運動、一八四八年のハンガリー蜂起、イギリス政府に対するアイルランドの反乱に参加した者たちは、『ウィリアム・テル』のこの結末を覚えていたにちがいない…

歴史研究者にのしかかる最悪の危険は、時代錯誤的に事実を判断することだ。今日のわれわれは、最後のロシア皇帝一家の処刑はロシア帝政よりも千倍も凶悪な体制の誕生をうながしたことを知っている。現代のわたしたちは、ＣＩＡによるゴ・ディン・ジエム暗殺はアメリカ化され腐敗した南ベトナムの改革を促進しなかったばかりか、戦争プロセスの歯止めにもならず、インドシナ半島全体に共産主義体制が敷かれるのを防ぐのにも役立たなかった、と知っている。現代のわたしたちは、多くの暗殺は実行犯の意図とはまったく逆の結果をもたらしたことを知っている。カエサル殺害は共和政ローマの救済につながらなかった（それどころか、共和政の失墜を早めた！）し、シク教徒の警護警官によるインディラ・ガンジー暗殺はインドの分裂をもたらさず（それどころか、国としてのインドの一体化が進んだ）、エンゲルベルト・ドルフース首相を殺害してもオーストリア・ナチが政権をとることはできなかったし、アレクサンドル二世の死によってロシア農民の置かれている状況が改善されることも体制がよりリベラルになることもなかった（息子で後継者であるアレクサンドル三世は、農奴を解放した父親が取り組んでいた民主化政策を葬りさった）。とはいえ、暗殺実行時に犯人たちがこうした歴史的事実とは逆の効果が得られると心から信じていたことを疑うわけにはいかない。

わたしは歴史を学んだが、現在の職業はジャーナリストである。本著は歴史の本であるが、それよりもなによりも、いくつもの物語で構成された本である。わたしは一五の殺人を選び、悲劇的な出来事に先立つ数か月、数週間、数日、数時間、そして数秒を可能なかぎり正確に物語りたい、と思った。わたしは多くのケースにおいて、殺害犯と犠牲者が不吉な対面にいたるまでにたどった運命を並行して描いているが、時としては、ある種の善悪二元論や犠牲者に対する共感ゆえに歴史の地下牢に押しこまれた暗殺者の来歴にあえて多くの字数をさいている。なお、過去の犠牲者への共感は、「暴力は人間と切っても切り離せないものであり、民主政もふくめたあらゆる政治体制の良好な機能に暴力は必要である」という事実を認めようとしない現代社会に特有の現象である。ホッブスが言うように「人は人に対して狼」であり、歴史はその本質からいって悲劇なのだ。『ローマ帝国衰亡史』の著者エドワード・ギボンの有名な言葉、「殺人は卑怯者にとって最後の手段である」は残念きわまりない影響をあたえ、その大きさははかりしれない。シシィとインディラ・ガンジーは悲劇的な最期ゆえにアイコンに祀《まつ》りあげられたが、殺した者たちの名前を知っている現代人は皆無に等しい。

また、本著でもっとも多くのページをさいたフランツ＝フェルディナント大公暗殺（サラエヴォ、一九一四年）の章においてわたしは、エルンスト・ノルテが「欧州の内戦」とよんだ第一次世界大戦のきっかけとなったこの暗殺を実行した犯人たちの育ちや人生にせまってみた。大セルビアを夢見ていた小物テロリストであり、暗殺に成功したのは運がよかっただけ、と軽蔑をこめて紹介されることが多い七人の若者（そのうちの五人は未成年で、一人はイスラム教徒であったことを知っている人はいるだろうか？）は、断固たる民族主義者というよりも、占領者であるオーストリアをボスニアから駆逐し、セルビア人、クロアチア人、ユダヤ人、イスラム教徒を圧迫している「植民地主義的」体制を終わらせることを願っていた青少年であった。彼らの半数は革命的社会主義者であり、アレクサンドル二世の殺害者たちと同じ本を読んでいたし、彼らのリーダーはレフ・トロツキーの友人であった。教科書が検証する手間をかけることなく伝えているイメージとはだいぶ異なるのだ。ただし、誤解しないでいただきたい。わたしは彼らに特別な好意をいだいているわけではない。歴史研究家のリュシアン・フェーヴルが奨《すす》めているように、描こうと思う人物の心理を理解するために、ある程度彼らによりそう努力をはらったにすぎない。対象となる人物が演じた役割が悪であろうとも。

この本からなんらかの政治的教訓を引き出そうとすることは不適切だ。ましてや、道徳的教訓などとんでもない。わたしがなにか言えるとしたら、純粋に政治的な動機で――体制を転覆させて可能であれば権力を奪取するとの意図をいだいて――国家元首を暗殺していた時代は遠くすぎさった、との感想のみだ。この分野においても、ほかのすべての分野と同様に、イメージが大きな価値をもつ現代社会にはつきものの知名度獲得の陶酔が、暗殺者の態度とメンタリティーをすっかり変えてしまった。劇場型社会の申し子である劇場型暗殺は、以前と同じように社会の頂点をきわめた人物を標的にするが、注目されて有名になることを暗殺そのものと同程度に狙っている。ゆえに、何世紀ものあいだ実行されてきた個別テロは、政治的効果の観点から、盲目的な大量殺害テロに置き換えられた。ワールドトレードセンターのタワーを攻撃したオサマ・ビン・ラディンは、ジョン・F・ケネディを殺したリー・ハーヴェイ・オズワルドよりも大きな衝撃を人々にあたえ、世界の様相を変えることができた。これは確かだ。わたしたちの記憶には、インディラ・ガンジーや二〇〇一年のネパール国王夫妻の殺害よりも、サダトやチャウシェスク夫妻の殺害のほうがはっきりときざまれている。どちらも同じように「劇的」であったが、後者は「テレビで観た」からである。

本著執筆のために、テレビカメラが入ってこないアーカイブの記録（フランスでは未刊行の記録もあった）を探り、プルタルコスからオーランド・ファイジスにいたるまでの歴史研究者や、ジョン・リードにはじまりティム・ワイナーにいたるまでのジャーナリストが執筆した本を何百冊も読んだわたしは、時代も大陸も状況も異なるが暗殺には特異な共通点がある、との奇妙な印象をいだいた。わたしがとりあげる暗殺のほぼすべては、身近な人間の裏切り（カエサル、チャウシェスク、ジエム…）、または、無能で状況に対応できない、もしくは凡庸な護衛や諜報機関の失態（アンリ三世、リンカン、フランツ＝フェルディナント…）があってこそ、成功したのである。当然ながら、インディラ・ガンジーのケースにおけるように、裏切りと身辺警護の失態が重なることはある。また、国家の偉大な要人たちの死にぎわがいかにみごとであるかは驚くばかりだ。世界の覇者たるローマのインペラトルであれ、民族主義者のオーストリア首相であれ、第三世界のリーダーであるアフリカ人であれ、臨終の苦しみやいまわの際において彼らが示した威厳や勇気はただただ驚異的だ。トマス・ド・クインシーは殺人を「芸術の一分野」とみなしたが、被害者の「死にぎわ」も一つの芸術である。

最後になるが、わたしがとりあげた国家元首やそれに近い者たちの全員は一人残らず、自分は近いうちに悲劇的な最期を迎える、との確信を表明していたことを指摘しないわけにはゆかない。悲嘆にくれる場合もたまにはあるが、多くはおそれと（本物の、もしくはいつわりの）無関心が混じった態度を見せていた。待ちきれないという気持ちや誇らしさをうかがわせる態度を見せる者さえいた。世界や歴史は自分のことを、生者としてよりも偉大な死者として記憶するだろう、と予感しているかのように。

おそらくはこれこそが、ゾラン・ジンジッチがベオグラードでわたしに伝えようとしたことなのだろう。彼が暗殺される六年三か月前にあたる、一九九六年一二月の雪が降る日に。

パリにて、二〇一二年一一月五日

原注

1　当時、サディ・カルノーにくわえて、ロシア皇帝アレクサンドル二世、アメリカ大統領ウィリアム・マッキンリー、ポルトガル国王カルロス一世、オーストリア皇后エリーザベト（シシィ）、イタリア国王ウンベルト一世、スペイン首相アントニオ・カノバス・デル・カスティーリョなどが暗殺されている。

1 ユリウス・カエサル
ローマ、紀元前四四年三月一五日

腹心の裏切り

紀元前四五年一〇月

「カエサルは王政に恋している」。夏以降、ローマの灰色の壁は、政治スローガンのような文言で花盛りだった。五〇〇年ほど前に共和政が宣言されたローマだったが、約二〇年前にガイウス・ユリウス・カエサルが最高神祇官に選ばれて以来、ローマ市民のあいだで自分たちは君主制のもとに暮らしている、との思いがしだいに強まっていた。ライバル関係にあった執政官ポンペイウスとその一派を倒すための長い戦役から戻ったカエサルが暮らす豪邸の近くでは、より意図が鮮明な落書きがみられ、ローマ市民の目と心に強い印象をあたえた。前五〇九年にローマ最後の王であったタルクイニウス・スペルブスを追放し、王政を廃したルキウス・ユニウス・ブルトゥスのブロンズ像の台座の四面には、次のような言葉がきざまれていたのだ。

「ブルトゥス、あなたが今いらしたらどんなにいいことか！」

「ブルトゥスが生きておられたら！」

「ブルトゥス、おまえは眠っているのか？」

「おまえは本物のブルトゥスではない」


こうした文言は、マルクス・ユニウス・ブルトゥスに対する直接的もしくは間接的なよびかけだった。マルクス・ユニウス・ブルトゥスは、カエサルの不倶戴天《ふぐたいてん》の敵であったマルクス・ポルキウス・カト・ウティケンシス［ウティカのカト］の異母姉セルウィリアの息子であったが、カエサルからたいそうかわいがられていたので、カエサルが（一六歳のときに！）セルウィリアに産ませた子どもではないか、と噂されていた。彼は、ローマの王政を終わらせた上記ルキウス・ユニウス・ブルトゥスの遠い子孫であったが、カエサルに悪意をいだいているようすは少しもなく、それどころか、その熱意と忠勤ぶりでカエサルから高くかわれていた。カエサルはブルトゥスを先ごろ法務官に任命し、内政にかんしてしばしば意見を求めている。カエサルは知られているかぎりブルトゥスを一度だけ批判したが、それとて半《なか》ば誉め言葉であった。「ブルトゥスはあいかわらず自分が何を望んでいるのかわかっていないが、なんであれ熱烈に求めている」

カエサル自身も、王政復古を望んでいる、とローマ市民の一部から疑われていることを承知していた。疑われないほうがおかしい。最高権力者となって以来、制度改革を実行するにあたって、共和政主義者にしてはあいまいな挙動が多々あり、君主の象徴をみずからに付与しているように思われた。

たとえば、自分の横顔がきざまれたコインを鋳造させた。軍隊の指揮権と外交政策の権限を元老院からとりあげて、独占している。自分の像をきざませて、ローマの昔の王たちの像とならべて設置させた。元老院では黄金の椅子に座って議長をつとめ、だれよりも先に発言することができる。ほかの人間には禁止されているのに、ローマ市内で臥輿《がよ》に担《かつ》がれて外出している。共和政に仕《つか》え、共和政を体現しているはずなのに、この政治体制をばかにした発言が増えている（「共和政とは、空しい言葉だ」、「独裁官の座にとどまらなかったスッラは、読み書きができない人間よりましだったとはいえない」）。

　紀元前四五年の秋、インペラトル[1]、執政官、世界の覇者（とよんでもほぼまちがいなかった）、謙虚をよそおうこともない野心家であるユリウス・カエサル――自分をアレクサンドロス大王と比較して、「自分はまだまだ足元にもおよばない」と言って泣いた、というエピソードが伝わっていた…――は、「王」のタイトルをくわえることで、自分が手にした肩書のリストを完成させようとしている、と思われた。だが、この計画を実行するには好機を選ばねばならない。ああいった壁の落書きや、毎日のように報告が上がってくる陰謀の噂（これは昨日、今日はじまったことではないが）を勘案し、カエサルは慎重になった。ローマは君主制を受け入れる用意ができていない。カエサルは頭のよい男だった。きわめて頭がよかった。約一年間もローマを留守にしていたこともあり、疑いを晴らすためには自分がいかに共和政を重視しているかを示さねばならぬ、とカエサルは思った。

紀元前四四年一月

　この日、ローマ郊外で行なわれたユピテル神の祭りから戻ったカエサルは、市民の大歓迎を受けた。

チャンスも女も自分のものにするのがうまいとの評判をとり、「禿《はげ》の女たらし」（スエトニウス）とよばれたカエサルは、花や熱っぽい眼差《まなざ》しを自分に投げる人々の喉から出る叫び声にことのほか満足した。カエサルはおべっか使いたちからお追従を言われることも、美男子とはいえない自分——左右非対称の顔、丸みのある頭、意志が強そうな顎、太い首、とがった顎先——がまだまだ女性に好かれると感じることも、同じくらいに気に入っていた。怒ったときに落とす雷のすさまじさは伝説的だったし、相手を威圧しようとするときには露骨に不機嫌な態度をとるカエサルだったが、それは彼の性格の一面にすぎなかった。前代未聞の寛仁大度《かんじんだいど》を示すこともあるカエサルは、センチメンタルな照れ屋でもあった。そうした本性が英雄の鎧《よろい》をつき破って現れることがあるのだが、知っているのは歴代の妻たち（コッスティア、コルネリア、ポンペイア・スッラ、カルプルニア）や愛人たち（数ある愛人のうちでもっとも有名な女性をあげると、ブルトゥスの母親であるセルウィリア、マウレタニア王妃のエウノエ、そして忘れてはならないクレオパトラ七世）だけであった。

道の両側につめかけた群衆はやんや、やんやとカエサルに喝采を浴びせ、五五歳にして栄《は》えあるローマの名をアジアやアフリカの辺境にまで轟かせた英雄を慕う気持ちを表明した。数日前に五回目の凱旋（ヒスパニアに潜伏したポンペイウス残党を打ち負かしたムンダの勝利）を挙行したときと同じ熱気が感じられた。栄光をたたえて建立された自身の立像の前をカエサルが通ったとき、カエサルが気づかぬままに（気づかぬふりをしていたのかもしれない）、一人の男が像の頭に王の権威を象徴するリボンを巻いた。崇敬の気持ちが昂《たかぶ》ったあまりの行為であったが、カエサルに同行していた二人の護民官、エピディウス・マルルスとケセティウス・フラウィウスの怒りをかった。二人は粗忽者《そこつもの》を逮捕して投獄するよう命じた。リボンはむしりとられ、地面にすてられ、足でふみつけられた。事のしだいを知ったカエサルは、これは大衆人気を保ちつつ、自分が共和政に忠実であることを示す好機だと確信し、元老院を招集した。すぐれた教師につき、またとない経験を積んで弁論術をマスターしたおそるべき雄弁家であるカエサルは、よく響く声を張り上げ、厳しい批判を展開した。「王冠を拒絶する気持ちを表明する機会をわたしから奪った」と護民官たちを非難したのち、「この騒ぎを陰であやつったのは彼らではないか」と糾弾した。護民官らの目的は、わたしを公衆の面前で貶《おとし》め、カエサルの権力に盾つくこともできる勇敢な人間という大役を演じることだ。そしてさわめつけは、かつて王だけに許されたリボンを民衆が捧げるのを黙認するわたしは王政への回帰を狙っている、と信じこませることである。見事な弁論に感服した元老院議員たちは立ち上がってカエサルに喝采をおくり、二人の護民官の追放を決議した。ただし、数名の議員はカエサルの巧みな詭弁《きべん》にだまされなかった。本人が何を言おうと、カエサルは王政復古を狙っている、共和政を葬りさろうとしている、と彼らは確信した。なんとしても阻止せねば、あらゆる手段を講じて。

それから数日後の一月一五日、カエサルは祝祭フェリアエ・ラティナエを主宰するためにアルバヌス山に出かけた。ローマ市内に戻ると、またも凱旋式さながらの歓迎を受けた。今回は、「王！　王！　王！」という声がはっきりとカエサルの耳にとどいた。カエサルは行列を止め、静粛を求め、最大限に冷厳な表情を浮かべて「わたしはカエサルであり、王ではない」と述べた。群衆は納得できないようすだった。一人の女性が「なぜ、王になることをこばむのですか？」と問いかけた。手練《てだ》れの政治家であるカエサルは、「わたしは民を大いに敬愛しており、民の求めに応じたいと思っているが、法を破って王となるよりも、法を遵守して執政官であることを選びたいと思う」と答えた。こうして彼はまたしても人々に強い印象をあたえ、時間を稼いだ。

紀元前四四年二月一四日

カエサルは終身独裁官となり、玉座まではあと一歩のところに到達した。

紀元前四四年二月一五日

この日に祝うルペルカリア祭では、ファウヌス神に犠牲を捧げたのちに、あらゆる年齢の男たちが体に油をぬり、山羊の毛皮の腰巻き一つの姿でパラティヌスの丘（初代王といわれるロムルスはここにローマを建国したと伝えられる）の周囲を革の鞭を手に駆けまわり、妊娠を助けるまじないとして、出会った女性をたたくのが慣わしであった。この年、第二執政官のマルクス・アントニウスが男たちの先頭に立った。まだ四〇歳にもなっていなかったアントニウスは筋骨たくましい裸身をさらけだし、ヘラクレスの子孫であるという彼にまつわる伝説が本当であるかを人々にじっくりと検証してもらった［キケロはアントニウスについて、剣闘士なみの肉体の持ち主、と述べている］。

この祭にともなう競技会がはじまると、一人の造営官がカエサルの足元に白いリボンを結んだ月桂冠を置いた。なにげない行為ではなかった。オリエントでは、これは王の権威を示すダイアデムであった。観客たちの反応は二つに分かれた。その月桂冠をカエサルの頭に置け、と彼の周囲にいる者たちに強く求める声もあがったが、怒りの声のほうが多かった。迷ったあげく、ある者がカエサルの頭に月桂冠をのせると、大半の観衆がたてる不満のうなり声はいっそう高まった。クラッススに仕え、クラッススの死後はポンペイウス側について内戦を戦ったが、カエサルに許されて要職についたガイウス・カッシウス・ロンギヌスは、月桂冠をカエサルの頭から膝に置き換えた。そのとき、油をぬった裸体に腰巻き一つという姿のアントニウスが突然現われ、月桂冠をカエサルの頭の上に置きなおした。カエサルは、これを脱いだ。するとアントニウスはふたたびカエサルの頭に月桂冠を戻した。カエサルは、不機嫌そうに荒々しい手つきで月桂冠を脱ぐと、今度は自分の足元に投げすて、「ローマの人々の王はユピテルただ一人だ。だから、わたしはこの月桂冠をユピテルに捧げる」と述べた。無念がる人々のため息は、歓呼の声でかき消された。アントニウスと謀《はか》った芝居であったのかどうかは不明だが、このエピソードによってカエサルは、自分は共和政を尊重している、とローマ市民に印象づけることに成功した。とはいえ、抑《おさ》えようのない蒐集癖（戦利品、宝石、見栄えのよい奴隷、美術品、女性）の持ち主として以前から有名であったカエサルにとって、王という肩書きをコレクションにくわえることは嬉しくないはずがない。それは確かだった。

紀元前四四年三月七日

ここは、パラティヌスの丘の麓《ふもと》、ウィア・サクラ〔古代ローマの大通り〕に面した最高神祇官の公邸レギア。カエサルの住まいである。ここから見えるカピトリヌスの丘の頂上は、暁《あかつき》の陽光を浴びていた。レギアにほぼ軒を接しているのはウェスタ神殿だ。聖火の守り手であるウェスタの巫女たちは、明け方の空気を引き裂く叫び声を聞いただろうか？　まちがいなく、聞いたことだろう。天の蒼穹《そうきゅう》を支えるアトラス神のごとく不動の姿勢を保ちつつも耳を澄ませてレギアの入り口を警護していた二人のケルト人も聞いたにちがいない。それでも巫女もケルト人も動かなかったのは、だれの叫び声であるかを知っていたからだ。カエサルはアレクサンドロス大王と同様に、ヒポクラテスが「神聖病」とよんでいた癲癇《てんかん》をわずらっていた。だが、この夜の発作の激しさと長さは尋常ではなかった。玉の汗が流れ、きつくくいしばった歯をとおして人間のものとは思われない叫び声がもれ、目はかっと見開かれ、歪んだ口の両端からは唾液が筋のようにたれ、全身は前代未聞の痙攣《けいれん》にゆさぶられていた。一五年前より、寝床はともかく生活をともにしていた妻カルプルニアも、このような発作は見たことがなく、急いで医師アンティスティウスをよんだ。アンティスティウスは、カエサルの副官シリウスの手を借りて、なんとかカエサルの体を押さえこみ、上下の歯のあいだに木製の箆《へら》を差しこむことに成功した。医師は次に、黒い液体を数滴、カエサルの口中に流し入れた。効き目はすぐさま現われた。痙攣はやみ、カルプルニアは夫の体を毛布でやさしくくるんだ。外では、公《おおやけ》の起床時間を告げるラッパの音が三回響いた。三月七日の朝であった。

発作から回復したカエサルはシリウスをしたがえて徒歩で外出した。カエサルよりほんのわずか年下で、だれよりもカエサルに忠実であったシリウスは、ほまれ高い第一〇軍団で百人隊長として二〇年間勤めた。カエサルのために文字どおりの意味で死ぬのを厭《いと》わない者を一人あげるとしたら、それは彼だった。いまや、カエサルの警護を正式に受けもっているのは彼一人だった。カエサルは数週間前、ヒスパニア人からなる自分専用の警備隊を用ずみにしていた。心配する妻には「専用の警備隊をもっているのは専制君主のみだ」と釈明し、カエサルが攻撃を受けた場合は体を張って守ることを全議員に義務づける元老院決議が通ったではないか、これ以上に頼りになる保護措置はない、とつけくわえた。

カエサルのこうした不用心ともよべる決定は、政治的な戦略や計算にもとづいていたのではなく、信念が命じるところに従っていた。カエサルは長年、周囲の人間と自分自身に、寛容こそが敵から身を守る最良の手段である、と証《あか》そうと努めていた。自分が寛大で好意的であれば、自分を攻撃する者などいないだろう、と思っていた。考えが甘すぎたのか？　誇大妄想だろうか？　無謀にも危険を楽しんでいたのだろうか？　カエサルの真意は不明だが、その行動は一貫していた。最高権力者に選ばれて以来、国民をあげての融和にたえず努めていた。若いころから内戦を経験し（社会階層間の争い、マリウスとスッラの争い、スッラが頭目となった閥族派とマリウスが率いる民衆派の争い、ポンペイウスとセルトリウスの争い、ポンペイウスとカエサル自身の争い…）、膨大な数の犠牲者を目にしたカエサルは、敵対する勢力間の和解をつねに優先してきた。ポンペイウスに勝ち、次いでポンペイウスの息子との戦いでも勝者となると、カエサルの融和政策はいっそう徹底された。これこそがローマの弱体化を避ける唯一の手段である、と考えていたからだ。人心をつかむには寛大であらねばならぬ、恐怖の次に希望をあたえなければ国をうまく統治することはできない、とみなしたからだ。それが彼の性格に合致していたからでもあった。戦場におけるカエサルは、恐怖とは無縁の完璧な戦士、獅子だった。戦場を離れたカエサルは、子羊とはよべなくとも、社会的および政治的な正義を心底から重んじる人間だった。富裕層を上手にあしらいながら貧しい人々を守るにはどうしたらよいか、と始《し》終《じゅう》考えていた。壮大で剛胆な政治アジェンダを練っていたのだ。

フォルム［公共広場］を行きかう人の数が増えてきた。カエサルとシリウスは、フォルムを見下ろすように堂々とそびえるカピトリヌスの丘を登った。いまのカエサルには、ほんの一時間前のきわめて重篤な癲癇《てんかん》の発作の名残りなど少しもなかった。彼がこの発作に、これからはじまる一日、もしくは一週間内に起こる凶事――自分の暗殺――の前兆を感じとっているようすも少しもなかった。カエサルは上半身をぴんと伸ばし、一片の迷いもない意思を感じさせる速い足どりでシリウスの前を歩いていた。頭はトガで包み隠していたが、視線は丘の頂上を見つめていた。仔牛を犠牲に捧げる儀式に招待されていたカエサルは、遅刻すれば、すでに集まっている元老院議員たちから「ローマの伝統を軽んじている新たな証拠」と解釈されかねない、とわかっていた。

カエサルとシリウスは、ユピテル神殿内に置かれたユピテル・オプティムス・マクシムス［最善最大のユピテル］の巨像の前に到達した。祭壇の足元では、斧を手にした下僕が待っていた。カエサルは仔牛を屠《ほふ》るよう命じた。仔牛の頭が床に転げ落ちると、その体は仰向《あおむ》けにされた。胸が開かれ、腸《ちょう》卜官《ぼくかん》がまだ温かい内臓のなかに手を差し入れて心臓を取り出そうとした。数秒後、腸卜官は青ざめ、窒息死するかと思われた。苛々《いらいら》したカエサルは「どうしたのか？」とたずねた。「心臓が見つからないのです。これはおそろしい前兆です」との答えが返ってきた。カエサルは、動顚《どうてん》した腸卜官を押しのけ、トゥニカの袖をまくり上げ、自身で仔牛の内臓を探った。カエサルは「［心臓は］脂肪におおわれていたうえ、通常よりも小さかっただけだ。この無能な男を追い出し、すべてを燃やしてしまえ」と言うと、大股《おおまた》で神殿をあとにした。シリウスも続いたが、心臓を見つけたのなら、なぜ引き出して一同に見せなかったのだろう、とカエサルの行動を訝《いぶか》った。頭上の空は夜さながらに暗くなった。だが、嵐となったのは二人がレギアに戻ってからだった。

紀元前四四年三月九日

カエサルの側近たちは心配になった。カエサルはふたたびオリエントに渡り、パルティアをたたくことを決めたが、その真意はなんだろう？　カエサルの体調は万全ではなかったし、ヒスパニアもシリアも完全に平定されたとはいいがたく、ローマ市内の居酒屋は陰謀の噂でもちきりだった…。とはいえ、カエサルの栄光はすべて、ローマの歴史的な国境の外――アフリカ、ガリア、ゲルマニア、オリエント――での戦勝に負っていることは事実だった。カエサルはまた、軍事的勝利がいかに政治権力を強化するかをだれよりも知っていた。彼がアジアで経験した唯一の遠征、すなわちポントゥスのミトリダテス六世の息子であるファルナケス二世との戦いは勝利で終わった（ほんの四時間で敵軍を粉砕したゼラの戦いののち、カエサルは元老院に「来た、見た、勝った」と報告した）。パルティアへの遠征も、同じように戦勝をもたらすだろうし、同じように短期間ですむだろう。シリア、アルメニア、アナトリアの同盟国も、支援を約束している。だが、カエサルのこの決定を胡散臭《うさんくさ》く思う人間は多くいた。「面倒なクレオパトラからのがれようとしているのだ」と言う者もいた。テヴェレ川の向こう岸の瀟洒《しょうしゃ》な邸宅に、幼い息子カエサリオンとともに暮らしている二六歳のエジプト女王は、「この子を認知することで、世界でもっとも強大な二つの王朝の合体をめざしてください」とカエサルに毎日のようにせがんでいた。「カエサリオンは、あなたにとって唯一の息子ではないですか」とせまって。だがカエサルは耳をかそうとしなかった。カエサルはクレオパトラを熱愛していたが、クレオパトラの要求がましさには手を焼いていた。逃げ出したくなるほどに？

その一方で、カエサルがパルティアを討つことにこれほどこだわっているのは、彼が王位につくことを望んでいる証拠の最《さい》たるものだ、と考える者たちもいた。アポロン神の巫女シビュラが「王のみがパルティアを征服することができる」と告げているではないか？　パルティアに勝利したら、「事実上、自分は王になった」とカエサルは考えるにちがいない。これで決まりだ。

以上の理屈だけが、この日の午後五時にマルクス・ユニウス・ブルトゥスの家に集まった陰謀家の小グループ（約一〇名）の背中を押した動機ではなかった。カエサル排除は、彼らのたくらみを支持する約二〇名の政治家たち（その筆頭は、弁護士および雄弁家として名声を博したが、政治家としては思うにまかせない命運をたどるキケロ）と共有する目的ではあったが、彼らの思惑は一つではなかった。

彼らのうちには、傷ついた者が多くいた。カエサルによる権力行使は、共和政を信奉する彼らの信念とぶつかり、カエサルの手法は彼らにとって不快きわまりなかった。シンボルが重要視されていたこの時代のローマにおいて、カエサルのふるまいのいくつかは許されるものではなかった。高官の任命権をカエサルにあたえた直近の法令は、ルキウス・ミヌキウス・バシルス、カスカ兄弟、ティリウス・キンベルといった、共和政からの逸脱は少しも許せないと考える議員たちを憤慨させた。カエサルに特権をあたえる法令を伝えに来た元老院議員団をウェヌス・ゲネトリクス神殿の前で迎えたカエサルが、これ見よがしに椅子に座ったままで立ち上がろうともしなかったあの日のことを忘れられようか？　同じカエサルはその数週間前に、凱旋将軍として自分が目の前を通ったときに椅子に腰をおろしたままだった元老院議員ポンティウス・アクィラを、ひどく叱りつけたのに……

次に、二重の意味で苦々しい思いをかかえている旧ポンペイウス派がいた。カエサルに負けただけでも悔しいのに、勝者となったカエサルから許されて寛大な扱いを受けるという屈辱をしのんだからだ。彼らは敗者にして恩知らずだった。政治の世界では、傷つけられた誇りは嫉妬よりもおそるべき武器であった。クイントゥス・リガリウス、ルブリウス・ルガ、ガイウス・カッシウス・ロンギヌスがこれにあてはまった。ポンペイウス派であった（したがって敗者となった）過去をもち、マルクス・ブルトゥスの妹と結婚していたカッシウスは、カエサルからとくに目をかけられた。カッシウスの忠誠を勝ち得ようとしたカエサルから、肩書きや役職をあたえられたのだ。これは逆効果となり、カッシウスは暴君カエサルを排除しようとする者たちの急先鋒にたった。「ローマは狭くなりすぎて、一人以上の人間が活躍する余地はなくなったのだろうか？」と嘆かわしげに述べていた。

くわえて、デキムス・ブルトゥスやトレボニウスといった、失望したカエサル派もいた。彼らは軍人としてのカエサルに心服して忠誠をつくして戦っただけに、内戦終結後に国民融和策をとったカエサルが旧ポンペイウス派にもポストを配分したせいで自分たちは割をくった、と不満をいだいていた。彼らは戦場では勝者であったのに、戦後は敗者となってしまったのだ。彼らにとっての戦後は、体験したいくつかの戦闘よりも厳しかった。彼らの苦しみと失望は大きかった。怒りも。

最後は、嫉み深い者たちである。栄光、幸運、大衆の人気、クレオパトラ、とカエサルはありあまるものを手にしているが、彼にそれほどの価値はない、と彼らは考えていた。

じつのところ、マルクス・ブルトゥスの家に集まった陰謀家たちは、カエサルを殺すという最終目標以外では、何についても合意できていなかったし、見解の相違が明らかになるごとに、敵味方に分かれて戦った内戦の記憶がよみがえった。当然ながら不安をいだいていたところに、カエサルは自分たちのたくらみに感づいているとの思いを強めたポンティウス・アクィラとプブリウス・カスカが「暗殺予定日を早めて明日に挙行すべきだ」と主張すると、ブルトゥスはこの提案を一蹴《いっしゅう》した。マルクス・アントニウスをどうするか決めずに行動に移るなんてとんでもない、とブルトゥスは主張した。ヒスパニアのムンダでポンペイウス派に勝利したあと、トレボニウス、カッシウスそしてカスカ兄弟は慎重な言いまわしでアントニウスの真意を探ったが、彼にはカエサルの命を狙うつもりなど毛頭ない、と理解した。アントニウスを仲間に引き入れることは不可能だ。しかし、カエサルに対する敬愛ゆえに、アントニウスはカエサル殺害者たちを捕えて懲《こ》らしめようとするのではないか？　暗殺後にアントニウスが自分たちに報復することはない、との保証が得られぬかぎり、計画を実行に移すことはできない。これがブルトゥスの考えであった。彼はまた、キケロを計画に引き入れたい、とひそかに望んでいた。

もう一つの紛糾の種は、モドゥス・オペランディ（実行方法）であった。カエサルは一人で散歩することがあるが、そうした折に襲いかかるのはどうか？　ローマ市の外で開催される民会にカエサルがおもむく機会を待ち、テヴェレ川にかかる橋を渡っているときに襲撃し、欄干越しに投げ落として殺すべきではないか？　剣闘士の試合があるまで辛抱すべきでは？　試合の最中であるなら、警戒心をよびさますことなく武装した者が近づいてカエサルを殺すことができるのではないか。暗殺者の一人一人がトガの下に短刀を隠しもって元老院に行き、カエサルをおびきよせ、一隅に追いこんで遺恨を晴らすのはどうだろうか？

張りつめた雰囲気のなか、議論は熱をおびたが、空まわり気味であった。だれもが、自分の考えに執着していた。とくに、実行日については紛糾した。軍人として長年にわたってカエサルに仕え、ガリア戦争も体験し、カエサルにまかされたマッシリア攻囲戦で勝者となり、ヒスパニアのポンペイウス派制圧では先頭にたったトレボニウスが、ついに大音声を張りあげて内輪揉《うちわも》めに終止符を打った。

「実行日の予定は変えない。三月一五日だ！」

紀元前四四年三月一一日

カエサルは、夕陽に照らされてテヴェレ川沿いの散歩を楽しんだ。たった一人で。大きなフードで顔を隠して石畳を歩くカエサルに気づく人はいなかった。彼にほどこしを求めた二人の乞食でさえもわからなかった。エトルリア人が建てた神殿の廃墟の前に着くと、蓬髪《ほうはつ》の老人が目の前に現われた。すり切れた灰色のトゥニカを着て、穴が空いたサンダルを履いていた。エトルリアの宗教施設の近辺でいまだに見かける占い師の一人だった。会ったのははじめてではなく、カエサルは名前も知っていた。ティトゥス・ウェストリキウス・スプリンナだ。二人が互いを見つめあって数秒がすぎると、老人は深刻な口調で「三月一五日には用心なさい」と言ったかと思うと、姿を現わしたときと同じようにあっというまに消えさった。

紀元前四四年三月一三日

時間は夕方。場所はブルトゥスの家。カエサルの敵たちはふたたび集まった。実行予定日は二日後にせまっていたが、マルクス・アントニウスをどうするかについては決まっていなかった。「暴君［カエサル］の死に彼がどのように反応するかが危惧されている以上、彼も殺してはどうか？　彼自身が権力を奪取し、［カエサルと同じように］権力を行使する危険もあるのだから」と主張する者もいた。カッシウス・ロンギヌスもその一人であったが、その主張は自分で考えたことではなく、キケロに言われたことを披露したにすぎなかった。ブルトゥスにアントニウス殺害を反対される［ブルトゥスは共和政を守るためにカエサルを殺すのはやむをえないが、そのほかの人を殺すことは許されない、と考えた］と、カッシウスは「いいだろう。だが、すくなくとも、これからわたしが述べることには、君も賛成するだろう」と述べた。カッシウスの声には尋常ならぬ響きがあったので、一同は静まりかえった。

「話を聞こうではないか」とブルトゥスは言った。

「思いを果たす前に計画があばかれる危険を直視する必要がある。カエサルに捕えられ、彼の面前で屈辱を受ける、最悪の場合は彼の許しを受けることは、どうしても避けねばならない。わたしはこれを一度経験したが、もう一度経験することはとても耐えられない」

「それでは、君は何を提案するというのか？」

「全員が一人の仲間を選び、その者と血の誓約を行なうのだ。もし計画が露見したら、刺し違えて死ぬためだ。各人が、自分の処刑人かつ犠牲者を選んでおくことになる。われわれは全員が同時に死を迎え、われわれの遺骸は、自由によせる愛ゆえにわれわれはいかなる犠牲もいとわなかったことを雄弁に物語ってくれるだろう」

ブルトゥスは、カッシウス・ロンギヌスのこうした考えの由来を知っていた。四年前、テッサリアのファルサルスの戦い（ブルトゥスもポンペイウス側でこの戦場にいた）でポンペイウスの軍勢がカエサルの軍勢に粉砕されたあと、一組の父子が捕虜となる直前に刺し違えたのであった。その一年半後の前四六年二月、ブルトゥスの義父であるウティカのカトも、アフリカのタプススの戦いでメッテルス・スキピオが指揮するポンペイウス派が敗北すると自害した。これらの男たちにとって、カエサルにむざむざと降伏することはおぞましかったのだ。ブルトゥスはカッシウスの意図を理解した。こうして暴君カエサルと闘った男たちに匹敵するほどの覚悟が自分にもあることを示さねばならない。

「わたしは、神々が味方してくれることを望む。しかし、もし神々が異なる決断をくだした場合、カッシウス・ロンギヌスがわたしの旅路のよき友になるだろう」

ブルトゥスとカッシウスは互いをじっと見つめあいながら、短刀を交換した。

同じころ、カエサルは公邸レギアに参謀たちを招集していた。この日、レギアを続々と訪れた側近たちは、数週間前からローマを支配している雰囲気に対する懸念を表明した。壁の落書き、陰謀の噂、アレクサンドリアに遷都するとの噂が、小麦配給量の減少や一部の改革の遅れと重なったことで醸成された雰囲気だ［ローマ市民は全員、小麦を配給され、最低限の食を保証されていた］。また、カエサルが観劇や観戦の最中も手紙を口述筆記させていることが、観客として熱心ではないと受けとめられて、大衆の反感をかっている、とも伝えられた。翳《かげ》りが出てきた人気を回復するには、新たな戦勝がなによりも効き目があるのではないか？　いまや、カエサルはこのことを確信しきっていた。ふたたび遠征に出発するのだ。できるだけ早く。

　地図が広げられているカエサルの大きな机のまわりには、マルクス・アントニウス、トレボニウス、デキムス・ブルトゥス、レピドゥスの姿があった。ガリア戦争の勝者で、三〇〇もの戦勝を誇るカエサルはかつてないほど決然としているように見えた。パルティアを成敗すれば、ローマは晴れて雪辱を果たすことになる、とカエサルは主張した。九年前、ローマ軍はカルラエ（現トルコのハッラーン）で歴史に残る大敗の一つを喫していた。クラッスス（剣闘士スパルタクスが率いた奴隷の反乱を鎮圧した功績の持ち主だった）が率いていたローマ軍団兵のうち、二万人が殺され、一万人が捕虜になった。クラッススも捕えられ、彼の富貴へのあくなき渇きを揶揄《やゆ》するためと称して溶かした金を口にそそがれ、その後に処刑された…。一同は数時間をかけて遠征の戦術や戦略について話しあった。ローマ軍団はアルメニア、メディア、バクトリアを縦断することになった。だれよりもさかんに質問したのはマルクス・アントニウスだった。自分がカエサル麾下《きか》の一番の軍人である、と念を押すように。そのほかの者たちはアントニウスと比べて話に熱が入らないようすだった。ほかに気にかかることがあるかのように。

　カエサルが会合の終わりを告げたのは、太陽が沈んでからだいぶ時間がたってからだった。

「出陣は三月一八日だ。覚えていると思うが、明後日に元老院の会議が予定されている。その三日後に出発ということだ」

　部屋にいた者のだれひとりとして、会議の日付を忘れていなかった。

紀元前四四年三月一四日

名門の出であるマルクス・アエミリウス・レピドゥスは、もっとも熱烈なカエサル支持者の一人であった。昨年、ヒスパニアのポンペイウス派制圧のためにローマを留守したカエサルは、内政をレピドゥスにまかせた。その労に報いるため、終身独裁官となったカエサルはレピドゥスを騎兵長官［実質上ナンバーツーの高官職］に任命し、もし自分が亡くなれば空位となる最高神祇官のポストを約束した。そのうえ、レピドゥスが妻としたのは、マルクス・ブルトゥスの異父妹にあたるユニア・セクンダだった。カエサルがマルクス・ブルトゥスに目をかけていることを意識しての選択だったのかもしれない。

疲れているとの噂があるカエサルにくつろいでもらうため、レピドゥスはティベリーナ島［ローマのテヴェレ川の中州］に所有する豪華な館でちょっとした宴会を開いた。癲癇《てんかん》のために、カエサルにとってエピキュリアンを演じるのはいささかむりがあった。酒はほとんど飲まず、食べ物もつまむ程度で、お祭り騒ぎは避けていた。しかし、今夜のように、野卑とは無縁で哲学を話題とするのが好きな客を集めた饗宴は好きだった。三〇人ほどの招待客が食卓を囲んでいる最中《さなか》に、神々と死後の世界が話題となった。「カエサル、あなたが考える最良の死とは？」と質問されたカエサルであったが、この問いを発したのがレピドゥスであったのか、デキムス・ブルトゥスであったのかわからなかったので、視線を逸《そ》らして地平線をしばらく見つめたのち、重々しく冷たい声で答えた。「突然で、思いがけない死」

紀元前四四年三月一五日

レピドゥスが開いた饗宴から戻ってまもなく、激しい嵐がローマを襲った。稲妻、雷鳴、雨。この世の終わりかと思われた。突然、おそろしい音が聞こえた。窓の扉が部屋の外の壁にぶつかった音にすぎなかったが、夢うつつのカルプルニアは、カエサルの大理石像が雷に打たれ、入り口の大階段の足元にこなごなにくだけちった音だと思いこんだ。彼女は叫び声をあげ、カエサルはなだめるのに苦労した。カルプルニアはしゃくり上げながら、「あれが夢だとしたら、悪いことが起きると告げているのだわ」と言った。

カエサルは六時に起床した。熟睡とはほど遠い一夜であった。カルプルニアはふたたび寝入ってもうなされていたし、嵐の音はすさまじかったし、湿気のために筋肉痛がひどくなった。体は少しも休まっていなかった。

香草のスープを少しずつ飲みながら、カエサルはこれからはじまる一日の予定を確認した。元老院の会議、それから参謀会合、カピトリヌスでの儀式、夕方からはある元老院議員の屋敷での夕食会。外に目をやると、昨夜の嵐で木々の枝と瓦がバラバラになって公邸の庭に数多く落ちていた。空は、地中海から吹く北風のおかげで澄みきっていた。雲一つなかった。カエサルが赤紫の縁飾りつきのトゥニカとトガを身につけて外出の用意ができたところで、カルプルニアがアトリウムに姿を現わした。幽霊のように青ざめた妻は、「あなたの像がくだけた夢のあと、傷ついた瀕死のあなたをこの腕で抱きかかえている夢を見ました。もう一度言います。不吉な知らせです。今日は、家に残ってください」と懇願した。カエサルは気にしすぎだと言って妻の心配をふりはらおうと努めたが、本心では、妻の凶夢はここ数週間にたてつづけにみられた不吉なサインに合致している、と認めざるをえなかった。あの占い師の言葉、心臓が見つからなかった犠牲の仔牛、都市国家カプアの創立者の墓で最近発見された銅板――「ユリウス氏族の子孫一名は、近親者の手にかかって死ぬ」と記されていた――、ルビコン川を渡るときにカエサルがこの川の神への捧げものとして放した馬が突然理由もなく草を食《は》むことをやめたこと、昨日、ポンペイウス回廊のなかで、嘴《くちばし》にオリーヴの小枝をくわえていた一羽の小鳥がほかの鳥たちに突然襲われて八つ裂きにされたこと…。だがカエサルはいっさい気にしないふりをした。いらいらした口調で、妻に「どうしてほしいのだ？　だれかを元老院に遣《つか》わして、今日の会議は私自身が招集したものだが、妻が凶夢を見たので欠席することにした、と伝えるのか？」と問うた。しかしカルプルニアはひるまずに懇願を続けたので、表向きは固かったカエサルの決心もついにゆらいだ。

アンティスティウスが、カエサルの欠席を元老院に伝えにゆく役目を担った。アンティスティウスがカエサルのメッセージを議事録担当の議員に伝えているところに、デキムス・ブルトゥスが通りかかって会話を耳にし、狼狽して「なんだって？　それはない！」と叫んだ。そして、自分が戻るまではカエサルの欠席を記録してはならないと命じて、その足でカエサルのもとに駆けつけた。

デキムス・ブルトゥスが通されると、カエサルは長椅子に横たわっていた。顔色は白っぽく、目のまわりにはくまが目立ち、しかめ面で、体調はいかにも悪そうだった。しかしデキムス・ブルトゥスはそんなことを無視して、「なんですって？　あなたは女の夢で予定をかえるような人ではありませんよね。欠席は、あなたに数多くの名誉をあたえた元老院に対する侮辱だと思われますよ！　駕輿《がよ》に乗って会場に行き、すくなくとも、元老院議員たちにあいさつして出席できないことを詫《わ》びないと。皆も、いまのあなたの体調では出席はむずかしいと納得し、わざわざ出向いて断わりに来たことに好印象をもつでしょう。そうすれば、よけいなうわさもたたないでしょうし…」とまくし立てた。カエサルは上半身を起こし、「君の言うとおりだ」と述べた。衝撃を受けて口もきけずにいるカルプルニアの視線を避け、駕輿《がよ》に乗りこむと、元老院まで行くように命じた。リクトル[2]、アパリトル[3]、秘書官たちが周囲を固めた。デキムス・ブルトゥスが露払い役をつとめての行程は長かった。このころのローマは巨大な建設現場であり、あちらこちらに足場が組まれていたため、一行は何度もまわり道をせざるをえなかった。カエサルのお通りということで、自然に人垣ができたことも、ポンペイウス回廊までの移動時間を長くした。フォルムの元老院議事堂が改築中だったので、会議はマルス広場にあるポンペイウス回廊で開催されていた。

カエサルが公邸をあとにしてすぐ、一人の男が駆けつけた。今日、カエサルを狙っての襲撃が計画されているとのメッセージを届けに来たのだ。ご主人様はもうお出かけになった、と聞かされた使者は愚かにもカエサルの帰宅を待つことにした！

元老院への向かう道でも、カエサルにメッセージを届けようとする試みがなされた。カエサル本人の手にメモをすべりこませることができた男は、リクトルに渡したりせずに、ただちにお読みください、と懇願した。四方八方からよびかけられ、陳情しようとする者たちにとり囲まれたカエサルにはメモを読む余裕はなく、左手ににぎりしめたままだった。メモを書いたのはクニドスのアルテミドロスであった。カエサルの出発後に公邸に届いたメッセージを書いたのも同人であった。カエサルの古い友人であるアルテミドロスは、暗殺計画にかかわっている元老院議員数名にギリシア文学を教授していたため、彼らが計画について口をすべらせたのを耳にしたのだ。暗殺が今朝、元老院で実行される予定だと知ったアルテミドロスはなんとかカエサルに危険を知らせようとしたのだ。

カエサルがポンペイウス回廊の近くに着いたのは一〇時すぎだった。入り口までの数メートルを歩こうと駕輿《がよ》から降りたカエサルは、例の占い師、スプリンナの姿を認めた。カエサルは皮肉っぽい笑顔を浮かべ、「今日が三月一五日だが、わたしには何ごとも起こっていないな！」と話しかけた。老人は自分の占いにまちがいはないと確信していると見え、「今日という日はまだ終わっていませんぞ」と答えた。

建物入り口の階段の上で、マルクス・アントニウスがカエサルを待っていた。二人があいさつをかわしたあと、カエサルが先に堂内に入った。アントニウスも後に続こうとしたが、トレボニウスに引きとめられた。トレボニウスは、アントニウスが壁を背にするように誘導して道をふさぎ、長話を続けて彼が堂内に入るのを阻止した。

堂内は、赤紫の縁飾りのトガをまとって登院していた約九〇〇名の議員たちの興奮でざわついていた。カエサルの遅刻は許しがたい、侮辱であると考えていた者たちの怒りは、好奇心に置き換えられた。カエサルは病気でげっそりしていると噂されているが、ほんとうはどうなのだろう、この目で確かめようと押しあいへしあいとなった。だが、全員が駆けよったわけではなかった。球体を手に宇宙の支配者然としたポンペイウスの立像が見下ろす、白い大理石の広々とした回廊の四隅では、陰謀にくわわっている二四名の議員が逸《はや》る心を抑えていた。標的へと一斉《いっせい》に向かう前に、彼らは緊張と不安にさいなまれながらカエサルの一挙手一投足《いっきょしゅいっとうそく》を観察していた。不審な動きがあったら、疑わしい視線を投げかけられたら互いに刺し違えて死ぬつもりだった。突然、一人の年老いた議員がプブリウス・セルウィリウス・カスカに近より、「君が何を隠しているか、わたしは知っているぞ。ブルトゥスが教えてくれた…」と話しかけた。だれもが息をのんだ。だが、話の続きは「君は造営官に立候補したがっているそうだな」だった。めだたない合図を送って、カスカは問題がないことを仲間に知らせた。数メートル先でも、カッシウスとブルトゥスの周囲にいた者たちのあいだに同じような緊張が走った。ポピリウス・ラエナスが二人に、「君たちの成功を祈っている。だが、このような計画の秘密はいつまでも守ることができないから、急ぐべきだよ…」と話しかけてから決然とした足どりでカエサルのほうに向かったからだ。今度こそお仕舞《しまい》だ、と考えたブルトゥスは仲間に自害の覚悟を固めるよう合図した。しかし、ラエナスとおしゃべりをしているカエサルからは、不安や動揺や怒りは少しも感じられない。数分後、ラエナスはカエサルのもとを辞して遠ざかった。

　警戒心は一段と高まった。行動に移らねばならない。先導役となることが決まっていたティリウス・キンベルも、これを理解した。カエサルが黄金の椅子に腰かけるやいなや、キンベルが穏やかならぬようすで目の前に立った。カエサルはため息をついた。キンベルはこれまでも何度も、過激な政治的策動を理由にローマから追放された兄に恩赦をあたえてくれるよう泣きついていた。

「キンベル、どうした？　兄のプブリウスへの恩赦を求めるのはやめてくれ。わたしは、このことについて意見を変えていない」と言われたキンベルは、「カエサル、どうかお願いします」と言ってカエサルの膝にすがりついた。キンベルはこのとき、カエサルのトガをつみ、乱暴に自分のほうに引きよせた。これが合図であった。カエサルも事態を察して「狼藉者《ろうぜきもの》！」と叫んだ。しかし、陰謀者たちは彼をとり囲み、これから実行されようとする殺人の場面を隠す障壁となった。建物の外では、トレボニウスが堂内に入ろうとするマルクス・アントニウスを力ずくで引きとめていた。

ガイウス・セルウィリウス・カスカが近より、背後からカエサルに短刀の一撃をくわえた。刃《やいば》は首筋につき刺さって大動脈や頸動脈を断ち切るのではなく、鎖骨へとすべって上半身の上部を軽く傷つけただけだったので、カエサルはカスカの腕をつかんで、もっていた唯一の武器であるペンをつき刺した［元老院議員たちは、蝋《ろう》の板に字を書くために目打ちのような筆記用具を携帯していた］。だが、すでにほかの多くの腕が伸びてカエサルをめった刺しした。両腕、脇腹、背中、胸が狙われた。カエサルには、自分を守る力がもはや残っていなかった。友人たちが助けに来ることを期待してトガで自分の頭をおおうのがせいぜいであった。議員たちの四分の三に褒賞や肩書をあたえてやったのは、むだだったのか！　元老院は自分にとってローマでいちばん安全な場所と考えていたのは大いなるかんちがいだったのか？　遠のく意識のなかで、カエサルは自分を執拗に攻撃する者たちを識別することができた。カエサルの引き立てがなければ、これまでの政治家としてのキャリアはありえなかったカスカ兄弟。カエサルがビチュニアとポントゥスの総督に任命したばかりのティリウス・キンベル。急流でおぼれそうになったカエサルを助けたこともあり、戦場でカエサルに忠実に仕えたカッシウス・ロンギヌス。勇気ある軍人として、ガリア戦役で活躍し、ローマに戻るとカエリルからたっぷりと褒賞を受けとったルキウス・ミヌキウス・バシルス…　忘恩者ばかりだった！

「カイ・スュ・テクノン（息子よ、おまえもか）！」

母親のセルウィリアが長年の愛人であるゆえに、実の息子のようにかわいがって目をかけていたマルクス・ユニウス・ブルトゥスの姿を認めたとき、カエサルの口をついて出たのは、ローマの大貴族の子弟にとって必修であり、自身も子どものころから習っていたギリシア語であった。カエサルの最期の言葉には失望と驚きが半々に交じっていた。しかし、ブルトゥスはなにも聞こうとせず、なにも理解しようとしなかった。彼にとって重要なのは専制君主の体からすべての血を抜き、共和政の仇を報いる血で元老院の床を赤く染めることのみだった。丹念に研《と》いでおいた短剣をふり上げ、激情にまかせて最後の一撃――カエサルの傷は全部で二三だった――をくわえた。鼠径部に。

前例のない残忍な殺害は数分の出来事だった。生涯でいちばんのライバルであったポンペイウスの巨像の足元に丸まって横たわるカエサルの体は、もはや動きを止めていた。この事態に元老院議員たちは大混乱となり、マルクス・アントニウスもふくめて全員がその場を逃げ出した。暗殺者たちは外に出ると、行きかうローマ市民に「あなたたちは自由だ、専制君主は死んだ！」と叫んだ。しかし、死んだのはカエサルだけでなかった。暗殺者たちはまだ知らなかったが、共和政も同時に死んだ。そして、彼ら自身もほどなくして死ぬ運命にあった。

「このくわだては、大人の勇気と子どもの知恵をもって実行に移された」。カエサルを共和政にとっての脅威と考えていたが暗殺の陰謀にはかかわっていなかったキケロの、まことに辛辣《しんらつ》だが、正鵠《せいこく》を射た言葉である。

原注

1　紀元前二七年にアウグストゥス帝が誕生する以前は、インペラトルという名称は皇帝を意味していなかった。カエサルの時代、インペラトルは軍隊の総司令官、元老院議員、ローマの高官をかねる役職を意味し、君主の役職を定義するものではなかった。カエサルは前任者たちと同様に、自分のことを王や独裁者ではなく、市民の代表者たちから政務を託された、共和政の指導者の一人だとみなしていた。

2　ローマの要人を警護する任務を負った非軍人。通常、法務官には六名、執政官には一二名のリクトルがつきそった。帝政になると、要人警護の役割は兵士が担うことになって親衛隊の誕生をうながすが、リクトルは高官や要人の身分の象徴として残された。

3　ローマの高官のもとでさまざまな仕事（リクトル、書記、メッセンジャーなど）をこなす役人。

参考文献

Appien d'Alexandrie : *Les Guerres civiles à Rome*, Les Belles Lettres, 1993.
Luciano Canfora : *Jules César, le dictateur démocrate*, Flammarion, 2001.
Jérôme Carcopino et Pierre Grimal : *Jules César*, PUF, 1990.
Jérôme Carcopino et Gustave Bloch : *Histoire romaine*, tome II : *La République romaine de 133 avant Jésus-Christ à la mort de César*, PUF, 1935.
Dion Cassius : *Histoire romaine*, livres XLIII et XLIV, Les Belles Lettres, 1994.
Nicolas de Damas : *La Mort de Jules César*, 1865.
Robert Etienne : *Les Ides de Mars : l'assassinat de César ou de la dictature ?*, Gallimard, 1973.

—: *Jules César*, Fayard, 1997.
Jean Hubaux : « Sur la mort de Jules César », dans *Bulletins de l'Académie royale de Belgique*, 5e série, 43, 1957.
Lucien Jerphagnon : *Histoire de la Rome antique*, Tallandier, 2002.
Valerio Manfredi : *Les Derniers Jours de Jules César* (roman), Plon, 2011.
Paul M. Martin : *Tuer César !*, Complexe, 1988.
Christian Meier : *César*, Seuil, 1989.
Theodor Mommsen : *Histoire romaine*, Robert Laffont, coll. « Bouquins », 1985.
Plutarque : *Vie de César*, chap. LXVI à LXXIII, Les Belles Lettres, 2012. プルタルコス『英雄伝5』（西洋古典叢書）（城江良和訳、京都大学学術出版会、二〇一九年）
Michel Rambaud : *Autour de César*, L'Hermès, 1987.
Joël Schmidt : *Jules César*, Folio Biographie, 2005.
William Shakespeare : *Jules César*, Gallimard, coll. « La Pléiade », 1959. シェイクスピア『ジュリアス・シーザー』（福田恒存訳、新潮文庫、一九六八年）
Suétone : *Les Vies des douze césars*, Les Belles Lettres, 1999. スエトニウス『ローマ皇帝伝』上巻（國原吉之助訳、岩波文庫、一九八六年）
Zvi Yavetz : *César et son image, des limites du charisme en politique*, Les Belles Lettres, 1990.

映画

Jules César, de Joseph L. Mankiewicz, avec Marlon Brando (1953).『ジュリアス・シーザー』ジョセフ・

L・マンキーウィッツ監督（一九五三年）

Cléopâtre, de Joseph L. Mankiewicz, avec Elizabeth Taylor et Richard Burton (1963).『クレオパトラ』

ジョセフ・L・マンキーウィッツ監督（一九六三年）

Jules César, d'Uli Edel, avec Jeremy Sisto (2002).

2 アンリ三世

修道士と「暴君」

サン＝クルー、一五八九年八月一日

「暴君を殺す」

一五八九年一月のこの朝、はじめてのミサをパリの聖マチュラン教会であげていたブルゴーニュ出身の二三歳の修道士ジャック・クレマンは、フランス国王アンリ三世を殺害せんとの思いを強くしていた。神に仕える者がいだく考えにしては、穏やかではない。キリスト教の教えに真っ向から反している。しかし、数週間前にブロワでロレーヌの公子二人――ギーズ公アンリと弟のギーズ枢機卿ルイ――の殺害を命じた以上、アンリ三世はキリスト教徒の共同体から足をふみはずしてしまった、といえまいか。アンリ三世は殺人という行為によって、君主の威信を低下させ、教会の守り手となるという戴冠式の誓いをやぶった。ゆえに、聖油を塗布された地上における神の代理人としての資格を放棄したといえまいか。これこそ、聖職者をふくめ、フランスのカトリック教徒の大半が考えていたことだった。

旧約聖書のいくつかの文書のみならず、アリストテレス、聖パウロ、聖トマス・アクィナス、一六世紀初頭から西欧に次々と登場したモナルコマキ［暴君は放伐されてしかるべき、と考える者］たちの著作や教えが、暴君殺害——ときとして、衝撃をやわらげる婉曲語法によって「神の摂理による正義」とよばれていた——を正当化する哲学的論拠を数多く提供していた。当時、「君主がどのような罪を犯そうと君主殺害は認められない、どのような場合でも忍耐強く、国王の正統性を尊重せねばならない」と説いていたのは賢者ジャン・ボダン[2]ただ一人であった。君主殺害はより深刻な災厄《さいやく》をもたらすから、というのがボダンの説明であった…

ジャック・クレマンがパリにやってきたのはごく最近であった。生まれ故郷の村から四里のところにある、サンスのドミニコ会修道院で教育をうけたクレマンは少年のころ、何千人もの信者が徒歩でフランス北東部の聖地を訪れる礼拝行進に参加していた。彼が上京したのは、サンジャック通りのジャコバン修道院で神学の知識を深めるためであった。僧坊の狭い個室に寝泊まりするようになったジャック・クレマンは、同輩たちとほとんど会話をかわすこともなく、皆からは「おかしなやつ」、「不作法者」、「粗忽者」とみなされていた。指導者たちも彼のことを愚鈍、阿呆、まぬけ、不器用、滑稽だと思った。単純で、人から影響を受けやすい人物であった。まさに、それが問題であった。一五八八年から一五八九年にかけての厳冬のさなか、クレマンがパリの巷《ちまた》で見聞きしたことは彼に強い印象をあたえた。いたるところで聞こえたのは、同じ怒りと憤激の声であった。パリの人々はなによりもギーズ公暗殺に憤慨し、激高していた。聖同盟［カトリック同盟］のリーダーであったギーズ公アンリは、ベアルンのアンリ・ド・ナヴァール（のちのアンリ四世）が率いるプロテスタント軍勢からカトリック信仰を守る、もっとも勇敢な武人と目されていた。そのために、パリはギーズ公を自分たちの君子として崇め、あげくのはてには、数か月前のバリケードの日（一五八八年五月）をへて、国王アンリ三世を文字どおり首都から追いはらってしまった［アンリ三世が禁止したにもかかわらずパリにやってきたギーズ公アンリは、パリ市民から熱烈に歓迎された。焦りをおぼえたアンリ三世がスイス人衛兵をパリによびよせたところ、パリ市民はバリケードを築いて衛兵のパリ入城を阻止した。これが「バリケードの日」である］。宗教戦争のさなかにあって、カトリック教徒たちは、アンリ三世はプロテスタントのアンリ・ド・ナヴァールを自分の後継者に指名するつもりではないか、と疑っていた。根拠のない話ではなかった［アンリ三世は子どもに恵まれず、残っていた唯一の弟が亡くなると、聖王ルイの血を引くがゆえに王位継承権をもつ男系王族としてアンリ・ド・ナヴァールが浮上した］。

　クレマンが黒と白の僧服を着てサンミシェル通りを歩いていると、激烈な誹謗文書をいくつも手渡された。いずれの文書にも同じ揶揄《やゆ》や侮辱の文言が踊っていた。「涜聖」、「誓約違反」、「聖職売買の罪人」、「ユダ」、「同性愛者」、「梅毒もち」、「男色家」。こうしたイメージを貼りつけられているアンリ三世は、もはや国王ではないかのように、もっぱら「アンリ・ド・ヴァロワ（Henri de Valois）」とよばれていた［君主は苗字をつけてよばれることはない。ゆえに、ナポレオンを認めない人々は彼をボナパルトとよんだ］。もしくは、この呼称のアナグラムである「悪辣なヘロデ（Vilain Hérodes）」が通称となった［ヘロデは、在位が前三四—前四年のユダヤの王。猜疑心が強く、身内をふくめて多くの人を殺害したことで知られる。新約聖書によると、キリストの誕生を知って、自分の地位が脅かされることをおそれて、ベツレヘムの幼児虐殺を命じた〕。教会の司祭たちは熱のこもった説教を行なって、あの「サタンの息子」と決着をつけようではないか、と信徒たちを焚きつけた。すぐ近くのソルボンヌ（パリ大学神学部）は一月七日に、王国の臣民はいまや国王への服従義務から解放された、との審判をくだした。同じソルボンヌは、ミサの読誦表から王の名を抹消することも決め、「Pro Rege Nostro（われらが国王の名において）」を「Pro Christianis Pincipibus nostris（われらがキリスト教の原則の名において）」に置き換えた。アウグスティヌス修道会教会の主祭壇の後ろに飾られていた絵をはじめとして、アンリ三世の肖像画は毎日のように公共の場にもちだされて焼かれた。彼の姿をかたどった蝋人形が売られ、通行人たちは求めに応じ、呪いの言葉を唱えながらこの人形に針を刺した。パリは激怒し、咆吼《ほうこう》していた。パリは、「かつてフランス国王であったアンリ」に対して憎悪の念をたぎらせていた。そして、剛胆な人物が現れて、公《おおやけ》の誓いをやぶって「カトリック信仰に被害をあたえ」ているあの男を成敗《せいばい》することを期待していた。

すべての証人が口をそろえて述べるように、クレマンは周囲から影響を受けやすい男であった。アンリ三世を狂気のローマ皇帝——ネロ、カリグラ、ヘリオガバルス——になぞらえる誹謗文書の内容を知って衝撃を受けたクレマンは、同輩の修道僧たちが自分の恒常的な興奮ぶりを「滑稽」だとさげすみ、自分にさまざまなあだ名をつけていることに傷ついていたこともあり、とんでもないことを夢見るようになった。名もなき修行僧である自分が、ジャン・ブシェ〔神学者〕が「顔を見ればトルコ人、体を見ればドイツ人、手を見ればハルピュイア〔ギリシア神話に出てくる女面鷲身の、死と暴風をつかさどる女神。貪欲な人も意味する」、靴下止めを見ればイングランド人、足を見ればポーランド人で、魂には本物の悪魔」と形容する、王の名にふさわしくないあの王からフランスを解放したら？　自分も旧約聖書の英雄――イスラエルの民を苦しめていたモアブの王エグロンを刺し殺したエフド（士師記）や、ベトリアの町を攻囲していたアッシリアの将軍ホロフェルネスの首を刎《は》ねたユディト（ユディト記）――にならって、「だれよりも忌《い》まわしい蛮行を働く暴君」（ピエール・ド・レトワール）をこの世から消しさるとしたら？　クレマンの頭のなかでは、国王殺害が悪魔払いの意味をもっていることに疑いの余地はなかった。アンリ三世はサント・シャペル［パリのシテ島にある、聖王ルイが建造させた教会］の二つの木製十字架の一つを盗み、ヴェネツィアへの贈り物とした、と噂されているではないか。彼は悪魔と盟約を結んだ、といわれるではないか。証拠？　サテュロスの格好をした足をもつ燭台が一組、ヴァンセンヌで発見されていたではないか。

なるほど、カトリック同盟の指導者たちや、モンパンシエ公妃に焚きつけられたカトリック教会のお歴々は、我がちにアンリ三世がいかに反キリストであるかを言いつのっていた。兄のギーズ公アンリと弟のギーズ枢機卿を殺されたモンパンシエ公妃は、これ見よがしにベルトに金のはさみをぶら下げていた。アンリ・ド・ヴァロワを――生死をとわず――捕まえたら、このはさみで彼の頭を坊主にしてやる、と誓っていた。しかし、アンリ三世は以前から反キリストとみなされていたわけではなかった。

カルヴィニズム［プロテスタント信仰］を迫害することを神からあたえられた使命と考えていたア

ンリ二世がもうけた一〇人の子どものうち六番目であったアンリは、母カトリーヌ・ド・メディシスのお気に入りの息子であり、メアリ・ステュアートとともに育った（メアリは幼くしてスコットランド女王となったが、母［ギーズ公アンリらの伯母］の国であるフランスの宮廷で育ち、やがてアンリの兄であるフランソワの妻としてフランス王妃ともなるが、フランソワの死後にスコットランドに戻り、紆余曲折のすえに、最後までカトリックの信仰を守ったまま、イングランド女王エリザベス一世によって斬首される）。やっと青年になったころ、アンリはプロテスタントの牙城であったラ・ロシェル攻撃で国王軍を堂々と率い、手ごわいコリニー提督[3]を相手にモンコントゥールで戦った（一五六九年一〇月）。アンジュー公とよばれていたころは、十字軍の白い十字架を服の上にさげていた。いっときは、カトリシズムの権化とさえみなされた。とくに、地中海でトルコと戦うため、教皇、スペイン、ヴェネツィアを束ねたキリスト教同盟にフランスもくわわることを検討したときは。一五七四年にはアヴィニョンで、満足そうなほほえみを浮かべて当地のプロテスタント派指導者の公開処刑に立ち会った後、白衣信徒団のもとを訪れている。彼のカトリック信仰心を示す証拠はほかにもいくらでもある。ヴァンセンヌにノートル＝ダム＝ド＝ヴィ＝セーヌ信徒会をみずから設立したし、ここ数年、礼拝行進、断食、鞭打ち［みずからを鞭打つ苦行］、黙想、修道院訪問を何度も実践していた。信心にこり固まっているとさえ思われ、「国王はお坊様だ」と皮肉られる始末だった。

　しかし、である。国家元首としての自分の権威を曇らすほどに権力を強めているギーズ公の殺害を命じたために、アンリ三世は何年ものあいだフランスのカトリック教徒に示してきたカトリック信仰の証《あか》しをみずから帳消しにしてしまった。「アンリ三世はまことに徳が高い君主だ」と思っていた人々の目にはいまや、彼の邪悪な面しか映らなかった。悪しきキリスト教徒、偽善者、裏切り者。真偽が定かでない噂話が数多く流布した。彼が反カトリックの陣営にねがえった舞台裏を明かしてくれる証拠、もしくは前兆となるエピソードとして、彼の過去のささいな出来事がほじくり返された。アンリ三世の最初の名前は、代父をつとめたイングランド王エドワード六世（テューダー朝）――異端者である――へのオマージュとして、エドゥアールであったこと［エドゥアールはエドワードのフランス語読み］、代母はのちにカルヴィニズムに改宗するジャンヌ・ダルブレであったことを人々は思い出した。いっときは、カトリックの信仰がことに強いスペインを牽制《けんせい》するために、アンリとイングランドのエリザベスとの結婚がとりざたされていたことも。少年のころ、妹のマルグリットのことを「教皇絶対主義にかぶれている」と言ってからかい、彼女の手からお祈りの本をとりあげたことも。サン＝ジェルマン＝アン＝レーの和約（一五七〇年）によって、プロテスタントに信仰の自由と、四つの要塞都市におけるプロテスタントの礼拝を認めたことも（カトリックの強硬派はこの四つの都市を「小ジュネーヴ」とよんでののしった）。聖バルテルミーの虐殺には「ぞっとした」との感想をもらしたことが一度となくあったことも［アンリ三世の兄、シャルル九世が国王だった一五七二年八月、プロテスタントとカトリックの融和をはかるために、プロテスタント派の指導者であるアンリ・ド・ナヴァールと王妹マルグリットの結婚がパリでとり行なわれた。この機会にパリに集まった多くのプロテスタントの有力者が、聖バルテルミーの祝日である二四日に虐殺された］。一五七三年にポーランド国王として即位したときの宣誓において、プロテスタント貴族の求めに応じて、「宗教をめぐっての争いのない、平和が保たれるように努める」と付言したことも［ポーランド議会によって選出され、アンリは一五七四年にポーランド国王となった。数か月後、異国での生活に嫌気がさしていたときに兄シャルル九世が亡くなってフランスの王位が転がりこんだので、ポーランドからこっそり脱出して帰国した〕。フランドルにおけるスペインのプロテスタント迫害と、ドイツ各国におけるカトリック民兵の過激なふるまいをたびたび非難した「寛容な」神聖ローマ帝国皇帝マクシミリアン二世を何度も称賛していたことも。

不当な攻撃であった。ルネサンス時代の欧州に吹き荒れた宗教戦争の嵐にもまれたアンリ三世は、いがみあう党派のあいだをジグザグに進み、今日はカトリック側についたかと思うと、翌日はプロテスタント派の指導者たちを味方につけるほかなかった。彼は、信徒の指導者と軍師であることが国王に求められる時代に政務をとらねばならなかったのだ。明敏なアンリは、自分が置かれている状況がいかに異常であるかわかっていた。彼はユグノー派［プロテスタント］の敗北を望みながらもおそれていて、カトリック派の敗北をおそれながらも望んでいた。

＊

一五八二年、アンリ三世は自分の命が狙われている、とのおそれをいだくようになった。ユーグ・カペーからこのかた、フランス国王はだれひとり暗殺されていないが、アンリは恐怖をいだき、自分は脅威にさらされていると感じた。以前のように、護衛をつけることなくパリの街中を散策することは不可能となった。一五八四年に弟のフランソワが亡くなると、権勢を誇るギーズ一門が刺客を送りこんで自分を殺すことをおそれた。そこで、全員がフランス南部出身の武官四五名のからなる護衛隊、キャラント＝サンク［フランス語で四五を意味する］を創設した。たっぷりと俸給を支払われ、特別な誓約によってアンリとは強い絆で結ばれているキャラント＝サンクは、王宮のどこでも自由に出入りし、往き来することが許されていた。ギーズ公アンリの暗殺者たちも、この親衛隊のなかから選ばれた。王の食卓にのぼるすべての食べ物は事前に毒味されていた。一五七五年、弟のフランソワが「自分は毒殺を奇跡的にまぬがれた」と信じこむ出来事があった。このことはアンリの記憶にこびりついた。アンリ三世は妄想にとりつかれていたのだろうか？　一五八七年二月、二つの国王暗殺計画が未遂に終わった。同じ月に、かつて兄フランソワの妻であったメアリ・ステュアート［スコットランド女王］がイングランドで斬首された。まぎれもない王殺しであった。数週間後、人規模な陰謀があばかれて、事なきをえた。一五八八年、アンリ三世を誘拐する計画が実行直前に中止されたが、これも本人が知るところとなった。

アンリ三世はわかっていた。カトリック同盟は自分を排除するためなら何事《なにごと》も躊躇《ちゅうちょ》しない、と。顔の刀傷ゆえに金瘡《きんそう》公とよばれていたギーズ公アンリの仇を討つことが、カトリック同盟の第一の動機であった。しかし、一五八九年初頭のいま、もう一つの動機があった。王位継承問題である。ほかの兄弟は全員死去し、妻である王妃とのあいだに子どもがもてないでいたアンリ三世はヴァロワ朝最後の男子であったため、王国の掟にしたがって、王族であって実妹マルグリットの夫でもあるアンリ・ド・ナヴァール――聖王ルイの息子の一人の子孫であり、ブルボン家の家長であった――を後継者に指名した。しかし、アンリ・ド・ナヴァールはプロテスタントであり、もっと悪いことにプロテスタント派の闘将であった！　だが、カトリック信徒でない者が王冠をいただくことは許されない。ゆえに、次のフランス国王は、ブルボン分家のブルボン枢機卿［アンリ・ド・ナヴァールの叔父］であるべきだ、というのがカトリック同盟の理屈であった。同枢機卿はあやつるのが簡単そうな年寄りであった……

アンリ三世との闘争において、カトリック同盟には教皇という強力な味方がいた。ギーズ公アンリおよびギーズ枢機卿——聖職者である！——の暗殺に憤慨していたシクストゥス五世は、一五八九年春にアンリ三世がカトリック同盟をたたくためにアンリ・ド・ナヴァールと手を組んだ、と知ると、アンリ三世に対する怒りをもはや隠さなくなった。これがフランスの国内政治問題であることは確かだ。実効支配している地域がみるみるうちに縮まってしまった——いまや、トゥレーヌ地方とブロワ地方だけだった——アンリ三世は、自分の国家元首としての正統性回復は国家の重大事であるとの理屈で、アンリ・ド・ナヴァールが率いる軍隊との連携を正当化した。これには外国の影響から国を守るという意味もある、というのがアンリ三世の主張だった。ギーズ一門は、ジョワンヴィルの秘密条約（一五八四年一二月）以来、スペインのフェリペ二世から六〇万エキュを越える資金を受けとっているではないか？　フェリペ二世は、隣の強国フランスが内乱で弱体化するのを望んでいる…。しかし、ローマはこうした見解を受けつけなかった。代々のフランス国王にあたえられる篤信王の名誉称号を享受していたアンリ三世は、この年の春に教皇から破門された。カトリックの有力な君子であったギーズ公アンリの暗殺を命じたうえに、一五八五年の教皇勅書で破門とフランス王位継承権剥奪が宣言されているアンリ・ド・ナヴァールと同盟関係を結んだ、というのが理由であった。

アンリ三世は教皇のこの決定によって大いに傷ついたが、自分はまちがっていない、と確信していた。神学的にも、政治的にも。アンリ三世の神学解釈によると、フランスの「篤信王」を悔悛させる権限をもっているのは神だけであるからだ。第一、ほかならぬシクストゥス五世本人は一五八七年の教皇書簡によって、アンリ三世に、本人が選ぶ聴罪司祭によってすべての罪を赦してもらえる特権をあたえたではないか。すべての罪のなかには、枢機卿殺害もふくまれる。ギーズ兄弟暗殺の後、アンリ三世は一五八九年一月一日にブロワ司教座聖堂参事会員、ジャック・クロンに罪を告解し、赦免されていた。ゆえに、アンリ三世は、自分はカトリック教会の掟をはずれていない、と考えていた。

政治的にいえば、王権に属するすべての特権をとりもどそうとするアンリ三世の決意は固かった。それにはまず、アンリ・ド・ギーズをだれもが認める代弁者としていたパリを征服せねばならない。前年からパリが自分を憎悪していることは知っていた。しかし、政治的権威の象徴はパリであり、ほかのどこでもないことも知っていた。ルーヴル宮と高等法院はパリにある。パリを支配していない王は、ほんとうの意味でフランス国王とはよべない。アンリ・ド・ナヴァールも同意見であった。「あなたの王国をとりもどすためには、パリの橋を渡らねばなりません。それ以外の道を通るようにあなたに勧める者は、よい案内人ではありません」とアンリ三世に助言したアンリ・ド・ナヴァールは、それから数年後、自分の口から出たこの言葉を思い出し、みずから実践することになる［アンリ・ド・ナヴァールはパリ市民に受け入れてもらうためにカトリックに改宗してフランス国王アンリ四世となる］。

二人のアンリの合同軍がパリに向けて進軍をはじめると、ジャック・クレマンの動揺は高まった。一度ならず、ソルボンヌの神学者や自分が属するドミニコ会の指導者たち（とくに、管区長であるエドム・ブルゴワン）に、アンリ三世殺害の意図を打ち明けた。小さな黒いあごひげを生やし、なにやら幻覚を見ているような目つきのクレマンは、自分の決意のほどを理解してもらいたかった。だが、そうはならなかった。だれも彼の言うことを真剣に受けとめなかった。「自分でもわからないなにかが『行け、それを実行せよ』とわたしに告げており、わたしはこれにつき動かされているのです」と主張しても、やれやれという気持ちが読みとれる視線を向けられるだけだった。自分を導こうとする声に逆らうにはどうしたらよいのか、こうした声はなぜ自分に語りかけるのか、とたずねると、四〇〇名のドミニコ会修道士の指導にあたっている神学者たちは、いくらかの無関心と憐れみをこめて「神への祈りと信仰心が足りないためである」と答えた。

アンリ三世が破門されたと知ると、ジャック・クレマンは自分に対する歯止めはもはや存在しない、と思った。彼を押しとどめていた最後のためらいが消えさった。これで決まった。「フランスの暴君」を自分の手で始末するのだ。殺人という究極の行為により、自分は地獄にゆくのだろうか？　これについて指導者たちにたずねると、聖職者が暴君を暗殺する場合、これは大罪にあたらず、聖職不適格者となる、との答えが返ってきた。これでクレマンは少し安心した。少しとはいえ、さらに一歩ふみだし、近所で武器を買い求めるには十分なだけ安心した。柄《え》が黒くて「先端が非常にとがっている」、長さ約一ピエ［三二五ミリ弱］のナイフである。値段は二スー六ドゥニエで、まことに安価であった。ドミニコ会修道院僧坊の個室に戻ると、獣脂と玉葱と毒草の混合物を作り、何度もナイフを浸した。絶対にしとめそこなうことがないように、ナイフに毒をしこむことにしたのだ。あとは、暗殺を実行するときと機会を探るだけだ。

七月なかば、国王軍とプロテスタント軍の合同部隊が強行軍でこちらに近づいているとの噂でパリはもちきりとなった。クレマンは、実行のときが来た、と理解した。彼の計画の第一段階はルーヴル宮訪問だった。ここには、アンリ三世に忠誠をつくしている、パリではまれな公卿《くぎょう》の一人、ブリエンヌ伯がほかの貴族やブルジョワとともに閉じこめられていた。カトリック同盟は、万が一を考えて人質を確保していたのだ。クレマンは巧みにも、自分は味方であるとブリエンヌ伯に信じこませることに成功し、自分の「計画」を打ち明けた。国王軍にパリの状況を知らせに行くつもりだ、ドミニコ会修道士の僧服を着ていれば怪しまれないのでパリから出ることはできる、だが国王が支配する地域に入るにはブリエンヌ伯の自筆による通行証が必要だ、と。ブリエンヌ伯は通行証を書いてくれた。「ブルゴーニュのサンス生まれのドミニコ会修道士、ジャック・クレマンが、現在学僧として暮らしているパリからオルレアンに行くにあたり、同人がなんらのさまたげを受けることなく、安全かつ自由に通行、再通行、往き来、滞在できるようにご高配をお願いする」（パリのルーヴル宮にて、一五八九年七月二九日、シャルル・ド・リュクサンブール、ブリエンヌ伯）

二日後の七月三一日、ジャック・クレマンは、サンジャック通りの修道院僧坊の自室の扉を閉めた。彼がここに戻ってくることはない。部屋にあるたった一つの机の上には、五エキュの勘定書きが、この借金を自分のために支払ってほしいとの書き置きとともに残されていた。自分は秘密の場所に行くが、戻ってくることはないだろう、とも書いてあった。クレマンは次に、心も軽く、大切なナイフと、同じように大切な通行証を僧服の下に隠してヴォージラールに向けて出発した。最終目的地は、アンリ三世が宿泊しているサンクルーだ。

カトリック同盟から大きな怒りをかったものの、数週間前にアンリ・ド・ナヴァールと結んだ同盟関係にアンリ三世は大満足していた。第一の理由は、この数週間における戦勝である。だが、それだけではない。アンリ・ド・ナヴァールのお陰で、アンリ三世は自信と決意をとりもどした。生き返ったかのように溌溂《はつらつ》としていた。アンリ・ド・ナヴァールは従順で忠実なうえ、勇敢であり、運命の女神は彼にほほえんでいた。いや、二人のアンリにほほえんでいた。初夏にピティヴィエとエタンプで勝利した二人の軍隊はポワシーで合流した。これにスイス人兵士、ドイツ人騎兵、ドイツ人歩兵がくわわった。総勢三万人がパリに進軍することになった（好色なアンリ・ド・ナヴァールは「この美しい町に接吻しに行く」と張りきっていた）。十分すぎるほどの軍勢だ。

　パリ攻囲戦略で意見の一致を見た二人のアンリは七月三一日に別れた。アンリ・ド・ナヴァールはムードンに向かった。そこからパリ郊外へと進軍して、八月二日と決められたパリ一斉攻撃にそなえる予定だった。アンリ三世は、サンクルーにあるオルネイ館におちついた。アンリ三世の母親、故カトリーヌ・ド・メディシスが一〇年ほど前に、忠実な家来《けらい》であったジェローム・ド・ゴンディにゆずった館[4]であり、空気が清らかだと評判の場所に建っていた。当時は改築の最中であったが、Uの字の形をした中庭をとり囲むように複数の建物がならんでいた。セーヌ川に面していて、逆臣の町パリを「思うがままに」観察するのに適していた。アンリ三世は、左翼の二階の一室におちついた。手前の回廊には親衛隊キャラント＝サンクがつめていた。部屋の片すみには、ある種の訪問客を内密に招じ入れるための秘密の入り口があった。王の身辺には、もっとも忠実な家来たちがひかえていた。宮廷審問官のリシュリュー、護衛隊の中隊長たち、第一近侍、武官のベルガルドとミルポワである。

　七月三一日の夕方、パリ高等法院の主席検察官、ジャック・ド・ラ・ゲールはアンリ三世のもとを訪れることになっていた。忠臣のなかの忠臣であった同人は、前年には国土のブロワへの退却にも同行していた。彼は数日前に国王の許可を得て、ヴァンヴに所有する館（ル・ロロー）が長い留守のあいだに傷んでいないかを確かめに行ったのだが、この日の夕方までに戻らねばならなかった。弟のアレクサンドルをともなってゆったりと騎行していたジャック・ド・ラ・ゲールは、ヴォージラールの近くで、一人のドミニコ会修道士がクブランのプロテスタント部隊の兵士二名に左右からはさまれている姿を目にした。奇妙な光景だった。修道士はプロテスタントの手に落ちた捕虜なのだろうか？いや、違った。二人は修道士をサンクルーにつれてゆくつもりだった。この僧は、パリの国王支持者たちからの知らせを届けに行く、とのことだった。「高等法院の院長、ド　アルレー氏に頼まれた」からです、と修道士は説明した。ラ・ゲール主席検察官が警戒心をあらわにして「陛下の殺害をたくらんだ修道士がいる、と噂されている。おまえではないか？」と問いかけると、クレマンはとぼけた口調で「はい、わたしは凶悪な人殺しです」と答えた。ラ・ゲールはこれを面白がった。そして、弟の鞍の後ろに乗せてやった。そしてサンクルーに向かった。

　国王が滞在している館に着くと、主席検察官は先ほどより時間をかけて修道士を尋問しようとした。修道士は進んで尋問に応じ、ブリエンヌ伯が発行した通行証を見せた。そこには、次のような文言が書かれていた。「陛下、この使いの者は、陛下に仕える者たちがどのような状況にあり、どのような扱いを受けているか、そして、そういった扱いにもかかわらず、まことにささやかながら、陛下のお役に立ちたいという意思も手段も喪失しておらず、その人数は陛下がお考えになっているよりは多い、ということをご説明申し上げることになっています。すばらしい好機が訪れておりますので、これにかんして陛下のご意向をうかがいたく、この使者が申し上げますことすべてになにとぞ信を置いてくださいますよう、謹んでお願い申し上げます」。しかし、この好機の詳細（場所、日付）については、ただ一人国王陛下を除いて、ほかのだれにもお伝えすることができない、とクレマンはつけ足した。ラ・ゲールはその後も二、三の質問を投げかけたが、クレマンの回答に納得した。そこで、明日、クレマンが陛下にお目にかかれるよう手配することにした。それまでは、おまえの使命についていっさいの他言は無用だ、とラ・ゲールは釘を刺した。クレマンはオルレアンに向かっているドミニコ会修道士で、サンクルーは途上の宿泊地にすぎない、と皆に思わせねばならない。

クレマンを残してラ・ゲールはオルネイ館の主棟におもむいて夕食をとり、その後に、拝謁を願っている者がいる旨をアンリ三世に奏上した。国王は翌朝の七時に謁見することを受諾した。じつは、国務卿の手もとには「暗殺をたくらんでいる二人のドミニコ会修道士」への警戒をよびかける文書が届いていたのだが、国王のところまで上がっていなかった。この文書を読んでいたら、アンリ三世は拝謁を許可しなかったのではないか？　そうとはかぎらない。アンリ三世は、パリには国王殺害の意図を公言する修道士が大勢いることを承知していたが、これを過度に重視することをこばんでいた。彼は数年前から、自分の信心深さを強調するかのように、「修道士の存在はつねにわたしに喜びをもたらす。彼らの姿を目にすると、心地よいくすぐりが体にあたえるのと同じ効果をわたしの魂にもたらす」と述べていた。このクレマンという修道士のお目通りを許すことにかんしては、「もしわたしが謁見を断わったら、わたしは僧侶と会いたがらない、とパリで噂《うわさ》となろう」と言って、警戒心が強い側近たちを黙らせた。

アンリ三世が就寝するころ、ジャック・クレマンは首席検察官の召使たちとの夕食に招待されていた。クレマンは陽気で、緊張とは無縁であり、食欲も旺盛だった。陪食者の何人かが悪意のこもったほほえみを浮かべながら、「国王と殺そうとたくらむ」ドミニコ会修道士がいるとの噂に言及したときも、いっさいの動揺を見せずに「どこでも、善人と悪人がいるものです」と冷静に答えた。そして、深刻な表情を浮かべて「笑いごとではありませんね」とつけくわえた。

＊

一五八九年八月一日の朝七時、ジャック・クレマンはラ・ゲールの館を後にして、アンリ三世が滞在する建物へと向かった。オルネイ館の中庭で、国王の外科医、アントワーヌ・ポルタルをともなった主席検察官と再会した。クレマンは前日、パリでポルタル医師の息子と妻に会った、とラ・ゲールに述べていた。首席検察官ラ・ゲールにとってこれは、クレマンが嘘をついていないかをあらためて確認する機会であった。クレマンはこのテストに楽々と合格した。彼はポルタルに対して、バスティーユにつながれている息子さんのもとを訪ねました、奥様はたいそう悲嘆にくれ、苦悩しているように見えました、とのストーリーを仔細《しさい》にわたって語った。微に入り細をうがった話に感銘を受けたポルタルは、家族の消息を伝えてくれたクレマンに感謝するほかなかった。何週間前から、連絡がまったくとれていなかったからだ。クレマンの大芝居はじつにみごとに成功した。

オルネイ館に着くと、ラ・ゲールとクレマンは庭で待つように言われた。国王はまだ起床していなかった。二人は約一時間待たされたが、この間にラ・ゲールはクレマンの身体検査をしようとは一瞬たりとも考えなかった。クレマンに対する疑いの念は雲散霧消《うんさんむしょう》していたからだ。

八時、アンリ三世の第一近侍のピエール・デュ・アルドが、陛下はお目覚めになったので二人を引見なさる、と伝えに来た。二人は、国王の寝室に通じる階段を上るようにうながされた。二階の廊下では、国王の身辺を警備する任務についているガスコーニュ出身武官四名がクレマンをじろじろと眺めた。この四人、すなわちキャラント＝サンクのメンバーであるベルナール・ド・モンセリエ、フランソワ・ドープー、フリックス・ド・バ、サヴァリ・ド・サン＝パストゥールは国王親衛隊のエリートであった。彼らは、六か月前のギーズ公アンリ暗殺にも、凶刃をふりまわして直接かかわっていた。彼らはパラノイアに近い警戒心を発揮するように訓練されていたが、クレマンについては、万が一にも暗殺者となるおそれはない、と判断した。それどころか、ブリエンヌ伯が発行した通行証と高等法院院長ド・アルレーの手紙を国王にお目にかけようとラ・ゲールが席をたっているあいだ、クレマンのことをからかった。クレマンはからかいに応じようとせず、不動のまま扉の前で待っていた。用心深くも、頭《こうべ》を垂《た》れたつつましやかな態度をとることで、親衛隊を安心させた。

ピエール・デュ・アルドが部屋に入ってきたとき、アンリ三世は、上半身はシャツ一枚の姿で、ショース［タイツ風の長靴下兼用のズボン］のひもを解いて「穴あき椅子［便器］」に腰を下ろしていた。国王のそばには、主馬頭《しゅめ》のロジェ二世・ド・ベルガルドがいた。差し出された文書の中身を読んだあとにアンリ三世は、「その者が伝えたい内容とやらを聞いてやろう」と、部屋にドミニコ会修道士を通すようラ・ゲールに命じた。アンリ三世は、聖職者を警戒した、といった非難を浴びるのはどうしても避けたかった。

ジャック・クレマンはおちつきはらって入室した。そしてすぐさま、ことを急《せ》いてはならない、好機を待つべきだ、と理解した。いますぐ襲いかかれば、側近二人が体を盾として国王を守るだろう。暗殺を成功させるには、できるだけアンリ三世に近よらねばならない。そのためには口実が必要だ。

クレマンは「陛下、［高等法院の］ド・アルレー院長はお陰様で達者であり、陛下にくれぐれもよろしくお伝えするよう、申しつかりました」と述べたあと、声を低めて、「内密の話」があるので陛下と二人だけで話したいのですが、とお伺《うかが》いをたてた。この言葉に、部屋のなかに軽い緊張が走った。ラ・ゲールはクレマンに大きな声で話すように命じたが、クレマンは応じなかった。突然神経をとがらせたラ・ゲールは、これ見よがしにクレマンと君主のあいだに割って入り、不安気な声で「この手の者が陛下を殺害するために姿を見せるはずだ、との報告が毎日のようにとどいている」、と強調した。こうして同室の人々の面前で疑惑をかけられても、クレマンはおちつきはらい瞬《まばた》き一つしなかった。この態度に安心し、クレマンの真意に少しも疑念をいだかなかったアンリ三世は、ラ・ゲールとベルガルドに少しさがるように身ぶりで命じた。そして、「近づくがよい」と愛想のよい声でクレマンに言った。

その後に起こったことは電光石火であった。ほかのだれにも聞かれないように話すためと見せかけて、アンリ三世の右耳へと体を傾けたクレマンは毒をぬったナイフを服のなかから取り出すと、国王の下腹部の右側を刺して、さっと後退した。アンリ三世の反応はすばやく、思いがけないものだった。「ああ、神様」という驚きの一声をあげるや否や、穴あき椅子から立ち上がり、下腹部に刺さったナイフを抜くと、「悪者め、わたしをあやめようとしたな!」と叫びながらクレマンの胸、次に左眉の上に斬りつけた。そして、ナイフを落とすと、床にくずれ落ち、腹から飛び出した腸《はらわた》を血だらけの両手でなんとか押さえようとした。以上は、一分以内の出来事だった。

王が反撃する音と叫び声、これにベルガルドの「ああ、イエス様!」という声が重なり、異変に気づいた護衛と召使たちが一斉《いっせい》に部屋に飛びこんできた。ほんの数秒間で、一〇人ほどがクレマンに飛びかかって剣を彼の体につき立てる一方、ほかの者たちは国王を寝台に運んだ。あわてて駆けつけたモンセリエをはじめとするキャラント=サンクは怒りにわれを忘れ、クレマンの遺体を窓から投げすてた。遺体は中庭の石畳にあたってひどく損傷した。[5] サン=パストゥールは、王の部屋に国王殺害者を招き入れたジャック・ド・ラ・ゲールを一撃しようとしたが、寸前のところで思いとどまった。

国王殺害者? いや、まだそうはよべなかった。アンリ三世は生きていたし、死ぬつもりなどなかった。意識もあったので、事件を知って枕辺に駆けつけた一六歳の甥シャルル(アンリ三世の兄であった故シャルル九世の婚外子、のちのアングレーム公)にほほえみかけた。シャルルのあとを追うようにして、外科医たちが入室し、国王の傷に包帯を巻いた。アンリ三世は甥の手をとり、安心させようと「怒りを抑えなさい。ああした悪者たちはわたしを殺そうとしたが、神はわたしを彼らの悪意から守ってくださったのだから。たいした傷ではない」と述べた。しかし、医師たちは国王と同意見ではなかった。彼らのうちの一人は、本心とは逆に、だいじょうぶでございます、と国王にうけあい、一〇日以内にふたたび馬に乗れるようになります、と言ったのだが。ほんとうのところ、アンリ三世が生きのびるチャンスはほぼなかった。内臓が傷ついていたからだ。

一一時ごろ、アンリ・ド・ナヴァールが大汗をかいたまま枕辺に駆けつけた。パリに第一回の攻撃をかけるために待機していた、市壁の外のサンジェルマンから馬を全速力でとばしてやってきたのだ。アンリ・ド・ナヴァールは、アンリ三世が差し出した手に熱をこめて接吻した。アンリ三世は、穏やかだが決意のこもった声で、「弟よ、あなたとわたしの敵がわたしをどのような目にあわせたか、おわかりだろう。あなたも同じ目にあわぬよう、用心なさい」と忠告した。そして、よもやそのようなことはあるまいが、万が一、自分が死ぬようなことがあれば、わたしの正統な後継者はあなただ、と以前からの考えが変わっていないことを告げた。そして、アンリ・ド・ナヴァールが立ちさろうとしたとき、ぜひともカトリック信仰に改宗するよう、あらためて勧めた。

午後のはじめ、アンリ三世は政務に取り組んだ。とんでもない噂が広がり、まちがった話が伝わることを避けねばならない。そんなことになれば、敵に利用されてしまう。アンリ三世は数通の手紙を口述し、国務卿のルイ・ポティエ・ド・ジェーヴルにも副署させた。これらの書簡の目的は、国王側についた公子、総督、都市を安心させることだった。たとえば、アンリ三世の暫定的「首都」であるトゥール市当局に宛てた手紙は次のような内容であった。「今朝、一人の若いドミニコ会修道士が、殺害をたくらんでわたしに斬りつけた。だが、御心にかなう者を心にかけてくださり、従順な僕《しもべ》が命を落とすことをお望みにならない神が、尊い恩寵によってわたしを守ってくださった。そのおかげで、ナイフは急所を逸《そ》れた。神のおぼしめしにかなえば何事もないであろうし、数日のうちにわたしは元どおりに元気になり、敵に打ち勝つことができるであろう」

シノンにとどまっていた王妃ルイーズのことも忘れなかった。ルイーズだけには、「僧侶のヴェールと服装」で人目をごまかした刺客が部屋に入っていたとき、自分は便器に腰をかけていた、と打ち明けた。「愛しい人よ、自分は回復すると期待しています。わたしのために神に祈ってください。でも、そこから動いてはなりません」が、妻に宛てた手紙の終わりの言葉であった。

この日の夕方、それまでは楽観的であったアンリ三世も、事態は深刻であると悟った。傷の痛みがひどくなり、周囲の人々——甥のシャルル、エペルノン公爵、ベルガルド公爵、ミルポワ卿——の不安は高まった。外科医たちが内臓に穴が開いていることを確認していたにもかかわらず、浣腸が行なわれた。これが命とりとなった。腹腔に水分が溜まった。それからほどなくして、腹膜炎を発症した。体の手あてとしては、もはやなすすべがなく、魂の手あてしか残っていなかった。国王付き司祭であるエティエンヌ・ド・ボローニュが王の寝室に祭壇をしつらえ、ミサを行なった。ミサの終わりにアンリ三世は告解をすませ、神の赦しを受けた。聖体奉挙のときに、ヴァロワ朝最後の君主であるアンリ三世は「神よ、あなたがわたしに託された臣民と国家にとってわたしの命が有用で有益であるのでしたら、わたしをお助けになって、命を長らえさせてください。さもなければ、神よ、わたしの肉体を奪い、わたしの魂を救ってあなたの天国におつれください」と述べた。部屋のなかにいた人々の何人かは、涙をこらえることができなかった。

真夜中の少し前、苦しみは耐えがたいものとなった。アンリは死が近いと悟り、ふたたび司祭を求めた。しかし、司祭と言葉をかわすことはかなわなかった。ボローニュが枕辺に近づくやいなや、国王は苦しみに悶えて目を閉じた。真夜中の二時ごろ、アンリは最後の力をふりしぼり、聖体拝領を求めた。次に、詩編を唱えはじめた。側近の一人が「敵もお許しになりますか、あなた様の殺害を命じたものもふくめて？」とたずねると、王は苦しい息のしたで「そうした者も許す。そして、彼らの罪も、わたしの罪も許してくださるよう、神に祈る」と答えた。最後の短い告解が行なわれ、二度十字を切ると、アンリはこと切れた。

一五八九年八月二日、朝の三時であった。ヴァロワ朝最後の王が死去し、ブルボン朝に地上の王冠がわたることになった。

修道士ジャック・クレマンに暗殺された、篤信王アンリ三世のモットーは「Manet Ultima coelo（究極の王冠は天にある）」であった。

原注

1　フランスでは、聖バルテルミーの虐殺（一五七二年八月二三―二四日）の後、フランスの絶対王政を暴政の原因として告発する文書が出まわった。プロテスタントである著者たち（テオドール・ド・ベーズ、ユベール・ランゲ、フランソワ・オトマンなど）は、彼らを君主制（モナルキア）廃止論者であるとみなすイングランド人、ウィリアム・バークレイによって揶揄をこめて「モナルコマキ」とよばれた。当人たちはこれに反論し、自分たちは暴政に傾く場合のみに君主制を批判するのだ、と主張した。

2　代表作『国家論六編』において政治主権の概念などを理論化した哲学者、法学者、思想家。「人間以外の富も力も存在しない」という有名な言葉を述べたのはこのボダンである。

3　提督であったコリニーは、アンリ二世の死後、ギーズ一族によって王国の政治の中枢からしりぞけられたのち、プロテスタンティズムに改宗した。一五六二年、カトリック派とプロテスタント派のあいだで内戦がはじまると、コンデ公の陣営にくわわり、もっとも手ごわいユグノー［プロテスタント］派闘将の一人となった。

4　この館はサンクルー城の一部となってしまったので、今となっては正確な場所を特定することができない。サンクルー城の一部も、普仏戦争（一八七〇―一八七一）によって焼失した。

5　その後、クレマンの遺体は、アンシャンレジームにおいて国王殺害者に適用された罰（四つ裂き）を受けた。

参考文献

Charles de Valois, duc d'Angoulême : *Mémoires pour servir à l'histoire des règnes de Henri III et de Henri IV*, Petitot, 1824.

Jacqueline Boucher : *La Cour de Henri III*, Ouest-France, 1986.

Keith Cameron : *Henri III, a Maligned or Malignant King ? Aspects of the Satirical Iconography of Henri de Valois*, University of Exeter, 1978.

Certificat de plusieurs seigneurs qui assistèrent le roi depuis qu'il fut blessé jusques à sa mort, dans *Archives curieuses de l'histoire de France depuis Louis XI jusqu'à Louis XVIII*, tome 12, Beauvais, Membre de l'Institut historique, 1837.

Pierre Chevallier : *Les Régicides : Clément, Ravaillac, Damiens*, Fayard, 1989.

— : *Henri III, roi shakespearien*, Fayard, 1985.

Monique Cottret : *Tuer le tyran ? Le tyrannicide dans l'Europe moderne*, Fayard, 2009.
Denis Crouzet : *Les Guerriers de Dieu. La violence au temps des troubles de religion*, Champ Vallon, 1990.
Philippe Erlanger : *Henri III*, Perrin, 1975.
Pierre de L'Estoile : *Registre-journal du règne de Henri III*, Droz, 2000.
Franklin Ford : *Le Meurtre politique. Du tyrannicide au terrorisme*, PUF, 1990.
Robert von Friedeburg (dir.) : *Murder and Monarchy. Regicide in European History, 1300-1800*, Palgrave Macmillan, 2004.
Janine Garrisson : *Les Derniers Valois*, Fayard, 2001.
Arlette Jouanna : *Le Devoir de révolte. La noblesse française et la gestation de l'Etat moderne, 1559-1661*, Fayard, 1989.
Arlette Lebigre : *La Révolution des curés, Paris 1588-1594*, Albin Michel, 1980.
Nicolas Le Roux : *Un régicide au nom de Dieu, l'assassinat d'Henri III*, Gallimard, 2006.
Paul-Alexis Mellet : *Et de sa bouche sortait un glaive : les monarchomaques au XVIe siècle*, Actes de la journée d'études tenue à Tours en mai 2003, Droz, 2006.
Georges Minois : *Le Couteau et le Poison. L'assassinat politique en Europe (1400-1800)*, Fayard, 1997.
Michel Pernot : *Henri III*, Fallois, 2013.
Robert Sauzet (dir.) : *Henri III et son temps*, Actes du colloque international du Centre de la Renaissance de Tours, octobre 1989, Vrin, 1992.
Jean-François Solnon : *Henri III*, Perrin, coll. « Tempus », 2007.

Jacques-Auguste de Thou : *Histoire universelle depuis 1543 jusqu'en 1607*, Londres, 1734.
Mario Turchetti : *Tyrannie et tyrannicide de l'Antiquité à nos jours*, PUF, 2001.
Pierre de Vaissière : *Récits du temps des troubles (XVIe siècle). De quelques assassins*, Emile-Paul, 1912.
Alexander Wilkinson : « "Homicides royaux" : The Assassination of the Duc and Cardinal de Guise and the Radicalization of French Public Opinion », dans *French History*, tome XVIII, n° 2, 2004.

3 マクシミリアン・ド・ロベスピエール

パリ、一七九四年七月二八日

殺された殺人者

「わたしは一〇万人を救うために一人の男を殺しました」

一七九三年七月一七日、劇作家として有名なピエール・コルネイユの直系子孫であるマリー＝アンヌ・シャルロット・ド・コルデー——通称シャルロット・コルデー——は、浴槽にいたジャン＝ポール・マラーを四日前に刺し殺したかどで、死刑を言い渡された。自身の行為の釈明として彼女が革命法廷で述べた言葉は偶然彼女の口をついて出たものではなかった。同じ年の一月二一日に処刑されたルイ一六世の裁判で、マクシミリアン・ド・ロベスピエールが述べた「祖国が生きるためには、ルイは死なねばならない」に呼応していた。

マラー殺害にくわえてのこの大胆不敵な発言は、それから数日後に公安委員会の一二人のメンバーの一人となる三五歳のロベスピエールの怒りと悲しみを倍加したはずである［一七九三年四月に発足した公安委員会は、事実上の革命政府として機能していた機関」。新聞「人民の友」の編集長として暴力的な主張をくりひろげ、革命の大義を倦むことなく説き、反フランスで連合した敵国との戦争をたえず鼓舞してきた過激なマラーは、ロベスピエールの親しい友人の一人であった。ところが、マラーを「革命の殉教者」としてパンテオンに葬ることを求める声があがると、ロベスピエールは当初、賛成しなかった。「刺し殺される名誉はわたしの特典でもある。優先順位はたんなる偶然で決まった」と彼が悔しそうに述べるのを聞いた側近たちは驚いて口もきけなかった。彼はあきらかに、マラーの殉死を羨《うらや》んでいた！　自分も反革命派の凶刃に斃《たお》れることを夢見ていたのだ。

一年後、すなわち共和暦二年牧月三日（一七九四年五月二二日）、ロベスピエールはあと少しのところで夢がかなうところだった。数日前から、かつてオーストリア皇帝侍従に召使いとして仕えていた、五〇歳のアンリ・アドミラという男が彼を殺そうとつけ狙っていた。元貴族のマリー＝シュザンヌ・ド・ラ・マルティニエールとねんごろになったアドミラは、国民公会［立法議会］が置かれていたテュイルリー近辺の賭場や酒場で時間をすごし、標的が姿を現わすのを待っていた。彼はピストル一丁と火薬を肌身離さずもっていた。ちなみに火薬の品質は劣悪だった。彼の動機はあまりはっきりしておらず、愛人を驚かせたいという気持ち、有名人になりたいという願望、フランスから怪物を排除しなければという漠然とした思い――数か月前より、ロベスピエールが次々にくりだす施策はフランスを流血のスパイラルにおとしいれていた――が入り混じりあっていた。

この日の夕方、アドミラはまたもや獲物をしとめることができずに戻ってきた。彼はファヴァール通りに面した建物に住んでいたが、ここにはジャン＝マリ・コロー・デルボワという役者かつ劇作家も住んでいた。国民公会の議員に選出されたコロー・デルボワはロベスピエールと同じように山岳派として左翼（議長から見て左側）に陣どっていた。数か月前、彼はリヨンで、おそるべきフーシェとともに、革命の喜びにひたろうとしない何百人もの男女と子どもの機関銃掃射による殺戮を指揮した。酒に酔っていたうえに、数日間の狩りで成果が得られないことに疲れてフラストレーションを感じていたアドミラは、手近なコロー・デルボワを殺すことにした。しかし、銃は不発に終わり、アドミラは逮捕された。国民公会では、事《こと》のしだいが叙事詩さながらに報告された。いわく、ジョフロワという名の愛国的な警官がアドミラによる襲撃の最中に通りかかり、みずからの命の危険をかえりみずに、反革命の陰謀——アドミラはその数多い刺客の一人にすぎない、とされた——によって危機にさらされていた国民の代表［コロー・デルボワ］を救った！　その後の数日間で、反革命派とみなされた五〇名以上が逮捕され、共和国の安全に脅威をあたえたかどで裁かれ、死刑判決を受けた。六月、アドミラと陰謀の一味とみなされたその他の者は全員、殺人犯と毒殺犯のしるしである赤いシャツを着せられ、処刑された。処刑された者のなかに、近所のしがない紙類販売商を父とするセシル・ルノーという文盲の若い娘がいた。彼女は、一七九一年の夏よりロベスピエールがサントノレ通り三六六番地、モーリス・デュプレという指物師の工房の真上に住んでいることを知っていた。五〇歳代のモーリス・デュプレは、「清廉の士」とよばれたロベスピエールを全身全霊で崇拝している一家の家長であった。彼自身も、革命を支持する急進的な「槍セクション」［ヴァンドーム〜マドレーヌ地区］に属する納税者市民として活動した過去をもつ熱心なジャコバン派で、やがて革命裁判所のメンバーとなる。デュプレの妻はロベスピエールを「救い主」とよんでいた。甥は、一七九二年のヴァルミーの戦いで脚を一本失って以来、ロベスピエールの忠実な秘書をつとめていた。デュプレには息子一人と、四人の娘（エリザベート、ソフィー、ヴィクトワール、エレオノール）がいたが、なかでもエレオノールは高名な下宿人［ロベスピエール］を狂わしいほど恋い慕っていた。ロベスピエールの机には毎朝、庭の花が飾られ、彼のシャツのジャボ［フリル状の胸飾り］やカフスは完璧にアイロンがけされ、国民公会での長い論議のあいまに食べるための美味しい弁当も用意されていた…。アドミラがコロー・デルボワに銃を向けた日の翌日、この襲撃のことをまったく知らなかったセシル・ルノーは、高名なロベスピエールにお目にかかりたいと思ってサントノレ通りを訪れ、デュプレ家の戸をたたいた。戸を開けたデュプレの娘の一人は怪しいと感じて、見知らぬ訪問者に、手にしている篭《かご》をおおっている布きれをとるように求めた。すると、中には二本のナイフが入っていた。これだけで、セシル・ルノーはロベスピエール暗殺未遂犯に仕立てられた…

以上の二つの事件により、デュプレ家はもとより、国民公会とフランス国民の一部にとって、ロベスピエールの威光はいやがうえにも高まった。だが本人はうちのめされた。事件後の数日間、彼は途方にくれているようだった。鬱《うつ》状態とさえいえた。狭くて、天井が低い自室に何時間もこもりきりで、クルミ材のベッド——デュプレの妻のドレスをほどいて作った、白い花模様のダマスク織りのカバーがかかっていた——に横たわるか、演説原稿、署名すべき法令や有罪判決が山積みになっている机の前に置かれた、座面に藁をつめた椅子に腰かけるかしていた。友人たちが訪れても、トレードマークである淡い色の上着、黒い半ズボン、白い靴下、レースの袖飾り、銀の留め金がついたエナメルの靴を身につけようともしなかった。友人らは、ロベスピエールが無気力で、神経質で、疲れていると感じた。唐突な動作で体はゆれ、目は「間断のない、辛そうな」瞬きをくりかえしていた。友人らはまた、ロベスピエールが髪を後ろになでつけることも、立ち上がるときに胸を張ること――少年時代にはじまった、背が低いのを隠すための動作である――も、忘れているのに気づいた。彼は誰彼《だれかれ》なしに、自分の死はせまっている、といった陰気な話を語って聞かせた。皆が自分を亡き者にしようと狙っている、とくりかえし述べた。「皆」とは、王党派はむろんのこと、あらゆる派の革命家をさしていた。穏健派から過激主義者にいたるまで。自身が設立して議長をつとめているがゆえに愛着があり、生ぬるい穏健派はすでに排斥されていたジャコバンクラブ――すぐ近くのサントノレ通り三三八番地に置かれていた――のなかにも、自分を殺そうと決意を固めた敵がいる、と信じこんでいた。

五月二六日、彼はようやく隠遁生活と鬱状態から抜け出した。熟考した末のことだ。死からのがれようと思うのなら、先制攻撃に出なくてはならない。しかも激烈に。国民公会に再登院したロベスピエールは、決然とした表情を見せた。「わたしは暗殺者たちに囲まれている」と議員たちに語りかけたのち、自由の敵を打ち負かすための健全な暴力に対する信頼をあらためて表明した。「われわれは、不死への道をわれわれの血で示す」が、フランス革命の新たな急進化を告げる演説の結び文句であった。

血。これまでにすでにどれほど多くの血が流れたことか。サンジュストやクートンとともに公安委員会を牛耳るようになってから、ロベスピエール本人がどれほど多くの血を流させたことか。前年の秋に処刑された、マリー＝アントワネットや平等公フィリップ［王族オルレアン家のルイ・フィリップ二世］といった貴顕の血ばかりではなかった。ここ数か月、一年前のジロンド派と同じように、かつての同志数十名もロベスピエールの血に飢えた狂気の犠牲となった。三月にはエベール派のアンラジェ［急進左派］が、その翌月にはダントンとその一派が処刑された。ロベスピエールとは学生時代からの友人、デムーランさえも断頭台の露と消えた。ロベスピエールはデムーランの結婚証書に署名し、彼の子どもオラスの代父にもなったほどの深いつきあいがあったにもかかわらず。大量処刑の波が訪れるごとに、ロベスピエールは文句のつけようのない理由でこれを正当化した。エベール派のアンラジェは過激な主張によって革命を脱線させるおそれがある、ダントン派は穏健ゆえに革命を減速させる危険がある、デムーランはその悪徳ゆえに革命の腐敗をまねきかねない、とされた。いずれの場合も、ロベスピエールが求めたのは権力保持のみであった。その手段は恐怖であった。「一つの反乱党派を封じこめるだけでは不十分である。すべての党派を粉砕せねばならない。いまだに存在する党派を、もう一つの党派を粉砕したときにわれわれが見せたのと同じ勢いで粉砕せねばならない」。弾圧に酔いしれるロベスピエールは、自分の言葉にも同じように酔っていた。

反乱を起こしたヴァンデの人々多数をナントで溺れ死にさせることを命じ、不服従のリヨン市民の虐殺を焚《た》きつけたのち、彼はコミューンを粛正した。コントロールがむずかしい地方の革命裁判所を廃止し、恐怖政治をパリで一括して掌握することを決めた。恐怖政治に否定的な指揮官たちに忠実すぎる革命軍部隊を解散させた。法律にそむく者を即刻処刑する、と定めた法律を通させた。国民公会の平原派と沼沢派［ジロンド派と山岳派の中間に位置していた中間派］の議員たちは彼をおそれた。サンキュロット［暴力的な無産市民。武装化して議員たちに圧力をかけ、恐怖政治の推進役となった］でさえも彼をおそれた。だれもがこの「嫉《ねた》み深く、憎悪に満ち、恨みがましく、渇《かわ》きを同僚の血のみで癒《い》やす人物」（フーシェ）をおそれた。彼を批判する勇気がある議員は、バレールやカルノーなど、ごくわずかであった。カルノーは、ロベスピエール、クートン、サンジュストの独裁的な逸脱に憤慨し、大胆不敵にも三人に「三頭政治家たちよ、あなたたちは消えさるであろう！」と語りかけた。共和政ローマの最後の擁護者たちの口から出た言葉といっても通ったことだろう［ポンペイウス、カエサル、クラッススの第一次三頭政治、アントニウス、オクタウィアヌス、レピドゥスの第二次三頭政治がローマの共和政を有名無実化した］。

生地のアラスですごした少年時代は、彼が六歳のときに亡くなった母におそわったレース作りが得意で、鳩や雀を飼ってかわいがっていたロベスピエールが、なぜこのように血に飢えた人間となったのだろうか？　身なりに気をつかう弁護士ロベスピエールは、もともとは死刑廃止論者で、鶏が絞め殺されるのさえ正視できなかった。そんな彼がなぜ、たった二年で大量虐殺をいとわない人間へと変わってしまったのだろうか？　自分の演説がどのような結果をまねくのか意識していなかったからだろうか？　革命に同調しない地方都市の住民の徹底的な弾圧を命じたが、自分では一度も現場に足を運ばず、実際に戦場に出たことも、処刑台を近くで見たことも、ギロチンの刃が落ちるときの音を聞いたことがなかったので、自身が誇る「革命の成果」の実態を把握していなかったからだろうか？同時代のイングランド人女性、ヘレン・マリア・ウィリアムズはそのように感じて、次のように述べている。「ロベスピエールは、ふつうの人間とはかけ離れた神秘主義的な人物の一人、規範も後継者ももたずにこの世に登場し、血の跡を残してこの世から消えさる運命の持ち主だとわたしには思われた。彼は、ほかのだれとも心を通わせることがなかった。彼の非社交的な魂はエゴイズムの鎧《よろい》をまとっていた。彼は、自分が歩く道にある小さな障害物を掃いてすてるように、人々を淡々と処刑台に送った」

＊

噂にすぎない、もしくは現実の暗殺未遂にうちのめされていたロベスピエールは一七九四年六月初旬、失っていたエネルギーをとりもどした。毎日、夜が明けるやいなや、公安委員会が置かれているテュイルリーの平等宮（フロール宮がこのように改名された）に出勤した。七時には、執務机に向かって腰をかけ、夜のあいだに届いた公用文書を読んでいた。一〇時になると、毎日開催されて三時間以上も続くことが多い公安委員会の会合に合流し、午後は国民公会に出向いて、当日の議題の審議に参加した。二〇時にはふたたび公安委員会に戻り、朝の二時前に退出することはまれだった。ときには、帰宅の途中でジャコバンクラブに寄った。就寝前には手帳に翌日に検討すべき項目を書きとめた。現存しているこの手帳には、「告発すべき裏切り者」、「反乱分子をあばく」などの文字がならんでいる。

六月八日、生きる喜びと殺す喜びをすっかりとりもどしていたロベスピエールは、晴れの日を迎えた。友人である画家ジャック・ルイ・ダヴィッド──国民公会の議員でもあった──に演出を依頼した最高存在の祭典である［最高存在は、キリスト教に代わる革命宗教］。彼にとってこのイベントは、力を誇示する機会であった。彼は自分に敵対する者たちに強い印象をあたえ、だれが支配者であるかを思い知らせたかった。テュイルリーからシャンドマルスまでの行進がプログラムに組みこまれていた。ダヴィッドの指示に従い、国民公会議員たちは全員、鮮やかな青の服を着て三色の帯をしめていた。先頭を一人で歩くロベスピエールは、胸にブーケをとめた濃い青の服に身を包み、手には大きな花束を持っていた。彼は活き活きとしていた。シャンドマルスに着くと、「叡知」の像の前に立ち、厳粛なおももちで、無神論、野心、エゴイズム、見せかけの素朴を象徴する人形に次々と火をつけた。自分の夢にひたりこんでいた彼は、歩道にならんだパリ市民の顔が、嘲《あざけ》りとからかいがこもった笑いで引きつっていたことに気づかなかった。彼らは、表向きには宗教ではないこの新たな宗教に捧げられた儀式は、キリスト教の儀式よりもかなり複雑だ、と感じた。バンジャマン・コンスタン［小説家、思想家、政治家］も同じ感想をいだき、ロベスピエールは「一つの宗教を作り出すことでムハンマドと同等になったと信じるもっとも愚かな暴君」であり、ほかでもない、「憂慮すべき独裁」を自分のためにうち立てることを考えていた、と断じた。

二日後、ロベスピエールは友人のクートンが提案した法案を国民公会にかけた。これにより、革命裁判所は無制限の権限をあたえられ、組織が改編され、訴訟手続きが見なおされた。その目的も再定義され、あいまいなところはなくなった。「祖国の敵を罰するのにかける時間は、敵だと認定するのにかかる時間に限定されるべきである。罰するというより、殲滅《せんめつ》することが求められる」。「祖国の敵」とは？　この法案の第六条によると、「君主制の再興を願う」者、「国民公会を堕落させる」者、「風紀を紊乱《びんらん》する」者、「共和国の強化をさまたげる」者…と数かぎりない。「虚偽のニュースを広める」者、「意気消沈をもたらす」者もふくまれていた！　つまり、だれもが容疑をかけられることになった。議員のリュアンは「この法律が通れば、われわれに残される選択肢は頭を撃ちぬいて自殺することのみだ」と嘆いた。はたして、この法案は採択され、大恐怖政治がはじまった。毎週、二〇〇人ほどがギロチンにかけられた。これは必要なことだ、と絶対権力者ロベスピエールは考えていた。彼が望む、悪徳とも弱さとも無縁の徳高い国民が誕生して育つためには。

しかし、彼の周囲では批判の声があがりはじめた。ロベスピエールが背徳者の殲滅《せんめつ》を求めたとき、「地上から異端者を排除しようと努めた宗教裁判の審問官たちと同じ言いまわしが使われている」と苦々しい思いで指摘する者たちがいた。人々は自問しはじめた。ロベスピエールはやりすぎではないか？　彼は病的な迫害癖につき動かされ、革命の賢明な原則を曲げ、個人的な恨みを晴らそうとしているのではないか？　これは複数の議員——ロベスピエールの度を超した弾圧をあやういところでのがれた旧ダントン派だけでなく、山岳派もふくまれた——の考えであった。ロベスピエールが、ふだんからことに好んで使っていた言いまわしの一つ——「革命は、さまざまな人間の破滅によって決まる」——をもちだして恐怖政治をあらためて正当化するのを耳にしたあと、ある議員は隣の議員に次のようにささやいた。「ロベスピエールとサンジュストをこのままやりたい放題にさせておけば、フランスは近いうちに、二〇人ほどのトラピスト政治家が隠遁する僻地《へきち》になるだろう」［トラピスト修道会は非常に戒律が厳しいことで知られている］。一七九四年七月一日のことだった。

革命の意義を人一倍信じていた議員たちも、神経症的な言動がひどくなる一方のロベスピエールは革命の大義の敵となった、と理解した。ロベスピエール自身は、いまでも同じ大義を擁護しているつもりであるが。しかし、どうやったら彼をひきずり落とすことができよう？　彼の猜疑心を目覚めさせず、彼のおそろしい怒りをかうことなく、共和制の枠内で彼の力を殺《そ》ぐにはどうしたらよい？　どうすれば、わが身の危険を避けつつ、彼の専横な絶対権力に異議を唱えることができるだろう？　反撃がおそろしい。共和国を弱体化させようとしていると糾弾されるならましなほうだ。最悪だと、王党派の事実上の盟友になった、と認定されてしまう…。彼らは用心しつつ、バレールを中心に結束した。外交問題に詳しいバレールは議員であるだけでなく、公安委員会の報告者をつとめていた。平原派に属していたものの、長いこと強硬革命路線の支持者であった。だが、八月初旬にはじまった大恐怖政治にはおそれおののいていた。革命は過熱して制御できなくなり、チロク「古代中東で信仰されていた神。母親の涙と子どもの血にまみれた魔王、ともよばれる」になってしまった。何年かのち、バレールは「われわれの頭にあったのはただ一つ、どうしたら自分が生きのびることができるか、という思いだった。人々は、隣人が自分を告発してギロチンに送ることがないように、自分が先に隣人を告発してギロチンに送っていた」と回想することになる。

バレールは自分と同じ恐怖をいだく者たちに、次のような提案をおこなった。ロベスピエールのミス、戦術的あやまち、彼のパラノイアを示す明らかな症状を探り、各人が周囲の人間に伝える。ロベスピエールの側近や同僚たちにも、慎重な言いまわしを用いて、公安委員会の決定に問題がないか考えるよう、うながしてみる。ロベスピエールの精神の健全性に疑念をもっていることが明らかな者たちに、その気持ちをもっとはっきり表明するよう働きかける。だれかが失望感、フラストレーション、うんざりした思い、懸念をもらすのを聞き逃さず、心の準備をしておくように伝える。一日また一日と時間がたつにつれ、この小さな影の軍隊の規模は大きくなった。あっと驚くような者たちも仲間にくわわった。たとえば、反革命に立ち上がったリヨン市民の弾圧と虐殺を指揮するあいまに、率先して掠奪《りゃくだつ》を行なったと噂されるコロー・デルボワは、「清廉の士」ロベスピエールが自分の粛正を求めるのをおそれてねがえった。それよりも驚きだったのはフーキエ＝タンヴィルの参入だった。すなわち、シャルロット・コルデー、ジロンド派の議員たち、マリー・アントワネット、ダントン、エベール派を告発し、死刑判決をくださせた革命裁判所検事その人である！　彼がバレールへの接触をはかったのは、テオ事件[1]に怒ったロベスピエールが彼の罷免を求めたためである。彼は、自分も「暴君」の失墜に力を貸す、との言質《げんち》をあたえた。

　ロベスピエールとて、そうした策動に無知だったわけではない。自分に対する不平不満が高まり、もっとも忠実な支持者も自分をおそれるようになったことを察知し、残念に思っていた。こうしたろくでもない噂は、彼にとって耐えがたいものであった。肉体的にも。六月なかばから彼は三週間もパリを離れた。これが命とりとなった。バレールはロベスピエールの不在を利用して、自分と同じように、革命プロセスをよりゆるやかにすることを望む者たち全員を結集し終えた。この間、ロベスピエールは公安委員会にも国民公会にも姿を見せず、ジャコバンクラブに何回か顔を出しただけだった。田舎に平穏を求めて、闘争や論争を避けていたのだ。あれほど大好きだった警察や密偵の報告書ではなく、小説『ポールとヴィルジニー』のほか、博物学者コンラート・ゲスナーや、奴隷制度や植民地主義に反対した元聖職者の思想家レナルの著作を読みふけり、そのあいまにモンモランシーの森を散歩する毎日だった。少しであるが、ピストルを撃つ練習にも挑戦した。まるで、世界全体を敵にまわしての決闘を準備しているかのように。こうした態度が戦術的計算にもとづいていたことにまちがいはない。不在は、渇望をかきたてるにちがいない、自分が職務に戻るときは凱旋将軍のように歓迎されるはずだ、と考えていたのだ。だが、彼がほんとうに疲れていたことも確かであった。もともと鬱傾向があったため、思うようにならない状況に直面すると、どう頑張っても気持ちが沈んでしまうのだ。

パリに戻ると、七月一九日、すなわち革命暦熱月（テルミドール）一日にジャコバン派を前にして、苦々しさと尊大の塊のような奇妙な演説を行なった。古代ローマへの言及に満ちた演説であり、共和政ローマの美徳を体現しているカト・ウティケンシスに自身をなぞらえていた。高潔の士として知られたカト・ウティケンシスは、カエサルには独裁者となる野心があると見ぬいて早い時期から対立し、カエサルが軍団をひきつれてルビコン川を渡ったことをきっかけにはじまった内戦で敗れると、降伏をこばんで自害した。カトは「自由が失われた世で生きのびる」ことを潔《いさぎよ》しとしなかったからだ、と述べたロベスピエールは自殺を考えていたのだろうか？　考えていたという証拠はないが、彼はだれとも会おうとせず、数か月前に生まれ故郷のアラスからつれてきたグレートデン種の愛犬ブルントとともに引きこもった。

七月二五日、ジャコバン派から追い出された一人の議員が、自分の除名にロベスピエールがどのような役割を果たしたのかを、本人の口から聞きたい、と要求した。無視することもできたが、ロベスピエールは受諾して議会へとおもむくことにした。カルノーがパリから大砲を引き上げた（陣容を整えつつある反革命派にパリを引き渡すためだろうか？）、公安委員会のライバルである保安委員会のメンバー数名が獄中のジロンド派に会いに行った、と耳にしていたので、ロベスピエールは包囲網が狭まっているのを感じてはいた。なんとしても現状を打開し、ふたたび権力を掌握せねばならない。要求に応じて議会で説明する、というのは口実にすぎなかった。前夜、彼はまるで遺書のような長大な演説の原稿を五〇枚も綴った。彼にとってこの演説は、議員らを怖じ気づかせ、魅了する力が自分にはまだどれほど残っているかをはかる手段であった。自分が紙きれ一枚の下部に羽根ペンでさらさらと署名するだけで全員を処刑台に送りこむことができることを、連中は忘れたのかもしれない。彼は自分の弁舌に自信をもっていた。用意したフレーズを舌鋒鋭く読み上げるだけで、せまっている嵐を吹き飛ばすことができる、と確信して。

＊

ロベスピエールが自分の座席――山岳派の最前列――に腰をおちつけたとき、議場には興奮が渦巻いていた。ほんの少し前、バレールは誇らしげにアントウェルペン陥落を告げていた。その証拠に、敵から奪った旗を腕の下にかかえた若い兵士が議場の入り口に立っていた。フランス南部出身のバレールの明るい顔色と、北部出身のロベスピエールのくすんだ顔色は対象的だった。二人はほぼ同年齢であったが、ロベスピエールは老人のように見えた。青い服と緑色の眼鏡が不協和音を奏で、顔の青白さを強調していた。ロベスピエールは演壇に立つと、自分がいだく強い感情――憎しみと怒り――を表情に出さぬように用心した。彼は、本来の職業である法曹家にふさわしい話し方をする、と決めていた。頭を動かさず、目は一点を凝視し、大きな声で演説をはじめ、自分が迫害されている理由がわからない、と述べた。人々は、わたしに責任も咎《とが》もない逸脱《いつだつ》についてわたしを責めているようだが、わたしは数週間前から世間から身を引いており、何人《なにびと》にも何事《なにごと》にも影響力をおよぼしていない。ましてや、暴君としてふるまっているという非難はまったくあたらない。政務からこのように遠ざかっている者がどうして暴君となれようか？　議場の中央を占め、彼の正面にいる平原派の議員たちに向かって、ロベスピエールは柔らかな声色で、自分は七三名のジロンド派の命を助けたではないか、と訴えた。しかししだいに彼の本性が仮面を押しのけて露《あら》わとなり、自分に対して数多くの陰謀が練られている、外国勢力に靡《なび》いた裏切り者たちが影にひそんでいる、と主張しはじめた。そうこうするうちに、永久革命をよびかけ、共和国に脅威をあたえている怪物たちに言及するにいたった。彼が名ざしすることなく描写した怪物たちは、バレール、カルノー、フーキエ＝タンヴィル等々にそっくりであった…

突然、だれかが「あなたが告発している者たちの名をあげてください！」と叫んだ。ロベスピエールは「ああ！　ただいま、この場で名ざしするのはためらわれます。暗幕を完全に裂く決意がつかないのです！」と答えたのち、怒りをこめて「反革命は財政を担当する行政機関のなかにいる。（…）われわれの財政を預かる最高行政官とはだれか？　ブリソー派、フイヤン派、貴族、そしてだれもが知る放蕩者たちだ。カンボン派、マラルメ派、ラメル派だ！」と叫んだ。そして演説のしめくくりに、内側から腐敗している公安委員会の粛正が必要だ、とあらためて述べた。

ロベスピエールが演説を終えると、ややためらいがちな喝采が起きた。左翼を占める議員たちからの喝采がいちばん大きかった。ロベスピエールが満足げに自席に戻ると、議員たちは全員、互いを観察し、ようすをうかがい、反応を探りあった。ロベスピエールをたたえなければ、告発されて、明日には有罪判決をうける危険が大だ。しかし、おおげさに誉めたたえれば、風向きが変わった場合にまずい立場に置かれかねない…。ルコワントルという名の議員が中立を保とうとする雰囲気をやぶり、ロベスピエールのいまの演説を印刷することを国民公会で決議しようではないか、と提案した。奇妙なことに、バレールはこの提案を支持した。車椅子のクートン[2]は、これに負けじと、印刷後にこのすばらしい演説をフランスの全コミューンに送付することを提案した。ロベスピエールは勝った、と思われた。しかし、そうではなかった。一人の男が立ち上がって抗議した。カンボンであった。「名誉を汚される前に、わたしはフランスに語りかけたい」という、芝居じみた台詞《せりふ》で話をはじめた。彼は、自身に対して投げかけられた非難に反駁した。自分は何年も前から、相場師や投機家と戦っているし、少額年金受給者たちを守るためにあらゆる手をつくしてきたではないか、と。「真実を包み隠さず述べるときが来た。たった一人の男が国民公会の意図を麻痺させてきた。この男とは、あの演説を行なったばかりの人物だ。ロベスピエールだ」。カンボンの大胆な言動に、これまでがんじがらめになっていた舌、恐怖、意思が解き放たれ、カンボンは拍手喝采された。だれよりも先に喝采したのはバレールであった。いつもは自分の言いなりとなっている議会において、前代未聞の抵抗にあったことにロベスピエールは腹をたて、ふたたび攻撃に出た。しかし、カンボンは数字をあげて堂々と応戦した。自分はすでに境界線を踏み越えてしまった、ロベスピエールとの対決は犠牲者なしには終わらないとわかっていた以上、遠慮は無用だった。虚をつかれて動揺したロベスピエールは椅子に座りなおし、議会の投票に結末をゆだねることにした。それが決まりだからだ。彼はいつだって厳格な法律尊重主義者であった。数分後、結論が出た。ロベスピエールの演説は印刷も配布もされないことになった。議員たちはクートンの提案を投票にかけることを拒否した。ロベスピエールは青ざめた。彼はクートンに「わたしはおしまいだ」とささやいてから議場を去り、ジャコバンクラブへと向かった。

ジャコバンクラブの友人たちを前にして、ロベスピエールは先ほどの演説をふたたび読み上げた。今回は、大きな拍手喝采を受けた。これから事態がどのように転ぶかが決定的な意味をもつと感じとったロベスピエールにとって、支持者たちを動員する絶好の機会であった。彼は現状をドラマティックにとらえて語った。「これはわたしの遺言である（…）。毒杯を仰ぐことになるとしても、わたしは沈着をたもつだろう」。一七八七年にソクラテスの死を描いたダヴィッドは、居ても立ってもいられず、これまたドラマティックな口調でロベスピエール支持を表明した。「君が毒杯を仰ぐとしたら、わたしも君とともに仰ごう」（結局のところ、ロベスピエールは毒杯をあおがず、ダヴィッドは翌日、国民公会近辺に近よらなかった…）。雰囲気は張りつめ、だれもが革命の未来と自分の未来が岐路に立っていると感じた。あたりをうろついていたコロー・デルボワは部屋から追い出され、もう少しでリンチの犠牲者になるところだった。真夜中、ロベスピエールは安心して家路についた。ジャコバン派だけでなく、国民衛兵（武器の配布によって武装を固めることにした）、コミューン、革命裁判所がロベスピエール支持を伝えた。ロベスピエールは翌日も国民公会に足を運び、反乱分子を告発することで議会の雰囲気を変え、自分の側につくように仕向けよう、と決心した。いよいよ決戦だ。

ロベスピエールがデュプレ家の下宿に戻る一方で、サンジュストは公安委員会の集会室の片すみでロベスピエール支持の演説を執筆した。彼がめざしていたのは、独裁者としてふるまっているのはロベスピエールではなく、カルノー派やバレール派やコロー・デルボワのたぐい、すなわち革命の大義を裏切っている者たちである、と証明することであった。サンジュストが演説を書き終えたのは明け方であった。「ロベスピエールが世論の専制君主というのか？　雄弁の独裁者？　あなた方が雄弁になろうとするのをさまたげている、というのか？」といった調子の大仰《おおぎょう》な言いまわしがつまった演説であり、サンジュスト本人はたいへん満足していた。

一七九四年七月二七日の朝、デュプレの家を後にするとき、ロベスピエールは晴れやかな気分だった。かつての仲間から離反する者が出たと聞いて、あなたのことが心配でたまらない、と言うデュプレ一家を安心させるため、ロベスピエールは「山岳派は腐敗していますが、国民公会の多数派は健全ですし、わたしに耳をかしてくれるでしょう」と述べた。彼は、ここまで冷笑的かつ盲目になってしまったのだろうか？　彼が言うところの国民公会の多数派は右派と中道派で構成されているが、彼らの主《おも》だった指導者たちを六か月前からたえず処刑台に送りこんでいるのは自分であることを忘れたのであろうか？

午《ひる》に審議がはじまった。議長がコロー・デルボワであることは、ロベスピエールにとって悪い知らせであった。サンジュストがいちばんに演壇にあがった。しかし、演壇を支配できたのは数秒のみだった。口にすることができたのは「わたしはいずれの徒党にも属していない。わたしはすべての徒党と戦う。保証をあたえ、権威の境界標石を置く制度、公民の自由のくびきの下に人間の傲慢を押えつけて二度ともとに戻らないように矯《た》める制度でなければ、徒党を消滅させることは決してできない」という三つのフレーズだけだった。革命家好みの理屈っぽい言葉をつらねた演説は野次り倒された。サンジュストは、もはや自分に注意をはらおうともしない議員たちの反応に驚いて口もきけなくなり、途方にくれた。議員たちはいまや、国中を血まみれにしている大恐怖政治のほんとうの責任者はだれだ、と互いにののしりあっていた。騎手が自分の馬の動きをわかっているように議会の動きを知りつくしていたロベスピエールは、議員たちの心理がゆれうごいているこのときこそ、介入のチャンスだと思った。大股で歩いて、茫然自失となったサンジュストが放棄した演壇に達すると、平原派と沼沢派を巧みにおだてようと話しはじめた。しかし、このとき「倒せ、暴君を倒せ！」というもっとも激烈な怒号を飛ばしたのは、あろうことか平原派や沼沢派であった。動揺したロベスピエールは山岳派に向きなおり、「わたしが訴えかける相手は諸君、すなわち純粋な士であって、ごろつきどもではない」と話しかけた。ただちに「人殺しのおまえが徳について語るのか？　徳は、おまえの刑罰を求めている！」との答えが返ってきた。ルーシェという議員は大胆にも、ロベスピエールの逮捕命令を要求した。この提案に一同は一瞬沈黙したが、賛成を表明する何人かの小声が聞こえたかと思うと、議場にわれんばかりの賛同の声が響きわたった。ロベスピエールは険悪な表情を浮かべて「放蕩者」、「ごろつき」と叫んだが、標的に達する前にくだけて消えるシャボン玉さながらだった。議会は自身の大胆さに驚き、重荷を下ろしたかのようだった。昨日まではいがみあっていた平原派、沼沢派、山岳派はいまや意気投合して、「逮捕！」、「糾弾！」と同じ叫び声を上げていた。議決が行なわれたが、満場一致で、ロベスピエール、クートン、サンジュスト、そして七人の「共犯者」の逮捕命令が可決された。「共和国万歳！」や「自由万歳！」の声が議場に谺《こだま》した。フレロン議員は「暴君を倒すのは容易ではない！」と安堵《あんど》のため息をもらした。

ロベスピエールは、この投票が何を意味しているか理解しており、全身をこわばらせた。この議会が、「清廉の士」、公安委員会のメンバー、共和国の不屈の建設者である自分を有罪として、シャルロット・コルデーをたたえてロベスピエールの愛国主義を揶揄《やゆ》した反革命の詩人アンドレ・シェニエが二日前に受けたのと同じ罰〔ギロチンによる処刑〕をあたえることなど、どうして可能なのか？　不動で黙りこんだロベスピエールは、弟のオーギュスタン──トゥーロン征服で名をあげたボナパルトという名の軍人の友かつ庇護者であった──が「自分にも兄と同じ罰を」と英雄的に求めても、ほぼ気づかぬようすであった。「われわれの死体を用いて、玉座に登るための階段を築くことを欲した」と自分を非難した一人の議員に、クートンが変形した自分の両足を示して「わたしが玉座にのぼるだって？」と反駁したのもほぼ気づかぬ風情であった。

＊

一七時、ロベスピエールは国民公会を去り、憲兵に囲まれて公安委員会につれていかれた。彼をどうすべきか？　弟のオーギュスタン、クートン、サンジュストなどの同時に逮捕された議員たちとともに夕食をとったのち、彼一人がリュクサンブール宮につれていかれた。リュクサンブール宮の衛兵が門戸を開けることを拒否したので、失墜した革命指導者ロベスピエールは最終的に、同街区の区役所──場所はオルフェーヴル河岸シテ島、牢獄として使われていたコンシエルジュリーのすぐ近くだった──におちついた。彼の耳に、向こう岸、わずか数百メートル先の市庁舎（パリコミューンの拠点）前のグレーヴ広場に集まった群衆のざわめきがとどいた。ロベスピエール逮捕の知らせを受け、何百人ものサンキュロットと国民衛兵が、パリコミューンに結集していた。彼らは武装しており、決意も固く、テュイルリー宮まで進軍し、国民公会議員と公安委員会の裏切り者たちにつめよって「誤った決定」を撤回させるつもりであった。市庁舎の前に置かれていた大砲約二〇門の上に座る、もしくは大急ぎで地下蔵から引き出された火薬箱の上に陣どった者たちが、人権宣言をふりまわしていた（「政府が国民の権利を侵す場合、蜂起は国民にとってもっとも神聖でもっとも不可欠な義務である」）。一同はすでに、コミューンと憲兵によって解放されたオーギュスタン・ド・ロベスピエールをはじめとする五人の議員を迎え入れていた。欠けているのはマクシミリアン・ド・ロベスピエールだけだ。彼がくわわれば蜂起のはじまりだ！

二〇時、ロベスピエールを監視していた者たちが、拘束を解いた。彼は、コミューン（パリ市庁舎）に合流するようながされた。彼が到着すれば攻撃開始の予定だった。だが、彼は動こうとしなかった。暴動の指導者になることはできない、との考えだった。恐怖？　無自覚？　傲慢？　ばか正直？　セーヌ川を越えて向こう岸に渡るようせかす者たちに対してロベスピエールは、「国民公会は自分たちが壊したものを作りなおすだろう」と説いた。法的に正しいのは自分だが、「蜂起すれば」法をないがしろにすることになる。そうしたら、「法をふみにじった」と自分を非難する者たちに弱みをにぎられることになる。そんなことは論外だ。まだ自分の味方が残っている革命裁判所が、自分に恩赦をあたえてくれるだろう、とロベスピエールは期待していた。

こうしたロベスピエールの優柔不断が、機知と政治的センスのどちらももちあわせたバレールに有利に働いた。ロベスピエールが合法性にこだわっていると知るやいなや、彼はこれをどのように利用すれば大逆転が可能となるかを理解した。だから「コミューンの連中と国民衛兵によって午後に解放された議員たちは法の外に置かれた」と認定する法令を国民公会で採択させた。その結果、ロベスピエールたちは、再逮捕されれば裁判も判決もいっさい抜きで、ただちに処刑されることになった。法律にしたがって…

いまや、ロベスピエールに選択肢は残されていなかった。パリ市庁舎に合流するほかない。しかしすでに真夜中になっていて、反撃の好機は失われていた。闇に沈むグレーヴ広場はほぼ無人で静寂だった。四時間前、興奮の坩堝《るつぼ》と化し、恐怖政治の指導者ロベスピエールの権威を力ずくで回復させるのだ、と息巻いていた群衆は待ちくたびれ、失望し、苦い思いをかかえ、夜が更けるにつれてちりぢりとなった。二〇時ごろ、ロベスピエールの自宅で、百合の花が描かれた王家の印璽が見つかった、ロベスピエールはタンプルに幽閉されているカペーの娘［ルイ一六世とマリー・アントワネットの娘、マリー・テレーズ］と結婚するつもりだ、との噂が流れた！　これを知ると、多くの者がグレーヴ広場を後にし、ロベスピエールを支援しようとこちらに向かっていた郊外サン゠マルソーの民衆は道を引き返した。パリではこの夜、ロベスピエールのために死ぬ覚悟を固めた者はもはや少数となっていた。悲嘆にくれ、疲れはて、無気力となったロベスピエールは市庁舎の二階の一室に身をおちつけた。朝の二時であった。

物知りだが少々滑稽な議員、レオナール・ブルドンは、ロベスピエールに反感をいだくブルジョワ地区の住民を動員する役目を国民公会からあたえられた。夜のあいだに、彼は――少々奇跡的といえよう――小さな部隊を形成することに成功した。百戦錬磨の戦闘員はごくわずかで、大多数は髪粉をふりかけた鬘《かつら》をかぶったブルジョワであった。この部隊はテュイルリー宮で、偵察のためにコミューンが送りこんだロベスピエール派部隊と出くわした。一方的なものとなることが確実だった戦闘は起こらなかった。銃撃も殴りあいも抜きで、それぞれの部隊は別方向へと退散した。革命の英雄たちも疲れていたのだ。これを勝利とかんちがいしたブルドン議員は、敵陣にのりこむ、ノートルダム橋まで進軍する、と決めた。同時に、いちばん勇猛な者たちには、別行動をとってグレーヴ広場に行き、蜂起の火元である市庁舎で何が起きているか探るよう求めた。

この使命を引き受けた男たちのうちに、シャルル＝アンドレ・メルダという名の一九歳の憲兵がいた。金髪で天使のような顔立ちの青年だったが、度胸は据わっていた。商人の息子であるメルダは二年前、その若さにもかかわらず、短命で終わった立憲国王衛兵――エリート部隊とみなされていた――に入隊できた。メルダは次に、憲兵隊にくわわったが、仲間からからかわれる日々が続いた。苗字を嘲笑《あざわら》われ「メルダはフランス語で糞を意味するメルドを連想させる。イタリア語などでもメルダは同じ意味」るのはむろんのこと、短期間ながらルイ一六世の衛兵であったことから「ヴェトー（拒否権）」とあだ名された［ルイ一六世は一七九二年の春、自分の信念に反した決定を批准しないですむように、拒否権を行使してむだな抵抗を試みたため、革命派からムッシュー・ヴェトーとあだ名された］。仲間に受け入れてもらい、国王に仕えたという自分の罪深い過去と滑稽な苗字を忘れてもらうためには、なにごとにも率先して取り組み、並以上の勇気を示す必要がある、とメルダは知っていた。これこそ、コミューンの本拠地である市庁舎にしのびこむ使命に彼が躊躇《ちゅうちょ》せずに志願した理由であった。

時刻は朝の三時。建物の廊下や事務室にはまだ数多くのロベスピエール派がたむろしていて、松明《たいまつ》に照らされた彼らの顔からは、疲労にもかかわらずおとろえていない闘争心が読みとれた。警戒心に満ちた目を向ける者がいると、メルダは大声で「ロベスピエール万歳！」と叫ぶことでただちに信頼を得た。ロベスピエールは「平等の間」で休息していると知ったメルダは、二階へと向かう階段の下で停止を命じられた。合い言葉が必要だった。メルダに同行していた憲兵の一人が合い言葉のみならず、二階の間取りやロベスピエールがいる部屋の正確な位置を知っていた。メルダはサーベルに手を置き、ほぼ「気をつけ」の姿勢で「オルドナンス・スクレート（秘密の命令）」と自信たっぷりの声で言った。番兵はメルダの気配に圧倒され、身体検査することを忘れた。「清廉の士」に忠誠を誓いに来た新たな志願者だろう、とかんちがいされたのだろうか、メルダと同行者たちは通された。階段を昇り終えると、メルダはしりごみすることなく会議室へと向かい、前触れなく闖入《ちんにゅう》したこの憲兵のグループを不思議そうに見ている何人かのサンキュロットを押しのけて会議室を通りすぎた。メルダは事務局の扉をたたき、答えも待たずに扉を開けた。部屋は、大多数は立ったままの数十人の男でごった返していたが、メルダの目に映ったのはただ一人、奇妙に晴れやかなようすで肘かけ椅子に座っているロベスピエールであった。迷いのない足どりで数歩進むと、メルダはロベスピエールの斜め正面に立った。どちらの陣営につくかをまだ決めていないパリのサンキュロット地区にコミューンの名前で出す最後の招集令に署名するところだったロベスピエールは、左肘を膝に預け、頭を左手で支えてうつむいていた。メルダはシャツの下に隠していたピストルとさっと取り出すと、ロベスピエールの心臓の方向に差し出した。爆音が聞こえると、ロベスピエールは咄嗟《とっさ》に頭をさらに下げた。ゆえに、弾は彼の胸ではなく、下顎の左側をくだいた。うめき声がもれた。

その後の数分は混沌そのものだった。コミューンによって解放されたロベスピエール派議員の一人、フィリップ・フランソワ・ジョゼフ・ル・バ――ジャコバンクラブの旧会長で、デュプレ家の娘の一人と結婚していた――は、状況をただちに理解し、ピストルを取り出すと、メルダに続いて乱入した憲兵が阻止する前に自殺した。オーギュスタン・ド・ロベスピエールは靴を脱ぐと、グレーヴ広場を見下ろすバルコニーをまたいで投身自殺をはかった。だが脚を一本折っただけで逮捕された。驚愕するばかりでいっさい抵抗しなかったサンジュストも逮捕された。クートンは、一人のサンキュロットに運ばれ、暗闇に包まれた階段へと逃げ出した。蝋燭の光をたよりに、一人の擲弾兵《てきだん》が二人の方向に向かって銃を発射した。弾があたったサンキュロットは倒れて、クートンもろとも階段を転げ落ちた。階段の下で見つかったクートンは、頭蓋骨を骨折したが死んではおらず、気絶していた。クートンを発見した者は彼の両足をもって床をひきずるようにして運んだ。その通り道には幅広い血の跡が残った。

*

ロベスピエールの死の苦しみは一五時間続くことになる。まずはテュイルリー宮に運ばれ、公安委員会の審理室で、緑色の絨毯をかぶせた大きな木のテーブルの上に寝かされた。彼は空色の上着、南京木綿のキュロット、白い木綿の靴下を身につけていた。白いシャツは血で真っ赤だった。彼は苦痛にあえいでいた。顔色は黄変していた。枕のかわりに、軍用パンの箱が頭の下に置かれていた。彼はときどき目を開き、小さな革袋で変形した顔の下部をぬぐった。武装した男たちが彼を見おろして嘲《あざけ》った。フランス国民を生かすも殺すも意のまま、と昨日までいわれていたこの男、それほど凶悪には見えないな。ロベスピエールはこづかれ、「陛下は言葉を失われたのですか?」と言われ、嘲笑《ちょうしょう》された。六時ごろ、二人の外科医が到着してロベスピエールの傷を診た。歯を二本抜き、鼻と顎のあいだに包帯を巻き(「陛下の冠」)、彼のそばに清浄な水を入れた洗面器を置くと医師たちは去った。死の苦しみは続いた。

夜が明けると、ロベスピエールは人類施療院[革命前はオテル＝ディユーとよばれた、司教座都市に置かれた大病院。パリのオテル＝ディユーは現在のパリ市立病院の前身]に運ばれ、外科医ドゥソーの診察を受けた。もっとましな手当が必要だと判断されたからだ。今日の夕方、死刑されるのに適した状態で処刑人に手渡さねばならない。次につれていかれたコンシエルジュリーには、弟のオーギュスタンとクートンがすでに収容されていたが、二人ともロベスピエールと同様に死の苦しみを味わっていた。午後のなかほどになると、ロベスピエールは監房から引き出され、フーキエ＝タンヴィルをはじめとする革命裁判所判事が待つ部屋につれていかれた。判事たちは、身元確認の手続きを行ない、死刑判決を厳《おごそ》かに確認する必要があった。二分間もかからなかった。そのままだと外《はず》れてしまう下顎を左手で押えていたロベスピエールは口を開くこともできなかったが、意識を失ったまま担架に横たわっているクートンを一瞥《いちべつ》することはできた。ロベスピエールの死出の旅には同伴者がいたのだ。

パリは騒然として、人々は疑念にとりつかれた。新聞は、ロベスピエールは逮捕された、と伝えているが、彼が処刑されるかどうかについてはなにも言っていない。恩赦される、もしくは解放されるとしたら、どうなる?

六時、コンシエルジュリーのまわりをうろついていた野次馬たちは胸をなで下ろした。高名な死刑囚をのせた荷車が数台、出てきたからだ。ロベスピエールとその仲間は立ったまま、車の格子にしばられ、道のいたるところにある凹凸が彼らの体をゆすぶっていた。隊列はシャンジュ橋を渡り、ラ・メジスリ河岸を通って左折してラ・モネ通りに入り、次にサントノレ通りを進んだ。歩道には好奇心丸出しの何千人ものパリ市民が黒山のようにつめかけ、暴君が自分の犠牲者と同じ運命をたどるのをまのあたりにして、心を奪われ、興奮していた。マクシミリアン・ド・ロベスピエールは見るだにおそろしかった。顔は血だらけの包帯でおおわれ、麻薬中毒患者のように目はなかば閉じられていた。昨日までロベスピエールの名前を聞いただけで震えおののき、彼を偉大とたたえていた人々が恐怖から解放されて「ギロチンにかけろ！」、「殺せ！」と叫んだ。動物の血をぬりたくられたデュプレの家の前で囚人護送車が止まると、七月の暑さを口実に胸を大きくはだけた服装の女たちが処刑を祝う踊りを披露した。

ついに、見物人であふれかえる革命広場に到着した。中央にはギロチンがそびえ、その脇には、ルイ一六世、マリー＝アントワネット、シャルロット・コルデー、フィリップ・ドルレアン、ダントン、マルゼルブなどの大物をふくむ一〇〇〇人以上の命をこの同じ場所で断った処刑人、シャルル＝アンリ・サンソンがひかえていた。一七九四年七月二八日のこの日、最初に処刑台の階段をのぼったのは、アドリアン＝ニコラ・ゴボーという名の二六歳のコミューンメンバーであった。職人のトビアス・シュミットが完成させた死刑執行装置——ギロチンというその名は、「すべての死刑囚は斬首される」と定める刑法条項（一七九一年九月に採択）を提案した第三身分代議員ジョゼフ・イニャス・ギヨタンにちなむ[3]——の刃《やいば》の下に首を横たえることになったこの日の罪人は二二人だった。ロベスピエールは一〇番目であった。

サンソンが遠慮会釈もなく顎をおおっている包帯をむしりとると、ロベスピエールは苦痛の叫びをこらえることができなかった。閉じていない傷口から鮮紅色の血が流れて空色の服を染めた。

彼の頭は数秒後、すでにクートン、サンジュスト、そして弟のオーギュスタンの頭がおさまっていた篭《かご》に落ちた。かつてルイ一五世広場とよばれていたこの血なまぐさい広場の向こうでは、心変わりの早い民衆が新しい戯《ざ》れ歌を口ずさんでいた。

ロベスピエール議員、
だれもが彼の誠実をたたえていた。
けれども、執着心もなく、
彼の首は上っ張りのなかに落ちる。
あの極悪人は
俺たちを殺す張本人だった。

原注

1　自分は神の母であると思いこんだ精神障害者、カトリーヌ・テオは、ロベスピエールはメシアであるとたえず述べていた。ロベスピエールに敵対する国民公会議員たちはロベスピエールを弱体化する好機が訪れたと思った。カトリーヌ・テオを革命裁判所に召喚し、ロベスピエールがメシアだという考えは、だれかに吹きこまれたわけではなく、自分一人の頭に浮かんだものなのか、ロベスピエール本人の働きかけで口にするようになったのか証言させることになった。露骨なわなであり、ロベスピエールは友人のフーキエ・タンヴィルにカトリーヌ・テオの聴取をとりやめ、この事件を葬りさるように求めた。フーキエ＝タンヴィルが断わったので、ロベスピエールは大憤慨した。

2　関節の病のため、クートンは数年前から歩行が不可能となっていた。

3　医師で解剖学の教授、博愛主義のフリーメイソンであったギヨタンは、犯罪の処罰方法に整合性をもたせて人道的なものとし、刑法上すべての市民が真に平等に扱われて、同じ刑罰を受ける制度を構築したいと願っていた。ギヨタンの考えでは、斬首はもっとも迅速で、もっとも苦痛が少ない処刑であった。「わたしが考案した機械を使えば、斬首は一瞬で終わり、苦しみは少しも感じない」と議会で主張することで、自分の提案の正しさを代議員たちに納得してもらおうと努めた。

参考文献

Frédéric Armand : *Les Bourreaux en France*, Perrin, 2012.
Jean Artarit : *Robespierre*, CNRS, 2009.
Bronislaw Baczko : *Comment sortir de la Terreur. Thermidor et la Révolution*, Gallimard, 1989.
Pierre Bessand-Massenet : *Robespierre, l'homme et l'idée*, Fallois, 2001.
Pierre-Alexandre Bourson : *Robespierre ou le Délire décapité*, Buchet-Chastel, 1993.

Françoise Brunel : *Thermidor, la chute de Robespierre*, Complexe, 1989.
Laurent Dingli : *Robespierre*, Flammarion, 2004.
Jean-Philippe Domecq : *Robespierre, derniers temps*, Folio Histoire, 2011.
Jean-François Fayard : *Les 100 jours de Robespierre*, Grancher, 2005.
François Furet et Mona Ozouf (dir.) : *Dictionnaire critique de la Révolution française*, Flammarion, coll. « Champs », 2007. フランソワ・フュレ／モナ・オズーフ編『フランス革命事典』（河野健二／阪上孝／富永茂樹監訳、みすず書房、一九九五年）
Max Gallo : *L'Homme Robespierre, histoire d'une solitude*, Perrin, coll. « Tempus », 2008.
Patrice Gueniffey : *La Politique de la Terreur. Essai sur la violence révolutionnaire 1789-1794*, Fayard, 2000.
—, *Histoires de la Révolution et de l'Empire*, Perrin, coll. « Tempus », 2011.
Marcel Jullian : *Louis et Maximilien, deux visages de la France*, Perrin, 1998.
Sergio Luzzatto : *Bonbon Robespierre, la Terreur à visage humain*, Arléa, 2010.
Jean Massin : *Robespierre*, Alinéa, 1988.
Jules Michelet : *Histoire de la Révolution française*, Gallimard, 1962. ジュール・ミシュレ『フランス革命史』上・下（桑原武夫／多田道太郎／樋口謹一訳、中公文庫、二〇〇六年）
Cécile Obligi : *Robespierre, la probité révoltante*, Belin, 2012.
Edgar Quinet : *La Révolution*, 2 vol., Belin, 2009.
Charlotte Robespierre : *Mémoires*, présentés par Jean-Clément Martin, Nouveau Monde, 2006.
Robespierre entre vertu et terreur, les plus beaux discours de Robespierre, présenté par Slavoj Žižek,

Stock, 2008.
Joël Schmidt : *Robespierre*, Folio Biographies, 2011.
Gérard Walter : *Maximilien de Robespierre*, Gallimard, 1989.

4　エイブラハム・リンカン

ワシントン、一八六五年四月一四日

南部の復讐

一八六五年四月一四日、金曜日のことだった。一一時を少しまわった頃、ワシントンの大統領官邸ではアメリカ合衆国第一六代大統領エイブラハム・リンカンがオークのテーブルについた。主要閣僚のメンバーは先に席に着いていた。唯一欠席した国務長官のウィリアム・スワードは、馬車の事故で肩を脱臼し、あごも傷める大けがを負って自宅で療養中だった。ホワイトハウスの東棟南にある大統領執務室は正方形の広い部屋で、窓からは悠然と流れるポトマック川とメリーランドの丘陵が見渡せた。フランス国王アンリ四世の娘アンリエット＝マリー［イングランド国王チャールズ一世の王妃となった。非常に熱心なカトリック信者で知られた］を顕彰して名づけられたメリーランドは、ヨーロッパのプロテスタント国家から迫害されたカトリック教徒を受け入れるために一六三二年創設された植民地である。大きなマントルピースには先住民との戦いで英雄となった元大統領アンドルー・ジャクソンの肖像画が置かれ、その厳しいまなざしが見下ろすなか、政府要人が南部諸州の将来を協議するために集まっていた。南北戦争［アメリカ合衆国の北部諸州と、その連邦組織を脱退し、南部連合を結成した南部諸州との内戦］は終わったばかりだった。南部一一州の軍隊は四月二日に決定的な敗北を喫し、翌日南部連合の首都リッチモンドは陥落、リー将軍が正式な降伏文書を差し出した。北軍のシャーマン将軍は、南軍のジョンストン将軍からも降伏状を得ようと待ちかまえていた。

北軍の勝利が確実になり、町全体がお祭り騒ぎで「あらゆる明かりが煌々とともり、まるで天空が地上に降りてきたようだった」（イヴニング・スター紙）が、官邸はまだ冷静を保っていた。長身のリンカン（一メートル九三センチ）は、しばらく前まで、青年期にインディアナの麦畑でつちかった強靭な体力のおとろえをいささかも感じさせなかったが、四年間の戦争のあいだに激しく消耗して見る影もない姿になり、五六歳の年齢より一〇歳は老けて見えた。背中は曲がり、やつれた顔には目に隈ができ、あごひげには白いものが混じり、額には深いしわが走り、顔色は黄ばんで蝋細工のようで、着ている黒い服はだぶだぶだった。なにせこの数か月で一六キロも体重が落ちたのだから。つねに険しい表情で、彼をほほえませるのは至難の業だった。リンカンだって、おそらく四〇〇万人近い奴隷を自由人にさせたことを誇らしく思っているにちがいない（「もし奴隷制が悪でないとしたら、なにも悪ではなくなる」と言うのが口癖だった）。おそらく、通り一つへだてたところに建つディケーターハウスが、一八六三年の奴隷解放宣言の後は黒人の競売所でなくなったことを喜んでいるにちがいない。しかし、そのためにはらった代償は大きかった。南北戦争は国家に一二〇〇万ドルの支出と六〇万人の犠牲者を強いた。しかも、国の将来はまだ決まっていない。共和党の強硬派が主張するように、南部の裏切り者たちを徹底的に鎮圧すべきか。それとも、二度目の人統領選では奴隷廃止論者の協力をとりつけてようやく再選された彼が、味方につけた彼らの一部の不興をかってでも、南部に寛大な政策をとるべきか。じつのところ、彼の気持ちはもう固まっていた。実利主義的な考えに立つリンカンは、南部も国家のリコンストラクション〔南部諸州の合衆国への復帰を進め、国を再建する政策〕に協力するだろうと思っていた。仕事の上でリンカンは、ときには優柔不断と非難される覚悟で、ほとんどつねにこういった穏健な決断をくだしてきた。過去にはたとえば、南北戦争が勃発した当初、フランスからオルレアン公たちが連邦軍に加担するために駆けつけたとき、リンカンははじめ、敵方の南部に好意的な第二帝政のフランス政府を怒らせることを警戒して、公式に面会することを断わっていた。

リンカンの人道主義的な性格はバイブルとイソップを糧としてつちかわれ、実生活は西部に広がる手つかずの自然のなかから学んだ。彼の人生には連帯、赦し、あがないといった言葉がつねにともにあった。だから昨日までの敵に手を差し伸べようと決めていたのは自然のなりゆきだった。彼は戦った敵方の軍人にもしばしば敬意を表した。とりわけ一八六三年七月のゲティスバーグでは、流血の戦いで犠牲となった戦士たちを敵味方なく全員埋葬させたほど、敵陣であろうとも称賛はしないまでも敬意をはらっており、南部とも当然のように和解するつもりだった。その日の朝食で、息子のロバートがふざけ半分に南軍のリー将軍の肖像画を渡したところ、リンカンはびっくりするような感想を口にした。「立派な顔だね。戦争が終わってほんとうにうれしいよ」

そうだ、戦争はついに終わったのだ、これからは平和な世の中を作っていかなくては。

三時間近くにおよんだ閣議の冒頭、リンカンは前夜に見た夢の話をせずにはいられなかった。年老いた海軍省長官ギデオン・ウェルズのほうに向きなおり「海軍にかんする夢だった」と語りはじめた。「わたしは船艦のようなものに乗って、どこかわからない岸辺に向かって高速で進んでいるようだった」。そして、むりに陽気な声をつくって言った。「ところで、まったく同じ夢を戦いの前にはかならず見るのだ。サムター要塞の戦いの前にも見たし、ブル・ラン、アンティータム、ゲティスバーグ、ストーンリヴァー、ヴィックスバーグ、そしてウィルミントンのときもね」。そのときグラント将軍が「ストーンリヴァーでは勝てませんでした」と口をはさんだ。グラントは、相手がときの大統領リンカンであろうと、臆せずつねに真実を伝える男だった。「あの戦いでは大きな成果が出せなかったと思います。あんな戦闘がいくつか続いていたら、われわれは負けていたことでしょう…」。大統領はそれもそうだが、重大ニュースの前によくこういった夢を見ると強調した。だから今日も、シャーマン将軍からビッグニュース、それもよいニュースがきっととどくと確信していたのだろう。

エイブラハム・リンカンがこれほどまで吉兆の夢にこだわったのは、ここ一か月近くくりかえし見てうなされる別の夢を忘れたいからでもあった。夢というよりは悪夢であり、妻と、コロンビア特別区の警察署長である旧友ウォード・ヒル・レイモンだけに打ち明けていた。それも、彼の顔に尋常でないほどの憂いが浮かんでいることを心配したレイモンに問いつめられてのことだった。「わたしは大事な電報を待っていたが、ついうとうとした」大統領は淡々と言った。「わたしのまわりには死の静寂が広がっていた。そこに押し殺したようなすすり泣きが聞こえてきて、わたしは自分がベッドを離れ一階に降りたのだと思った。一つずつ部屋を調べてもだれも見えなかったが、ずっと苦しげな叫びは続いていた。明かりはついているが、胸が張り裂けそうな声で泣いている人たちはどこだろう？　最後に東棟の客間まで行ったとき、おそろしさに凍りついた。目の前に棺台があり、その上に死装束をまとった亡きがらが置かれていた。まわりには兵士たちが見張りにつき、ひとかたまりの人たちが顔のおおわれた遺骸を悲しそうに見つめたり、泣いたりしていた。『ホワイトハウスでだれが死んだのか』と兵士の一人にたずねると、『大統領です。暗殺されました』と彼は答えた」

この日以来、天の啓示を信じるレイモンは、リンカンがまもなく暗殺されると確信するようになり、気遣うあまり、ときには襲撃にそなえて大統領の寝室のドアの前で眠ることさえあった。大統領の身を案じていたのは彼だけではなかった。南部連合がわがもの顔にふるまってきた首都のリッチモンドが陥落してすぐ、リンカンがおもむくことになると、彼の顧問団も家族もみな、自暴自棄になった灰色南軍兵士たちが、まだくすぶっている廃墟から蜂起してくるのではないかとおそれをなした。まったく意に介さないのは大統領だけのようだった。「もしわたしが殺されたら、一度死んでおしまいだ。だがたえず襲撃をおそれながら生きるならば、いつまでも死に直面していなければならない」。首都ワシントンに足をふみいれた日から、これが彼の生活信条になった。大統領に選ばれてまもなくワシントン入りするにあたって、ボルティモアのストリート・ギャングが沿道で襲撃しようと待ち伏せしているとの情報をつかんだため、リンカンは汽車を何度も乗り換えながら人目をしのんでワシントンへ向かわざるをえなかった。一八六一年二月二三日、旅客列車から下車すると、陰謀を未然に防いだ探偵が出迎え、ひき続きリンカンの身辺警護にあたると申し出た。リンカンは同意し、後日、南北戦争時には連邦のシークレット・サービスの一員として迎えた。四〇歳代でアラン・ピンカートンと名のったこの男と、その探偵事務所は、やがてアメリカで長きにわたり最高の名声を得ることになる。

＊

ホワイトハウスでリンカンが夜に見た夢の話をしていたちょうどその頃、すぐ近くの一〇番通りのぬかるんだ東側の歩道に面したフォード劇場では、いつもと違う興奮が渦巻いていた。劇場はE通りとF通りのあいだにあり、ファーガソン食堂とピーター・タルタヴァルの酒場、スター・サロンにはさまれていた。その晩は芝居『われらがアメリカのいとこ』の千秋楽だった。毎年、復活祭の聖金曜日にはワシントン中の教会は人であふれ、反対に劇場は、爆弾予告があってもこうはなるまいと思うくらいにガラガラになると決まっていた［聖金曜日はキリスト受難の日とされ、キリスト教徒は祈りの一日をすごし、娯楽をつつしむ傾向があった］。劇場の経営者ヘンリー・クレイ・フォードは、商売敵のグローヴァー劇場がその日は「勝利の父」となったグラント将軍を迎えてガラ・コンサートの夕べを開催すると聞いて、ますますやる気をなくしていた。そこへ一〇時三〇分頃、ホワイトハウスから使いが突然やってきて、リンカン大統領とグラント将軍が夫人同伴でその晩フォード劇場に来臨され、花形女優のローラ・キーンが演じる最終公演をぜひ鑑賞し、演目の新しい愛国的な歌を聞きたいとのご要望だと伝えた。これはもっけの幸いだ！

フォードは皆と同じく、大統領がシェイクスピアを大絶賛していることを知っていた。戦争中も、芝居好きのリンカンは偉大なシェイクスピアの芝居を見ることを唯一の娯楽として自分に許していたほどだ。できればエドウィン・フォレスト［一九世紀アメリカの著名なシェイクスピア俳優］の出ている舞台を見たいが、フォレストが出ていなくてもかまわなかった。「シェイクスピアの芝居のできがうまかろうが、まずかろうが、どうだっていい」リンカンはよくそう言っていた。「シェイクスピアというだけで十分だ」。それだけに、老練なフォードには、大統領ご夫妻にご覧いただくのが、シェイクスピアとはほど遠く、数年前にトム・テイラーが書いた通俗的なドタバタ喜劇だということが、意外でもあり嬉しくもあった。それで、ちょうどその時事務所に来た客人に、その驚きと興奮をついもらしてしまった。客人はジョン・ウィルクス・ブース、首都ワシントンに出たときにはいつもするように、自分宛ての郵便物を受けとりに事務所に立ち寄ったところだった。

二六歳のこの男はこの劇場によく出入りする俳優だった。父はときの名優エドマンド・キーンと肩をならべるほど高名なシェイクスピア俳優で、兄二人もまた俳優だった。ブースは数年前から熱心に舞台をつとめ、前月もシール作の『背教者』でこの劇場に出演していた。エネルギッシュな演技はときに雑になる台詞まわしを帳消しにして、すでにボルティモア、フィラデルフィア、ボストンやニューヨークの観客を魅了し、南部のあまたの都市も席巻していた。彼の好んだ役柄は、シェイクスピア作『ジュリアス・シーザー』のブルータスだった…。当時の地方紙はブースを「舞台映えする美しい容姿、高い声から低い声まで自由にあやつり朗々と響く声、そして、観客に訴えかける表情は、みな彼のもって生まれたものだ。目だけでやさしさ、ユーモア、意地の悪さ、憎しみ、喜びや悲しみまで完璧に表現できるし、そこにそえる台詞の言いまわしも万全だ。感情がうつろう場面では、鮮やかな対比が観客に強い感動をあたえる」と高く評価した。俳優仲間の一人は、ブースの虚栄心やナルシズムを否定しなかったが、「彼が感情をこめると、目が本物の宝石のようにきらきら輝いた」ともちあげた。ところがこのところ、ブースは気管支を痛めて舞台に立てない日々が続いていた。空いた時間を利用して、実入りのいい油の相場に手を出し、一八六四年には数万ドルの金を手にしたが、アルコールや女に溺れているという噂がたち、彼にまつわる暴力の風評が絶えなかった。ニューヨークのウォラック劇場では、ブースがリチャード三世の衣装のまま、演じ終わったばかりの役者をオーケストラボックスでつき飛ばしたし、インディアナ州マディソンではヘンリエッタ・アーヴィングという若い女優が短刀でブースを刺そうとし、その後で今度はそれを自分の胸につき立てた。

ブースはまた、エイブラハム・リンカンを殺すという妄想にもかられていた。大統領の再選が引き金となって、暗殺の二文字が漠然と頭をもたげてきた。暗殺をとげれば、自分の演技の力量では到達できない有名人の仲間入りができるし、なにより南北戦争が終わってから生じた異常な事態と決別し、洗練された教養人が住むアメリカの南部が、北部からやってきた階級も教育もない田舎者に牛耳られている現状を正さなければならないと思った。彼の決意は、心の負い目にも結びついていた。じつは、四年にわたる戦争のあいだ、ブースは顔が傷つくことをおそれて、南軍にくわわって戦場に出たことは一度もなかったのだ。

ついに敵はあと数時間でここに現れるのだ、とブースは感慨にひたった。ほかでもない、このフォード劇場の大統領専用席に。こんなチャンスは二度とないだろう。今日こそ実行の日だ。ブースにとって大統領襲撃計画はこれがはじめてではなかった。一月にもこの同じ場所で誘拐の計画を立てた。劇場のガス灯の照明を落としてからボックス席にいるリンカンをしばり、舞台から外に出し、馬に乗せて南部連合の首都リッチモンドまで連行する。そこで交渉して、収監されている南軍の捕虜と引き換えに解放しようともくろんでいた。しかしその晩、新聞が来場を告知していたものの、リンカンはとうとう現れずじまいだった。その二か月後の三月二〇日、ブースはふたたび誘拐をくわだてた。今度は何人かの共犯者をつれ、昔の街道に出没する追いはぎよろしく、リンカンの乗った馬車を止め、御者を降ろして馬車ごと奪う計画だった。そのときもリンカンは現れなかった。もっともブースにとっては幸いだった、と言うべきだろう。なぜなら、その頃になると大統領がホワイトハウスから移動する際には、つねにオハイオの騎兵隊を随行させるようになり、ブースとその一味はおそらく標的に近づく前に捕まるか殺されてしまっただろうから。

内心の興奮を押し隠して、ブースは劇場の事務所を出ると実行計画を細かく練り上げようと客席に入った。うまくいけば自分はアメリカの真の解放者となって、リンカンの国に始末をつけてやる。ホールには籐椅子に垂直な背もたれがついた客席が一七〇〇席あり、二列ずつ区切られていた。ホールからボックス席のある二階バルコニーに上がる階段は二つあった。二階の特別ボックス席は一階席の上に張り出していて、下手の七番と八番の席が大統領専用席だった。七と八のあいだには薄い仕切りがあり、大統領が席に着くと仕切りがとりはらわれて七番ドアだけが使用された。鍵のかかる七番ドアは狭い通路に通じ、その先に白いドアがあって、通常は大統領の観劇中、そのドアの手前でバルコニーに向かって警備員がつめていた。ボックス席の手すりから舞台の床面までの高さは三メートルあるかないかだった。舞台の反対側の奥には、役者たちが出番の前に待機する緑の小部屋があり、そのつきあたりのドアからは劇場の裏通り、バプティスト・アレイに直接出ることができる。この道路はろうそくの街灯で薄暗かった。

ブースは音を立てずにボックス席にしのびこみ、『われらがアメリカのいとこ』のリハーサルをじっと見つめた。この芝居にかんしては、台詞が全部頭に入っていた。そらんじている台詞を役者と同時に口ずさみながら、ブースは思いをめぐらせた。首尾よく大統領席に侵入してリンカンを撃ち殺せたとしても、おそらくパニックになった観客たちにとり囲まれて、バルコニーからは逃げられないだろう。舞台を通って逃げるのがもっとも簡単だ。『マクベス』の芝居では、もっと高いバルコニーから飛んだこともあったのだし。飛び降りたら、舞台を横切って緑の部屋にかけこんで、裏通りに出ればいい。そこに馬を待たせておこう。一つだけ気をつけなければいけないのは、舞台に役者が大勢いないときをみはからうことだ。おりしもリハーサルの舞台では役者たちが第三幕第二場を演じていた。上流階級のマウントチェシントン夫人が娘のオーガスタを、粗野だが裕福なアメリカ人エイサ・トレンチャード氏と結婚させることになったが、エイサがじつは全然金持ちでなかったことが判明する場面だ。年配のイギリスの婦人はたいへんな剣幕。「あなたが良家の人々のマナーをご存じないことがわかりましたわ。申し上げてもむだですけど、どれだけご無礼をなさっていることか！」。そして怒りに震えて舞台を去っていく。あわれなエイサは、田舎弁丸出しでその背中に文句を言う。「なんだと！　このおいらが良家のマナーを知らないですと？　おいらだってあんたのいう四つの徳とやらをちゃんと言えますぜ、ばあさん。まったくもう、男を手玉にとるやり手ばばあめ」。この場面に来るといつも観客が大歓声をあげることをブースは思い出していた。そしてこの瞬間、舞台にはたった一人しかいなくなる。まさにこれが実行のタイミングだ！　ブースは頭のなかですばやく計算していた。芝居が予定どおり二〇時にはじまれば、この場面は二二時一五分だ。そしていよいよ、自分の名が歴史にきざまれるのだ。

＊

リンカンが夫人とともに昼食に向かったのは一四時を少しまわった頃だった。その少し前にグラント将軍から、子どもたちに会いにフィラデルフィアまで行かねばならないので、せっかくのご招待だが夜の劇場にはご一緒できないと丁重なお断わりが来ていた。やっかいなことになったと大統領は思った。妻のメアリ・トッド・リンカンは気難しく、そのことを知らせたら侮辱されたと怒り出すか、それとも無視するか、反応が気がかりだった。リンカンより一〇歳年下のメアリは非常識で（ここ四か月間で手袋を三〇〇以上も買った！）、行動の予測がつかない（グラントを「人殺し」扱いしたことさえある）。彼は妻を深く愛していたが、家族に見せるヒステリックな行動にはどう対処したらよいのかわからなかった。とりわけ息子のウィリーを亡くしてからは、悲嘆にくれて交霊術にまで没頭していたため、リンカンの側近たちは彼女のことを陰で「魔女」とよんだ。大統領自身は「母さん」とよんでいた。ある日出入りの業者がメアリについて不平を言ったので、リンカンはその男の肩をなでながらこう言ったものだ。「十五分だけつきあってやってくれ。わたしはもう十五年も耐えてきたのだから…」

さて、「母さん」は意外にもグラント夫妻のキャンセルをあっさり受け流した。夫には隠していたがその数日前、メアリはグラント夫人と激しくやりあっていた。だから彼らが来られなくなってやれやれとばかり、つれなかった。そして、別のカップルを招待したことを夫に打ち明けた。ニューヨーク州上院議員アイラ・ハリスの令嬢とフィアンセのラスボーン少佐だった。リンカンはまったく気にとめず、黙って承諾した。彼にしてみれば、今とりかかっている大きな政治構想に比べれば、この観劇はほんのおまけみたいなもの。三日前に大統領官邸の窓から、分裂した国家をふたたび統一し、リコンストラクションによってアメリカを立てなおすと宣言したところだ。その日、官邸前に集まった人波を目にして、日も暮れた頃、彼は片手にろうそくを、もう片手には原稿を持って窓から身をのりだした。南部の人たちへの温情を約束し、大声で、いつの日か「黒人のなかのもっとも優秀な者たちとわれわれの旗の下で戦った者たち」にも選挙権があたえられることを望む、と演説した。群衆の前のほうにはジョン・ウィルクス・ブースと友人のルイス・ペイン〔別名ルイス・パウエル〕が陣どっていた。元南軍兵士のペインは少々まぬけだがブースを崇拝していた。「ちくしょう」ブースはリンカンの言葉を聞きながら押し殺した声で言った。「やつは黒ん坊のやつらに投票させるだとよ!」。むかついたブースは相棒に「おれがあいつを懲らしめてやる」と誓うと、これをリンカンの生涯最後の演説にしてやるといきまいて、その場を立ちさったのだった。

その約束を果たすために、ブースはあらゆる事態を想定しなければならなかった。彼が共犯者に選んだのはやる気も知性もない連中だった。ペインのほかには、ブースの幼なじみで南軍兵士だったがいまはぶらぶらしているマイケル・オラフリンとサミュエル・アーノルドの二人、のんだくれの車体修理工ジョージ・アツェロット、成人したばかりの薬剤師見習いデイヴィッド・ヘロルド、そして、ときおり共謀者がたむろする下宿屋の息子ジョン・サラット。その母親は熱狂的なキリスト教信者で、ワシントンを「占領された町」とよんでいた。一四日の午後いっぱいかけて、ブースは彼らひとり一人にその晩の役目を割りあてると、犯行手順を細かく確認するために、夕方フォード劇場に戻った。実行まであと八時間をきっている。

劇場に着くと、ブースは裏方たち全員をタルタヴァルの酒場につれていき、一杯ふるまってから、用事があるからと劇場に戻って、大統領専用席へ上った。大統領席の通路とバルコニーの境の白いドアを固定するために、板を一枚切った。ドアの前で見張っている警備員を刺してしまえば、その後はだれも通路に入ってこられない、という算段だった。それから、七と八のボックス席のドアを開けてみると、鍵がかかっていなかったので難なく開いた。錠前が壊れていて、夜までに修理されることはまずないだろう。計画をじゃまするものが一つでも減ればありがたい。次に、木の取っ手がついた小さなドリルでボックス席入口のドアパネルに小さな穴をあけた。上演中にこの穴からこっそり大統領の位置が確認できて、しかるべきときにボックス席に突入することができる。ブースは床に落ちた木屑をひろい集めハンカチにしまうと、立ち上がってふたたびバルコニーへ出て、だれにも見られなかったことをもう一度確認した。劇場の裏口からバプティスト・アレイに出ると、その日借りていた粕毛［毛色がミックスして灰色に見える］の雌馬が待っていた。暗殺実行まであと四時間と少し。

＊

一九時に家族と簡単な夕食をあわただしくとると、リンカンは仕事をしに書斎へ行った。廊下ではまだクルックが警護についていた。少し前にパーカーと交代しているはずだったが遅れていた。このパーカーという男は、女性に暴言を吐き、上司を侮辱し、巡回を怠るなど、すでに何度も警察の内規違反でつかまっており、おそらくワシントン市警で最低の警官だった。そのパーカーがその晩劇場に向かう大統領夫妻に同行し、警護にもあたることになっていた。遅刻してようやく来たパーカーにクルックはたずねた。「武器は帯同していますか」。「はい」。もちろん、と言いたげにポケットをぽんとたたきながらパーカーは答えた。ちょうどリンカンが客人を書斎に招き入れるところだったのでクルックは別れのあいさつをした。大統領はいつもなら「おやすみ、クルック」と軽く返事をするのに、このときはなぜかかたくるしく「さらばだ、クルック」と言った…

客人は下院議長のスカイラー・コルファクスだった。ホワイトハウスが策定している南部の復興案を討議するため、この夏にも臨時議会を招集する意向があるかを確かめに来ていた。大統領は頭を横にふった。コルファクスはほっとして、それならロッキーとカリフォルニアに旅行する計画が立てられると言った。それを聞くとリンカンはほほえんだ。旅行…、彼の人生の前半は旅の連続だった。生まれはケンタッキー、一八〇九年の寒い冬の夜だった。少年時代はインディアナで、父親が建てた一六フィート四方の丸太小屋ですごした。二〇歳の頃はオハイオとミシシッピで、フラットボート［底が平らで川の上流から下流へ貨物を運ぶ船］をあやつって大河をニューオーリンズまで下り、月一〇ドルを稼いだが、そこで奴隷制の残酷な現実をまのあたりにすることになった。イリノイでは、レール・スプリッター［丸太を斧で割って柵の横木を作る人］として、杭を割って裕福な農家の境界線を作る仕事をした。その後法律の勉強をはじめ、スプリングフィールドで弁護士になり、政治の道へ進むことになった。彼の父は文盲だったし、その名前をもらった祖父エイブラハムは開拓者で、先住民に惨殺された…。リンカンはコルファクスに、大統領二期目の任期を終えたら、シカゴに帰って弁護士事務所をふたたび開業するつもりだと打ち明けた、心から、素直に。

コルファクスとのやりとりの後、リンカンはジョージ・アシュマンと会うことになっていた。アシュマンは連邦議会の元議員で、一八六〇年の大統領選では共和党の党首として大いにリンカンの当選に寄与した人物である。しかし、リンカン夫人は気もそぞろで、「お芝居に遅れてしまいますわ」と執務室の敷居まで来て夫に声をかけた。白いイブニングドレスに身を包み、バフ色の花のついた小さな帽子と絹の手袋をつけている。彼女はすっかり支度がすんでいて、これ以上待てないことは明らかだった。アシュマンは支持者の一人のために陳情しようと来訪していた。リンカンは申しわけなさそうに、アシュマンに翌日の面会を約束して、デスクに「明日の九時にアシュマン氏とご友人をお通しするように。一八六五年四月一四日、A・リンカン」と書き置きを残した。じつにこれが彼の記した最後の文章となったのだった。

ブースもまた準備に余念がなかった。夕食の直前、共犯者たちへ最終指令を出した。犯行後の逃走を助ける者に、そしてこのおぞましき国家の、ほかの高官の面々を襲撃する任務をあたえられた者に。ルイス・ペインは年配のスワード国務長官の屋敷に駆けつけ、けがでベッドに伏せっている彼を殺害する。アツェロットはカークウッド・ハウスに逗留しているジョンソン副大統領を撃つ。ブースはもう一人、陸軍省長官のスタントン（「アメリカ版カルノー」）［ラザール・カルノーはフランス革命時にフランス軍の軍制改革を主導した人物。スタントンも陸軍省の立てなおしに尽力したため、こう表現した］も倒す計画を練っていたが、最終的に断念した。ナショナルホテルの二二八号室で、ブースは武器をもう一度確認した。着弾式の四四口径デリンジャー拳銃で、装填は銃口から行なう。戦闘用の武器ではなく小型の拳銃で、銃身が短く簡単に隠せるので、賭博に興じるいかさま師らにもてはやされたものである。なかには二八グラムの弾丸が一つ。リヴォルヴァーでなく信頼性の低いピストルを使うという選択にはリスクもともなう。実際、一八三五年に精神異常者がジャクソン大統領を暗殺しようとしたときは、凶器のピストルが故障して失敗に終わった。その上、ピストルは単発式で、次の装填まですくなくとも三〇秒はかかる。ブースがもし一発でしとめなかったら、もう二度とチャンスはない。だが俳優ブースはたんにリンカンを殺すだけでは気がすまなかった。世界を震撼させ、名声を得たいと渇望していた。後世まで彼の偉業と英雄的行為が称賛されることを望んだ。

彼はまた大統領官邸前で警備につく護衛官たちを討つために、リオグランデ型狩猟用ナイフを身につけた。ナイフには「自由の地／勇者の祖国」と「自由／独立」の文言がきざまれていた。

最後にもう一度トランクを置いた寝室を見まわすと、ブースはフェルト帽、黒っぽい上着とズボン、拍車をつけた乗馬靴という装いでホテルの入口ロビーまで降り、フロント係をつかまえて聞いた。「今夜フォード劇場の芝居を見に行きますか？」「考えておりませんでした」と答えるフロント係に「ぜひ行くといい。見ただけのことはありますよ」ブースは彼の耳元にささやいた。

そしてブースは決然とした足どりでホテルを後にした。反射的に、小さなコンパスが入っているポケットに手をやった。それは彼の持ち物でもっとも大事なもので、南の方角をさしていた。

＊

エイブラハム・リンカンと妻メアリ・トッド・リンカンがフォード劇場の前で馬車を降りたとき、

芝居はもうはじまっていた。大統領夫妻はラスボーン少佐とハリス嬢とともに大統領専用席への階段を上がり、一六七五名の観客たちは総立ちになって大歓声で彼らを迎えた。舞台ではローラ・キーンがタイミングよく「アメリカの大統領とファースト・レディをお迎えいたしましょう」とよびかけ、オーケストラに合図を出した。『大統領万歳』の演奏が流れるなか、大統領は専用のロッキングチェアに腰を下ろした。ボックス席のすみにおさまりカーテンの陰に隠れると、彼の姿は観客たちからはほとんど見えなかった。大統領専用席の正面は彫刻がほどこされ、大きなアメリカ国旗でゆったりとおおわれ、席のちょうど下に連隊旗とワシントン大統領の肖像画が掲げられていた。

芝居が再開すると、リンカンはそっとファースト・レディの手をとって彼の椅子の肘かけにのせた。「わたしがこんなふうにあなたとなかよくしているのを見たら、ミス・ハリスはどう思うかしら」と「母さん」がわざと心配そうにリンカンにささやくと、大統領は「べつになんとも思わないさ」と答えた。その日は舞台に釘づけで、口元はほほえんでいた。

『われらがアメリカのいとこ』の第三幕がはじまったのは二二時だった。ジョン・ウィルクス・ブースは雌馬の世話を道具方の一人（ジョン・「ピーナッツ」）に頼むと、タルタヴァルの酒場で最後にもう一杯ウィスキーを飲んでからフォード劇場にとって返し、二階席へ上った。壁伝いに進んで大統領付き護衛官が警備しているはずの白いドアに近づくと、驚いて立ち止まった。護衛官の椅子にはだれもいなかった。当番のパーカーは、軽率な人物との評判にたがわず、大統領にはなんの危険もおよばないだろうとたかをくくっていた。えらく退屈な芝居だし、とバーまでちょっと一杯ビールを飲みに行ってしまった。

ブースは白いドアに張りついて劇場内を見まわした。観客の何人かはブースに気づいたようだったが、それ以上の反応はなかった。舞台ではマウントチェシントン夫人が、これから娘婿になる男が百万長者でなかったことに気づく場面で、そのがっかりした表情に場内は爆笑に包まれた。ブースはそのすきにボックス席に通じる通路まで移動し、音を立てずに板きれを午後にあけておいたほぞ穴に差しこんだ。これで彼の追っ手はだれも入ってこられない。リンカンと彼のあいだにあるのは両開きのドアだけ、しかも鍵はかかっていない。先ほど作業しておいた小さなのぞき穴から、ブースはその場の位置関係を確認しようと目をこらした。すべては想定どおりだった。リンカンのロッキングチェアはうまい具合にボックス席の左寄りの壁際にある。ドアのすぐ近くだ。夫人はその右の籐椅子に腰かけて、まるで恋愛中の若者みたいに大統領と手をとりあっている。その向こうには、彼の知らないカップルがいる。ブースはデリンジャーの撃鉄を起こして発射モードにすると、陶器でできたドアノブに片手をかけた。

「あなたが良家の人々のマナーをご存じないことがわかりましたわ。申し上げてもむだですけど、どれだけご無礼をなさっていることか！」

ブースはボックス席の仕切りドアをゆっくり内側へ開いた。舞台の上はハリー・ホークただ一人。

「なんだと！　このおいらが良家のマナーを知らないですと？　おいらだってあんたのいう四つの徳とやらをちゃんと言えますぜ、ばあさん」

すっかり覚えこんだトレンチャードの台詞を心のなかでつぶやきながら、ブースは音もなくボックス席へしのびこんだ。だれにも気づかれなかった。リンカンの後ろ、ほんの数センチまで近づいたとき、リンカンは夫人の手を離した。

「男を手玉にとるやり手ばばあめ」

劇場は爆笑の渦に包まれた。ただリンカンだけは左のほうへ少し身をかがめ、片手を手すりにかけた。その時弾丸が一発頭蓋骨に撃ちこまれた。左耳の下から入った弾丸は脳を貫通し、右目の奥で止まった。頭は眠りこんだように前にたれ、顎が胸についた。彼は意識を失った。

観客の何人かには爆発音が聞こえたが、それが銃撃音だとわかったのはただ一人、武器に精通しているラスボーン少佐だった。すぐに立ってリンカンのほうを見たラスボーンは、逆上した殺人犯と目が合った。次の瞬間、ナイフを手に犯人が突進してきた。ラスボーンは胸への一撃をかわして腕で受けとめたので、血が噴き出した。それには目もくれず、ブースはボックス席の前方へ進み出ると、観客に向かってラテン語で大見得を切った。「シク・センパー・ティラニス」（暴君はつねにかくのごとし）。これはブルータスがジュリアス・シーザーを刺し殺す際に発した言葉とされる。また、連邦離脱を唱えたヴァージニア州のモットーでもあり、暗殺犯ブースの生まれたメリーランド州の州歌の一節にもなっていた。

ブースには現場の大混乱が長くは続かないことがわかっていた。ボックス席の手すりをまたいで、ちょうどワシントンの額がかかった上のあたりから、客席に背を向けて一階にすべり降り、舞台後方へすばやく逃げさろう。ところがそのとき、靴につけた拍車の片方が星条旗に引っかかった（なんと象徴的なことか！）ので、飛び降りられずに墜落してしまった。どしんと着地して左足一本で全体重を支えたので骨がきしんだ。それでもすぐさま体勢を立てなおすと、棒立ちになったハリー・ホークの前を通りぬけ、これも芝居の一部なのかといぶかっている観客のほうをあらためて見た。彼は役者としてこれが人生最後の舞台になることを自覚していた。その引け際をしくじってはならない。壮大な人物を演出し、演じきるのだ。彼が演じる黒いフロックコートを着た男はナイフをふりかざし、その刃先がガス灯の光にきらめいた。男は気も狂わんばかりの形相で「南部は復讐した！」と叫ぶや、足をひきずりながら舞台を駆けぬけた。ハリー・ホークは、すでにこっそりと舞台から逃げ出していた。そのとき、大統領席から叫び声が上がった。リンカン夫人が夫は眠りこんだのではないことに気づいた瞬間だった。リンカンはもはやまったく動かなかった。最前列にすわっていた大男のジョーゼフ・B・ステュアートも事態を理解し、オーケストラボックスを飛び越えて舞台によじ登ると、「この男を捕まえろ」とわめきながらブースを追って突進した。しかし役者はもう裏通りのバプティスト・アレイに通じるドアまで逃げていた。ところがドアの外では思わぬ事態が起こった。逃走用に用意した雌馬が予定の場所にいない！　万事休す、敵地で見離されたリチャード三世のような結末が待っているのか？　だが、手下の「ピーナッツ」は通りの反対側で、馬の手綱を引いて待っていた。ブースは乱暴に彼を押しのけると、右足を鐙にかけて馬の背に体をぴたりとつけ、ギャロップで九番通りの方角へ走らせた。そこへステュアートが劇場を飛び出してきたが、時すでに遅し。

劇場のなかはこのとき、大混乱におちいっていた。まるで自分たちの女王蜂が死んだと知った働き蜂のように、動揺した観客たちはわれ先に舞台に駆け上り、口々に「吊し首だ！」「心臓をえぐりとれ！」「追っかけてつかまえてこい！」とわめきちらした。女優のローラ・キーンは必死に人々をおちつかせようとした。一人の男がキーンをこづいて、大統領を守れない劇場なんて燃やしてやる、とすごんだ。舞台の袖では、ハリー・ホークが子どものように泣いていた。外では「よくやった」と吠えた男が、あわやリンチされそうになった。

大統領席では、腕を血に染めながらも、ラスボーン少佐がなんとか事態を収拾させようとしていた。通路の入口をふさいでいた板を見つけてとりのぞくと、医者だと名のり出た小柄でひげの濃い男を席まで招じ入れた。二三歳のチャールズ・リールという軍隊の外科医で、ちょうど休暇中だった。兵士に手伝わせてリールはリンカンを床に横たえたが、すでにほとんど息をしていなかった。若い外科医はポケット・ナイフで、刺繍をほどこしたリンカンのブルックス・ブラザーズ製の絹のコートを切り裂いた。うなじに傷口があり血でべとべとだった。傷口の反対側には孔がなく、銃弾がまだ脳内の右目のちょうど裏側のあたりにとどまったままだ。脳はまちがいなく損傷している。「助かる見こみはありません」彼はリンカンのまわりに集まったほかの医者たちにそっとささやいた。二人の兵士がそれを聞いていて、軍帽を脱いだ。

リンカンの体を劇場から運び出すことにした。ペンシルベニア砲兵隊C中隊の四人の兵士がリンカンを通りの反対側へ搬出した。あたりにはおぼろ月の薄明かりのなかに、そっと心配そうにたたずむ人垣ができていた。

一〇番街四五三番地の住人はウィリアム・ピーターソンで、小部屋をマサチューセッツ歩兵隊第一三連隊の兵士に貸していた。そこへリンカンは運びこまれ、ベッドに横たえられたが、ベッドが小さすぎて、斜めに寝かせなければならなかった。リンカンの足はもう冷たくなっていた。脈拍も弱々しく、一分間に四四拍だった。死の床での徹夜の看病は八時間続いた。

スタントンは事件を聞いたときまっさきに、これは南部連合が大がかりな陰謀をめぐらせ、首都で起したテロであると確信した。国務長官も暗殺犯に襲われたばかりではないか。商業用電信網が分断されたことを聞き（夜になって、たんなるショートによるものと判明したのだが）、ますます直感が正しかったと感じた。だからすぐさま警察に命じてブースの行方を追ったのは、これ以上の襲撃を防がなければ、との思いに駆られてのことだった。一方ブースは共犯者たちと合流し、南の方角へ馬を走らせた。犯行が知れわたる前に逃げきるのだ。劇場の同業者であるグローヴァー座の支配人は、ニューヨークにいる劇場のオーナーに電報文を作成し、電信が復旧したらすぐに届くように手配した。「リンカンダイトウリヨウコンヤフォード　ゲキジヨウ　ニテ　アンサツワガゲキジヨウ　デナク　アリガタヤ」

四月一五日の明け方、リール医師から引き継いだ内科医バーンズは、リンカンの右目が黒ずんできたのを確認した。長いうめき声がもれた。死期がせまっていた。バーンズの時計では七時二二分一〇秒、リンカンの胸が最後に沈みこんで動きを止めた。その胸に耳をつけたバーンズは、姿勢を起してベストのポケットから一ドル銀貨を二枚出し、アメリカで最初に暗殺された大統領の両の眼窩に置いた。「たったいま、彼は永遠の眠りにつかれました」スタントンが宣言した。まどろんでいて夫のいまわの時にまにあわなかったリンカン夫人が叫び声をあげたが、スタントンは冷静だった。「ねえ、どうして最期の時が近づいていると言ってくださらなかったの！」夫人は半狂乱になってくりかえした。

ペンシルベニア・アベニューには黒人たちがひとかたまりになって、呆然と涙にくれながら雨のなかでじっと立ちつくしていた。遠くで一発、大砲の音が響いた。この号砲は、一日中、三〇分ごとに鳴らされることになる。ホワイトハウスの外階段には、まだ一二歳の小さなタッド・リンカンが、おそろしい知らせを告げに来た海軍省長官を見上げて聞いた。「ウェルズさん、ぼくの父さんを殺したのはだれなの？」

ジョン・ウィルクス・ブースは二週間にわたって警察官と兵士に追跡された。ヴァージニアのとある農場にひそんでいたが、軍隊が納屋に火をつけたため逃げだそうとしたところを銃撃され絶命した。容疑者もふくめ共犯者のうち四人が軍法会議で有罪を宣告され、一八六五年七月七日に絞首刑が執行された。ペイン、ヘロルド、アツェロット、そしてサラット夫人である。彼女はアメリカ初の女性処刑者となった。

ラスボーン少佐は精神を病み、収容所に送られる前にフィアンセをあやめてしまった。

メアリ・トッド・リンカンもまた、精神錯乱状態におちいった。

『アンクル・トムの小屋』の作者、ハリエット・ビーチャー・ストウに、かつてリンカンはこう言ったことがある。「戦争の結末がどうであれ、わたしはその後もう長くは生きられない気がするのです」

参考文献

Farid Ameur : *La Guerre de Sécession*, PUF, coll. « Que sais-je ? », 2004.

Achille Arnaud : *Abraham Lincoln, sa naissance, sa vie, sa mort*, Charlieu frères et Huillery, 1865.
Jim Bishop : *Le jour où Lincoln fut assassiné*, Buchet-Chastel, 1956.
John Wilkes Booth : *Confession de John Wilkes Booth, assassin du président Lincoln*, publiée d'après le manuscrit original, compte d'auteur, 1865.
Asia Booth Clarke : *The Unlocked Book, a Memoir of John Wilkes Booth by his Sister*, G. P. Putnam Sons, 1938.
Félix Bungener : *Lincoln, sa vie, son œuvre et sa mort*, Georges Bridel éditeur, 1865.
Michael Burlingame : *Abraham Lincoln : a Life*, Johns Hopkins University Press, 2008.
Catherine Clinton : *Mrs Lincoln : a Life*, Harper, 2009.
Jean Daridan : *Abraham Lincoln*, Julliard, 1962.
Dominique Del-Boca : *Abraham Lincoln*, La Pensée universelle, 1982.
David Miller DeWitt : *The Assassination of Abraham Lincoln and Its Expiation*, Macmillan, 1909.
David Herbert Donald : *Lincoln*, Simon & Schuster, 1999.
Doris Kearns Goodwin : *Abraham Lincoln : l'homme qui rêva l'Amérique*, Michel Lafon, 2013. ドリス・カーンズ・グッドウィン『リンカン』全二巻（平岡緑訳、中央公論新社、二〇一一年）
Dion Haco : *J. Wilkes Booth, The Assassinator of President Lincoln*, T. R. Dawley, 1865 (premier roman publié sur l'assassinat de Lincoln, à peine un mois après l'événement, NDA !).
William Hanchett : *The Lincoln Murder Conspiracies*, University of Illinois, 1983.
Terry L. Jones : *Historical Dictionary of the Civil War*, The Scarecrow Press, 2 vol., 2002.
Alphonse Jouault : *Abraham Lincoln, sa jeunesse et sa vie politique, histoire de l'abolition de l'esclavage

aux Etats-Unis, Hachette, 1875.
André Kaspi : *La Guerre de Sécession. Les Etats désunis*, Gallimard, coll. « Découvertes », 1992.
Michael Kauffman : *American Brutus : John Wilkes Booth and the Lincoln Conspiracies*, Random House, 2004.
Stanley Kimmel : *The Mad Booths of Maryland*, Bobbs-Merrill, 1940.
Robert Lacourt-Gayet : *Histoire des Etats-Unis*, Fayard, 1976.
Auguste Laugel : « Le Président Lincoln », dans *Revue des Deux Mondes*, mai 1865, p. 476-513.
Earl Schenk Miers et Charles Mercy Powell : *Lincoln Day by Day*, Lincoln sesquicentennial commission, 1960.
Honore Morrow : « Lincoln's Last Day », dans *Cosmopolitan magazine*, février 1930
Stephen B. Oates : *Lincoln*, Fayard, 1984.
Philippe d'Orléans, comte de Paris : *Voyage en Amérique*, présenté par Farid Ameur, Perrin/Fondation Saint Louis, 2011.
James McPherson : *La Guerre de Sécession (1861-1865)*, Robert Laffont, 1991.
Benn Pittman : *The Assassination of President Lincoln and the Trial of the Conspirators*, Wilstach & Baldwin, 1865.
Carl Sandburg : *Abraham Lincoln : The War Years*, Harcourt Brace & Co., 1939, vol. 4, p. 246-413.
Edward Steers Jr. : *The Trial : the Assassination of President Lincoln and the Trial of the Conspirators*, University Press of Kentucky, 2003,
— : *Blood on the Moon : The Assassination of Abraham Lincoln*, University Press of Kentucky, 2001.

James L. Swanson : *Chasse à l'homme : la traque de l'assassin d'Abraham Lincoln*, Albin Michel, 2007. ジェイムズ・L・スワンソン『マンハント――リンカーン暗殺犯を追った一二日間』（富永和子訳、早川書房、二〇〇六年）

Benjamin P. Thomas : *Abraham Lincoln*, Calmann-Lévy, 1955. B・P・トーマス『リンカーン伝』全二巻（坂西志保訳、時事通信社、一九五六年）

Emory M. Thomas : *The Confederate Nation, 1861-1865*, Harper & Row, 1979.

Larry Tremblay : *Abraham Lincoln va au théâtre*, Lansman éditeur, 2008.

Gore Vidal : *Lincoln*, Galaade éditions, 2001. ゴア・ヴィダル『リンカーン』全三巻（中村紘一訳、本の友社、一九九八年）

Bernard Vincent : *Lincoln, l'homme qui sauva les Etats-Unis*, L'Archipel, 2009.

Ronald Cedric White :*A. Lincoln : a Biography*, Random House, 2009.

Brand Whitlock : *Abraham Lincoln*, Payot, 1920.

映画

Abraham Lincoln, de D. W. Griffith, avec Walter Houston (1930).『世界の英雄』ウォルター・ヒューストン監督（日本では未公開）

Je n'ai pas tué Lincoln, de John Ford (1936).『若き日のリンカン』ジョン・フォード監督（日本公開は一九五一年）

Lincoln, de Peter W. Kunhardt, avec Jason Robards (mini-série TV, 1992).

Lincoln, de Steven Spielberg, avec Daniel Day-Lewis (2013).『リンカーン』スティーヴン・スピルバーグ

監督（二〇一三年）

5 マクシミリアン・フォン・ハプスブルク

張り子の皇帝

ケレタロ（メキシコ）、一八六七年六月一九日

「これでやっと、われわれは自由となった」

一八六七年二月五日。白いソンブレロをかぶり、灰色のマントを肩にかけたマクシミリアン・フォン・ハプスブルクは宮殿の窓の閉じられた鎧戸《よろいど》越しに、メキシコシティーを去って二度も戻ってこないことになったフランス帝国軍の一向に士気が上がらない行進を眺めていた。まずはオリサバに向かい、次にナポレオン三世が統治するフランスに帰国する予定の二万六〇〇〇人の兵士の先頭に立つのは、ド・カステルノー将軍とバゼーヌ元帥であった。[1] バゼーヌ総司令官は昨日も、あらゆる手をつくしても統治不能なメキシコからいっしょに逃げ出すことをメキシコ皇帝マクシミリアン［スペイン語読みではマクシミリアーノ］に勧めた。カール五世という偉大な先祖をもつマクシミリアンはこれを拒否した。彼はメキシコ国民に向けての宣言（一八六六年一二月）において、「あなた方が同国人であ

るわたしに託した国家再生の仕事を継続する決意」を表明していた。ゆえに、メキシコにとどまらねばならない。

オーストリアのフランツ゠ヨーゼフ皇帝の弟であるマクシミリアン・フォン・ハプスブルクはメキシコ人なのだ。四年前、このエキゾティックな国の帝位にマクシミリアンをつけたフランスのナポレオン三世は、大臣のウージェーヌ・ルエールが「[ナポレオン三世の]治世のもっとも卓抜なアイディア」とよんだメキシコ介入政策をついに放棄した（ルエールは内政では辣腕《らつわん》を発揮したが外交面ではすぐれた助言者とはほど遠かった）。フランス皇帝にとっては残念なことかもしれないが、メキシコ皇帝にとってはむしろ幸いだ！　ここ数か月、バゼーヌを頂点にいただくフランス駐留軍司令部（マクシミリアンは、浪費がはなはだしいと非難していた）とのあいだに積もり積もった緊張関係により、マクシミリアンは自分ひとりで統治したほうがうまくやれる、と確信していた。

こうしたむこうみずともよべる態度は、マクシミリアンにまつわる定評と、当時の銀板写真が伝える彼のイメージとは乖離《かいり》している。穏やかな青い目、ほっそりとした鼻、ひいでた額、オーストリア流に左右の端をとがらせた頬髯、斜めに引っこんだ下顎《かがく》。知識人といった雰囲気である。戦士らしいところは一つもない。人は見かけによらないのだ！

一八六七年二月一三日、ベラクルス港に到達したバゼーヌは、ふたたびマクシミリアンによびかけた。サカテカスでメキシコ帝国軍がまたしても敗れたと知ったバゼーヌは、フランスへの出航を延期してお待ちする、とマクシミリアンに提案したのだ。軍事的に見て、メキシコ北部からイナゴの大群のようにおしよせる、士気が高いフアレスの共和国軍部隊の怒涛の勢いに、マクシミリアンはとても対抗できない、とバゼーヌは判断していた。ファレスの軍には、モンロー大統領のドクトリン（「アメリカはアメリカ人に」）に従い、欧州からの招かれざる客を新大陸から追い出すとの決意も固いアメリカ軍の将官が何人も応援にくわわっていた。ワシントンの議会は一八六四年、メキシコに欧州からもちこまれた君主制を承認しない、との決議を採択していた。

バゼーヌはまた、マクシミリアンは赤痢の慢性的な症状で体力が弱っているうえ、不安に駆られていることを知っていた。不安の原因は、皇后シャルロッテ［ベルギーの王女、フランス語でのよび名は「シャルロット」］の病だった。昨年の夏、シャルロッテは欧州に戻り、ナポレオン三世と教皇を訪れて夫マクシミリアンへの支援を続けるよう説得に努めたが、その試みは失敗に終わった。それ以来、彼女は精神に異常をきたすようになった。その証拠に、マクシミリアンが受けとる妻からの手紙は回を追うごとに不可解なものとなっていた。たとえば、テュイルリー宮訪問について書いた手紙では、「わたしがここに姿を見せたことがもたらした大きな成果、それはワインがあげかれたこと」と意味不明な文字が躍っていた。その後の何十年は（シャルロッテが亡くなるのは一九二七年！）、マクシミリアンの不安が的中したことを物語る［シャルロッテは狂気のまま長い一生を終えた］。

一〇月、メキシコシティーを去ってオリサバに行く、とマクシミリアンが周囲の者に告げたとき、だれもが彼はようやく理性をとりもどした、と思った。オーストリアのフリゲート艦、ダンドロ号がオリサバのすぐ近くで投錨していた。マクシミリアンはダンドロ号に乗船するのだろう…。ところが、皆のそうした予想を裏切り、マクシミリアンは数日後にメキシコシティーに戻ってきた。以前にもまして、ここに残ると心に決めて。兄のフランツ＝ヨーゼフから、メキシコ皇帝の肩書は欧州では認められないし、欧州に戻ってもマクシミリアンには政治にかかわることはできない、と釘をさされたのだろうか？　厳格な母親であるゾフィー皇太后から、退位することはハプスブルク家の名誉を汚すことになる、と告げられたのだろうか？　それとも、こうした大胆なふるまいに出ることで、「ナポレオン三世のあやつり人形」というイメージを払拭しようとしたのだろうか？　ナポレオン三世は、自分が贈った帝冠――毒がぬられた冠だった――を投げ出すよう、マクシミリアンに勧めていた。ほんとうの理由が何であれ、メキシコにあくまで残るというマクシミリアンの決意は変わらなかった。

ゆえにマクシミリアンは二月一三日、「（バゼーヌの）申し出に応じる気持ちはかつてないほど小さい」と返答したのち、メキシコシティーの北西にあるケレタロに行く、と決めた。高度約二〇〇〇メートルに位置するこの古都に兵士九〇〇〇人と大砲四一門を結集させ、首都メキシコシティーにはわずか五〇〇〇人の兵士を残す計画だ。プエブラに残っている部隊を併《あわ》せれば、メキシコ全体でマクシミリアンは一万七〇〇〇人の兵力を擁《よう》していた。そのうち、四〇〇〇人の騎兵と二〇〇〇人の歩兵はオーストリア人だった。そして、バゼーヌに同行して帰国することを選ばなかったフランス人兵士六〇〇人もふくまれていた。これに対して、敵は六万人、しかも覚悟が固い兵士たちだった。

メキシコシティーから五〇里の距離にあるケレタロは、駅馬車の通り道である街道沿いにあり、ゴルダ山塊のはずれに位置し、隠れるのに適した中程度の高さの山々がすぐ近くにあった。ケレタロに達するには、メキシコでもっとも豊かな地方に通じている、メキシコ一の通商路を進まねばならない。この道沿いでは、子どもを背中におぶり、スイカやパッションフルーツやオレンジでいっぱいのかごを頭の上に乗せた女たちが、皇帝軍が通るのを興味なさそうに眺めていた。

これといった問題も起きなかった五日間の行軍のすえ、城塞都市ケレタロの門が見えてきた。マクシミリアンの記憶がよみがえった…

＊

あれは三年前、一八六四年の夏であった。聖ナポレオンの日である八月一五日に、マクシミリアンはフランス軍とナポレオン三世へのオマージュとしてサン・フアン・デル・リオで大規模な祝宴を開催し、祭りが終わると旅を再開した［ナポレオン一世は、自分の誕生日を祝うためにこの日を聖ナポレオンの日と決めた。ラテン語読みではネオポルスとよばれるこのローマ時代の聖人はアレクサンドリアで殉教した］。マクシミリアンは数週間前よりほぼ一人で、メキシコの平野や高原をめぐっていたのだ。アステカ最後の国王モクテスマの支配下にあったが、コンキスタドールのコルテスによって征服され、いまは自分が統治しているこの国をもっとよく知るためである。ケレタロに到着したマクシミリアンは、この地に司教がおらず、一帯の多くの村のインディオたちが洗礼を受けていないことを知って驚いた。そこで、近辺の司祭たちに集団洗礼を命じ、新たなキリスト教信徒たちの代父を自分がつとめてもよい、と提案した。

当時のマクシミリアンが「自分なら立てなおすことができる」と心から信じていたメキシコは、何十年も前から混沌と内戦に苦しんでいた。一八五一年から政府が五五回も交替し、この六〇年間で二五〇ものクーデターが起きていた！　マクシミリアンの目標は、平和と繁栄を謳歌する、カトリックでリベラル、近代的なラテン国家を建設することだった。

ナポレオン三世からメキシコ皇帝にならないかと打診されたとき、慎重なマクシミリアンは即答を避けた。それまでの数年間、サポテク・インディオのベニート・フアレスが大統領としてメキシコを統治し、教会の財産を国有化し、学校や行政からキリスト教の影響を排除し、対外債務の返済を停止したことは、よく承知していた。以上の事情が動機となり――メキシコのカトリック教徒の苦しみに心を痛めたスペイン出身の妻ウージェニーと、利権がからんでいる異父弟のマルニー公爵[2]の二人から圧力をかけられたこともあって――、ナポレオン三世はメキシコへの介入を決意した。一八六三年六月、債権国であるイギリス、スペイン、フランスが武力介入を決定し、軍をメキシコに派遣して一定の秩序を回復させた。中米を自分の庭と考える強大な隣国、アメリカ合衆国は内戦［南北戦争］に足をとられていたので、反応することができなかった。当面は。覇権欲の強いアメリカが、北（アラスカ）と西（カリフォルニア）を確保したのちに、南に目をつけないはずがない、とだれもがわかっていたが…

一八六三年六月一〇日、フランス軍のフォレイ将軍はメキシコシティーに入城した。臨時政府が発足した。この政府はただちに、立憲君主制を敷くべきだと主張して、「君主制をうち立てたいが、メキシコ国民のうちから君主を選ぶことは不可能である。君主となるのに欠かせない資質は、急ごしらえできるものではないからである」、「高貴な生まれゆえの栄光のみならず、個人としての資質の輝かしさゆえに異彩を放つ君子たちのうちから、もっとも卓越した貴種の後裔《こうえい》であるオーストリアのフェルディナント＝マクシミリアン大公こそが、その個人的な資質、高い教養、ぬきんでた知性、統治能力ゆえに、わが国の運命をつかさどる君主としてうってつけである」と宣言した。

マクシミリアンは三〇歳代に入ったばかりであった。野心家ではあるが、優柔不断な傾向――この点が、のちに非難の的となる――がいくらか混じっている慎重さをもちあわせ、長身だが体質的に強靭ではないマクシミリアンは、この申し出に飛びつきはしなかった。アドリア海の湾を見下ろすトリエステのミラマーレ城で送る穏やかだが退屈な日々から脱するのは悪くない。だが、無条件で引き受けるわけにはいかない。マクシミリアンは、外国の武力介入で大統領の座から追われたファレスは抵抗をやめたわけではなく、彼を支持する多くの地方では反乱の気運がおとろえていないことを知っていた。四月には、ファレスの反乱軍がカマロンの戦いでフランス外人部隊に壊滅的な打撃をあたえた。ダンジュー大尉指揮下の六〇人の兵士は、二〇〇〇人の反乱軍兵士を相手に英雄的に戦ったのだが。マクシミリアンはそこで、自分をメキシコの皇帝として迎えるという提案にメキシコ国民が賛同しているとの確証が得られたら受諾するかを検討する、と回答した。兄のフランツ＝ヨーゼフによってロンバルド＝ヴェネト王国に副王（総督）として送りこまれたとき、マクシミリアンの融和的な姿勢はイタリア人に歓迎された。それでも、つい先ごろ、ヴェネツィアのある有力者から「われわれはオーストリアがより人道的になることを求めてはいません。わたしたちが求めるのはオーストリアが去ることです」と言われてしまった。メキシコシティーの太陽のもとで、「われわれはリベラルな皇帝を求めていません、われわれは皇帝などまったくもって求めていないのです…」と告げられるような事態はどうあってもごめんだった。

ナポレオン三世はそこで、メキシコ平定のために、四万七〇〇〇名の兵士からなる遠征軍のトップにバゼーヌ将軍をすえた。メキシコ人の将軍二人（マルケスとメヒア）麾下《きか》の数千人の兵士もバゼーヌの指揮下に入った。そして、「ハプスブルク家の公子なら平和とパンと、おそらく自由もあなた方にもたらしてくれる」とメキシコ国民を説得しようと試みた。巧妙な外交手腕の持ち主であるナポレオン三世の狙いは、一八五九年のイタリア独立戦争に参加してイタリアからオーストリアを排除して以来、仲違《なかたが》いしていたフランツ゠ヨーゼフ皇帝と和解すると同時に、「一八六〇年に誕生したばかりの統一国家イタリアが教皇領に触手を伸ばしているのにフランスが手をこまねいている」と憤っている自国のカトリック教徒の機嫌をとり結ぶことであった。

一八六三年一〇月三日、マクシミリアンはミラマーレ城でメキシコ使節団を謁見した。そのようすは、チェーザレ・デラックアの絵で後世に伝わっている。シャンデリアの下、金ボタンとビロード襟の美々しい燕尾服姿のマクシミリアンは、黒服もしくは黒いフロックコートを着た五人の男性と対面している。使節団の一人が、皇帝にお迎えしたいというメキシコ国民の願いを表明した。マクシミリアンは「君主制という言葉が発せられるや否や、あなた方の同国人の視線がカール五世の一族に向けられたことは、わたしたちの家門にとって名誉である」と述べた後、「メキシコにおいて君主制が正当かつ完璧に堅固な礎の上に築かれることが可能となるのは、全国民が意思を表明して、首都の意向を了承する場合のみである」と、以前からの考えをあらためて表明した。だが、彼は続けて「もし神の摂理が、この帝冠に付随している、文明をもたらすという高い使命をわたしに託すというのであれば、わたしは今ここで皆さんに固い決意を表明する。それは、兄であるオーストリア皇帝が示した有益な例に倣《なら》って、秩序と倫理に立脚した進歩の広い道を憲政体制確立によってかの国「メキシコ」に拓く、そして、広大な領土が平和をとりもどした暁にはただちに、わたしの誓約にもとづいて国民とのあいだに基本協定を結ぶ、という決意である」と語った。

六か月後、いろいろな人から警告された――パリのサロンの常連たちは大公［フランス語でアルシデュック、Archiduc］をもじって、マクシミリアンを超お人好し［アルシデュープ、Archidupe］とよび、故ルイ＝フィリップの配偶者であった元フランス王妃マリー＝アメリー［二人の長女ルイーズがベルギー国王のもとに嫁いで、マクシミリアンの妻となるシャルロッテを産んだ。したがって、マリー＝アメリーはシャルロッテの祖母］は、マクシミリアンとシャルロッテに「あなた方は殺されますよ」と忠告した――ものの、マクシミリアンは出発の準備にいそしんだ。すでに、歩兵大隊二個、騎兵連隊二個、山岳砲兵中隊二個、工兵中隊二個からなる、オーストリア人義勇兵軍団を結成し終えていた。合計で士官二五〇名、兵士七三〇〇名という規模であった。くわえて、ベルギー人兵士二万人（メキシコ皇后となるシャルロッテは、ベルギー国王レオポルド一世の娘であった）と、数百名のフランス人兵士（北アフリカの補助部隊と外人部隊兵）がいた。マクシミリアンは、一八六四年四月に調印されたミラマーレ協定が想定していた将来のフランス軍撤退にそなえて、自前の武力を確保したのである。

一八六四年五月二五日、マクシミリアンとシャルロッテは蒸し暑く、不穏で奇妙で雰囲気がただようベラクルスに到着した。前日の強風で、凱旋門が倒壊していた。通りに人影はなかった。一行を首都メキシコシティーまで運ぶ汽車はロマ・アルタで止まってしまい、嵐が吹き荒れるなか、馬車に乗り換えて残りの旅程をこなすことになった。八五名の随行員、五〇〇個のトランク、白手袋をはめた数十名の知事、あわてふためく公務員たち、制服姿の侍従たち、腰巻き姿のインディオたちが一緒だった。幸いなことに、メキシコシティーでのパレードは成功だった。皇帝夫妻はチャプルテペック城（「バッタの城」）におちつき、夢心地となった。メキシコのシェーンブルン宮殿ともいえるこの城は、ヌエバ・エスパーニャの副王（総督）の別荘として八世紀に建造された。シャルロッテは、ここからの眺めは「ナポリのパノラマを凌駕《りょうが》する」と喜んだ。

＊

あれから三年後、マクシミリアンはケレタロにまいもどった。しかし、彼は三年前とは違う人間となっていた。いまは、戦闘のさなかにある。しかも、総司令官の立場で。統治をはじめたころのように、宮廷の組織作りや、宮廷内の仕事の割りふりや、帝室に適用すべき儀典を定めた六〇〇ページもの文書の綿密な校閲（メキシコにおける彼の最初の公務は、この儀典書の発行であった）などに忙殺されるなど、もはや問題外だ。いまや、皇帝陛下は戦争指導者だ。彼は最終的にオーストリア兵大隊をすべてメキシコシティーに残し、兵士を徴集して新たな部隊を整える任務を託してマルケス将軍もメキシコシティーに送り返した。ほぼ全員がメキシコ人であるケレタロ守備隊は、マクシミリアンの指揮下で、二か月間というもの勇猛に戦って毎日のように共和国軍の攻撃を押し戻していた。ケレタロは、ディエンビエンフー［第一次インドシナ戦争の激戦地。ここで敗れたことでフランスはベトナム撤退を余儀なくされた］のように盆地であった。町のもっとも高い建物のテラスからは、敵軍が周囲の丘をくだるようすが見えた。これはいちじるしく士気を低下させる眺めであり、マクシミリアンはこれを防ぐために毎日、メキシコ人の服装で町の狭い通りを歩きまわった。少々むりをしての愛想の良さと、これ見よがしのおちつきぶりで、自分に忠実な兵士たちに希望とエネルギーを注入できる、と思っているようだった。

反撃の試みはことごとく失敗し、マルケス将軍が援軍をつれて戻ってくるという希望は決定的についえた。これにチフスの流行がくわわった。脱走兵の数が増えるようになった。食料品と弾薬も不足しはじめた。健康な兵士は九〇〇〇人しか残っておらず、使える大砲はもはや三九門のみだった。敗戦の日は間近にせまっていた。参謀たちに諮《はか》ったのち、マクシミリアンは突破を選んだ。二つの選択肢があった。ドン・トマス・メヒア将軍が束ねるゴルダ山塊のインディオたちに合流する、もしくはメキシコシティーに戻る。

五月一四日から一五日にかけての夜、翌日に作戦を実行することが決まった。マクシミリアンは朝の一時ごろに就寝しに戻ったが、明け方前に起こされた。裏切りがあったために、共和国軍が町に侵入し、敵兵の一部はマクシミリアンが寝泊まりしているラ・クルス修道院の攻囲にとりかかっている、と報告された。逃げなくてはならない。カスティージョ将軍とザルム＝ザルム公（フロイセンの貴族。傭兵としてアメリカの南北戦争を戦ったのち、メキシコでマクシミリアンに最後まで仕えた）につきそわれ、通りへと飛び出したところ、ファアレス軍の士官二人とはちあわせとなった。奇妙なことに、二人はマクシミリアンらを捕えようとせずに、武装した部下たちに「ケ・パセン、ソン・パイサノス（通してやれ、こいつらは農民だ）」と命じた。マクシミリアンは、住民が寝静まった町の西、イトゥルビデ劇場（今日の共和国劇場）を見下ろすセロ・デ・ラス・カンパナス（「鐘の丘」）へと急いだ。丘の上で、マクシミリアンは自分につきしたがっている兵力がどれくらいかを確認した。多くはなかった。せいぜい一個大隊である。メヒア将軍はいるが、ミラモンの姿はない。自分の兵士たちを探しに行ったミラモンは敵の偵察隊に見つかり、顔を撃たれた。頬から入った弾は耳から抜けた。生きてはいたが、行方不明となった。マクシミリアンの馬がつれてこられた。お逃げになってはいかがでしょうか、と言われたが、貴人としての義務がそのようなことを許さなかった。皇帝は「ハプスブルク家の人間は、銃をすてて逃げさったりしない」といって提案をしりぞけた。

そうこうしているうちに、丘はすっかり攻囲されてしまった。ラ・クルス修道院の鐘が打ち鳴らされ、共和国軍のラッパが鳴りひびいた。おそらくは、獲物を追いつめたことを知らせる合図だろう。マクシミリアンは馬にまたがった。左右をザルム＝ザルム公とカスティージョが固めた。白旗を掲げて彼は丘を降り、坂のなかほどまでせまっていたファレス軍の最前線まで歩を進めた。コロナ将軍が「陛下はわたしの捕虜となりました」と叫んだ。マクシミリアンは「エスコベド将軍のもとにつれていってほしい」と答えた。マクシミリアンはこのエスコベドに、銅製の柄《つか》にサメ革を貼った、湾曲した海軍士官の剣を渡した。メヒア将軍は、自分の剣の柄を折ってエスコベドの足元に投げすてたが、刃は自分の手に残したままだった。彼の剣は「折れたが、清らかなまま」だった。エスコベドは報告書のなかで、七〇日の攻囲戦により、自分の部隊が一五人の将官と二〇人の大佐を捕虜にした、と述べている。

*

残酷な皮肉により、マクシミリアンの牢獄となったのは、彼が参謀本部を置いていたカプチン会修道院であった。花咲く中庭に小さな階段の入り口があり、これを昇ると長い廊下に出る。廊下のつきあたりにあるアーチ天井の広い部屋が牢屋に模様替えされた。両側には、扉が開いたままの、奥行き六フィート、幅四フィートの狭い独房が複数ならんでいた。カプチン会修道士たちの僧坊であった。四人はマクシミリアン、ミラモン、メヒアであった。マクシミリアンのタイル張りの独房には、野営ベッド、木製の箪笥、二つのテーブル、くたびれた肘かけ椅子、鉄製の椅子四脚が置かれていた。

マクシミリアンは自分が死ぬとは思っていなかった。その証拠に、五月二七日に彼はファアレスに次のような電報を送っている。「わたしは、重大で、この国にとってきわめて重要な事案についてあなたと話しあいたい。あなたはこの国を熱愛する友であるので、この会見を拒絶なさらない、と期待しています。わたしは病のために疲弊していますが、あなたのもとを訪れる用意があります」。ファアレスは返事も寄こさなかった。

こうしてどちらかといえば楽観的だったマクシミリアンも、自分が軍事法廷に立たされると知って、夢から覚めた。面会に訪れる友人たちから、町の雰囲気からいって公正な裁判は期待できないと知らされた。全国から、東［欧州］からやってきた皇帝の最期を見とどけたいという男女（インディオ、アステカ人、クレオール…）が大挙して押しかけていた。町のいたるところ、そしてアラメダ公園のポプラの大木の下で、人々が集まって口角泡を飛ばしており、共和国軍兵士たちは形式的に解散を命じていたが積極的に取り締まろうとはしなかった。お祭り気分、闘牛開催日のような雰囲気がケレタロを支配していた。床下に隠れていたところを捕まり、葉巻をくわえたまま背中を撃たれたメンデス将軍の最期は、面白可笑《おもしろおか》しい話題となった。大衆は血に飢えていた。高貴な血に。皇帝の血に。メキシコをふたたび植民地に格下げできると考えた傲慢な欧州に思い知らせてやらねば、とばかりに。

六月初旬、ザルム＝ザルム公妃のアグネスが皇帝の脱獄計画を練った。看守たちの買収に成功したが、マクシミリアン本人がためらった。自分と同じく捕虜となった仲間を置いて逃げることをこばんだ。密談が長引いているうちに、脱獄の噂が当局の耳に達し、監視の目が厳しくなった。マクシミリアンの脱走は不可能となった。その後、彼の士気は目に見えて低下した。頻発する赤痢の突発症状で苦しんでいないときは、すりきれたモーニングコートを着て、シャツに替えカラーをつけていない姿で、くたびれた肘かけ椅子に無気力に座りこんでいた。そして、ときとして紙に文章を綴った。遺言である。

六月一三日、一〇〇人ほどの兵士が修道院をとり囲んだ。公判日であり、逃亡もしくはマクシミリアン派――まだ残っているとしたらの話だが――による反撃を警戒しての措置だった。叫び声や嘲笑が響くなか、被告たちは馬車でイトゥルビデ劇場までつれていかれた。劇場内では、頭に血がのぼった傍聴者たちが平土間と二階から四階までのバルコニー席につめかけていた。壁という壁には、メキシコ共和国のシンボルもしくは旗が飾られていた。病気も理由であったが、それ以上に、自身が非合法で不当だとみなす人民裁判に出廷することをこばむゆえにマクシミリアンは牢獄に残っていた。彼は欠席裁判で裁かれることになった。メキシコの高名な弁護士複数がマクシミリアンを懸命に擁護し、「文明と歴史の名において（…）最大限の寛恕《かんじょ》」を請い願った。イギリスのヴィクトリア女王も恩赦を求めた。プロイセン、オーストリア、ベルギー、イタリアの大臣たち、元フランス領事はわざわざメキシコを訪れ、目つきが厳しく、立派な口髭がいかにも傲岸《ごうがん》な陸軍中佐プラント・サンチェスが裁判長をつとめる法廷に対して、寛大な裁きを求めた。アメリカ政府は、メキシコ共和国担当高官にファアレスとの面会を命じたが、奇妙なことに、このときニューオリンズにいた当の高官は病気となったのに、彼のかわりをつとめる者が指名されることはなかった…。

二日間の審議のすえ、判決がくだった。七名の陪審員のうち三名が死刑、別の三名が国外追放に賛成票を投じた。決定権をにぎった裁判長は死刑に賛同した。「国民、人々の権利、公序と社会の平和に対する罪を犯したことが認定」されたマクシミリアンは、一八六二年一月二三日付け法律の適用によって処刑されることになった。喪服をまとったサン・ルイスの貴婦人たちがファアレスの足元に身を投げ出してマクシミリアンの命乞いをしたが、「公共の安全にとって必要なことなので」と、にべもない言葉が返ってきた。フリーメイソン会員としてのコードネームにウィリアム・テルを選んだファアレスは、オーストリア人の君子が銃殺されることを望んだ。一四世紀に名高い弓の名手［ウィリアム・テル］をリーダーとしてスイスの農民たちが反旗をひるがえしたときの代官も、同じくオーストリア人であった…。メヒア将軍、ミラモン将軍も死刑と決まった。帝政に仕えた将官や公務員を裁く他の法廷が出した判決はこれほど重くなく、重くて数年の禁固刑、軽くて自由の制限であった。

自分を待つ運命がどのようなものであるかを知らされると、マクシミリアンは机に向かい、筆をとって愛するシャルロッテに手紙を書いた（「わたしは死を、それが救済の天使であるかのように待ちます。わたしは、軍人らしく、王者らしく、名誉を保ったまま倒れるでしょう」）。これが、妻に送った最後の手紙となる。翌日、マクシミリアンはシャルロッテの死を知らされた。彼は、これが誤報であることを知らぬまま死ぬことになる。これ以降、彼の望みはただ一つ、自分の心臓が「可哀相な妻のかたわら」に葬られることだった。この間、彼の弁護士や友人たちが減刑を求めて奔走した。ガーンジー島（イギリス）で亡命生活を送っていたヴィクトル・ユーゴーも、共和主義者であったにもかかわらず、マクシミリアンに心から同情してファレスに手紙を書いたが、届くのが遅すぎた。

六月一六日、修道院の鐘が激しく鳴りひびくなか、兵士の一団がマクシミリアンの監房に姿を現した。おどろおどろしい太鼓の音も近くから聞こえてきた。三人の囚人は、「あなた方は三時に銃殺されます」と告げられた。マクシミリアンは数通の手紙に署名し、側近たちに別れを告げ、バシュ医師に結婚指輪を託し、自分の母親に「わたしは軍人としての義務を果たしました、そしてキリスト教徒として死にます」と伝えるように頼んだ。ソリア神父が訪れて最後の告解を聴き、ミサをあげた。後は待つだけとなった。しかし待ち時間は延びた。三時となったが、息がつまるような沈黙のなか、一分きざみで時は流れた。四時、プラシオス大尉がファレスからの電報を届けた。処刑は三日間後に延期された。ザルム＝ザルム公妃がファレスから得ることができた譲歩はこれだけだった。

それからの七二時間は、それまでと同じようにすぎた。死刑囚が処刑を待つ牢獄にほかならないこの場所の奇妙に単調な時の流れを唯一乱したのは、メヒアが受けとった一通の手紙だった。メヒアはインディオなので、死刑を免除してもよい、との提案だった。この上もなく勇猛果敢な軍人であり、一八六五年にレジオンドヌール勲章を、その翌年にメキシコ鷲勲章を拝受したトマス・メヒアの答えは「わたしは皇帝とともに死ぬことを望む」、と簡潔そのものだった。皇帝本人は、自分に仕えた二人の将軍の命を救おうとたえず努力していた。ファレスに宛てた最後の電報もそうした努力の一つであった。「血に濡れ、激震にゆれる地面は堅牢なものが建設されるための地盤とはなりえない、とわたしは心の底から確信する。ゆえに、わたしはきわめて厳粛に、かつ、死までわずかな時間しか残されていない者ゆえの誠実さをもってあなたに懇願する。私以外の者の血を流さないでほしいと」。返答はなかった。

六月一八日、マクシミリアンは数通の手紙に署名し、一時間ばかり読書をしたのち、二一時頃に就寝した。

朝の三時に起床すると、黒いスーツを着た。頭には白いフェルト帽をかぶり、首に金羊毛勲章頸飾をかけた。蝋燭の光に照らされ、ソリア神父から最後の聖体を拝領した。動揺が激しかった神父は、部屋に入ったときに失神していた。最後の食事が供《きょう》された。鶏肉、パン、一杯の葡萄酒。外では、またも太鼓の音が響いていた。

六時半、パラシオス大佐が囚人たちを迎えにやってきた。三台の馬車が修道院の前で待っていた。それぞれ、三、一〇、一六の番号がついていた。わが子を腕に抱いたメヒアの妻は、夫を死の運命へと運びさる馬車の車輪にすがりついた。妻も子どももふり落とされ、無残にも石畳に投げ出された。厳しい顔つきの騎兵たちに囲まれて進んだ一行が鐘の丘の麓で止まると、雄弁な沈黙があたりを支配した。マクシミリアンは忠実なハンガリー人の料理人に帽子を手渡し、「母上にこれを渡し、わたしが人生の最後で考えたのは母上のことであった、と伝えておくれ」とハンガリー語で頼んだ。左手は、小さな十字架をにぎりしめていた。

三人の死刑囚は、マクシミリアンが降伏した場所に何日か前に急ごしらえした低い煉瓦壁の近くへとつれていかれた。三人の司祭が、三人の前にひざまずき、赦免をあたえた。ソリア神父に十字架を託したあと、マクシミリアンは銃殺隊の兵士七人をよび、各人に金貨一枚を渡して、心臓を狙ってほしいと頼んだ。顔が傷つけられたら、母親が遺体を見ても自分だとわからないかもしれない、とおそれたからだ。数か月後にフランスの画家、エドゥアール・マネが描いた絵（ゴヤの『マドリード、一八〇八年五月三日』から着想を得たことが明らかな『皇帝マクシミリアンの処刑』）のなかで、皇帝は二人の将軍のうちの一人の手をにぎっている。同じくこの絵によると、銃殺隊は三人から一メートルしか離れていない位置にならんでいる。狙いそこねることなど不可能なように。彼らの背後では、町がゆっくりと目覚めようとしている。

パラシオス大佐がサーベルをふり上げた。元メキシコ皇帝はスペイン語で叫んだ。「わたしの血が、祖国の幸福のために流される最後の血でありますように。祖国の息子たちがこの先も血を流さねばならないとしたら、それは国のためであり、決して国を裏切るためではありませんように」。その声は震えていなかった。

七発の銃声が響きわたった。マクシミリアンの体は地面にくずれ落ちた。顔には嘲弄するようなほほえみが浮かび、左手は上着のボタンをつかんでいた。手はまだ動いていた。パラシオスの合図により、兵士の一人が近づき、とどめの一発を撃った。この六月一九日、オーストリア大公、ハンガリーとボヘミアの公子、ハプスブルク伯爵、ロートリンゲン公子、メキシコ皇帝は落命した。ケレタロの教会の鐘という鐘がいっせいに鳴りひびいた。復讐心に満ちた「共和国万歳！」の叫びが町のあちらこちらからあがった。

マクシミリアンの遺体はカプチン会修道院に運ばれ、バシュ医師とおかかえ写真家フランソワ・オベールの立ち会いのもとで防腐処理された。オベールが撮った写真は、このときのようすを後世に伝えている。[3] 職業的良心などもちあわせていない医師たちがマクシミリアンの髪を切って、一束につき八〇ドルで売った。彼の服の一部も盗まれた。パラシオスは遺体となった皇帝に最後の一瞥《いちべつ》を投げかけ、「これは、フランスがしでかしたことだ」と嘲弄した。ロンドンのタイムズ紙も同意見であり、「大公の死は、フランスの名誉にとって汚点である」と書いた。ほんとうに？　数か月後、穏当とは無縁の物言いで伝説的なジョルジュ・クレマンソー［フランスの共和派の政治家］は、「狼を悼《いた》むことは、羊たちに対する犯罪だ。あの人物は本物の罪を犯すことを望んだ。彼を殺したいと望んでいた者たちが、彼を殺した、わたしはこれに大満足だ。しかも彼の妻は狂女となれば、これほど正義にかなうことはない」と述べた。

冷酷きわまりない墓碑銘だが、真実がふくまれている。マクシミリアンは処刑されたのではなく、殺されたのだ。共和主義者のファレスにとってこの殺人は、芽生えつつあったメキシコ国民の結束を固める唯一の手段だった。

七か月後の一八六八年一月二〇日、マクシミリアンの棺は、一六三三年よりハプスブルク家の奥津《おくつ》城《き》となっているウィーンのカプツィーナー納骨堂に安置された。続く半世紀のあいだに、あと二人、暗殺されたハプスブルク家の人間がここに葬られる。マクシミリアンの兄嫁であるエリーザベト（シシィ）、そして甥のフランツ＝フェルディナント大公である。

原注

1　ルイ＝フィリップの時代に若い外人部隊の兵士としてアルジェリア平定に出陣したバゼーヌはその後、クリミア戦争とイタリア独立戦争で英雄的な戦士ぶりを発揮した。一八六三年、ナポレオン三世は彼を遠征軍歩兵師団の団長としてメキシコに派遣し、一年後に総司令官に任命した。

2　フアレスのメキシコ革命政府が返済を拒否した対外債務には、失墜した保守派ミラモン大統領がジェケルという名のスイス人銀行家から借りた七五〇〇万フランがふくまれていた。モルニー公爵は交渉のすえ、フランスとその他の債権国がフアレスを大統領の座から追い落とした場合にジェケルが回収できるであろう債権の三〇パーセントを謝金として自分が受けとる、ととりきめた。モルニー公爵は、ジェケルの債権をフランス政府の債権の一部として処理させることに成功した！

3　オベールは、血に染まったマクシミリアンのシャツと、銃殺された場所の写真も撮っている。

参考文献

Samuel Basch (Dr) : *Maximilien au Mexique. Souvenirs de son médecin particulier*, Albert Savine, 1889.
Marthe Bibesco : *Charlotte et Maximilien, les amants chimériques*, Gallimard, 1937.
André Castelot : *Maximilien et Charlotte du Mexique : la tragédie de l'ambition*, Perrin, 1977.
Henriette Chandet : *Maximilien et Charlotte*, Perrin, 1964.
Félix Constantin, prince de Salm-Salm : *Mon journal au Mexique en 1867 : incluant les derniers jours de l'empereur Maximilien avec des pages du journal de la princesse Salm-Salm*, L'Harmattan, 2012.
Alain Gouttman : *La Guerre du Mexique*, Perrin, coll. « Tempus », 2011.

Michel de Grèce : *L'Impératrice des adieux*, Plon, 1998.

Brian R. Hamnet : *Histoire du Mexique*, Perrin, 2009.

Alfred Jackson Hanna et Kathryn Abbey Hanna : *Napoleon III and Mexico. American Triumph over Monarchy*, University of North Carolina Press, 1971.

Albert Hans : *Querétaro, souvenirs d'un officier de l'empereur*, Dentu, 1869.

Bertita Leonarz de Harding : *Maximilien, empereur du Mexique*, Payot, 1935.

Charles d'Héricault : *Maximilien et le Mexique : histoire des derniers mois de l'Empire mexicain*, Garnier frères, 1869.

J. d'Hertault, vicomte de Beaufort : *Maximilien Ier, empereur du Mexique*, Bayard, 1904.

Mia Kerckvoorde : *Charlotte, la passion et la fatalité*, Duculot, 1981.

Janine Lambotte : *Charlotte et Maximilien, l'empire des archidupes*, Labor/RTBF, 1993.

Jean-François Lecaillon : *Napoléon III et le Mexique. Les illusions d'un grand dessein*, L'Harmattan, 1994.

Ernest Louet : *La Vérité sur l'expédition du Mexique*, Ollendorf, 1889-1890.

Maximilien, empereur du Mexique, sa vie, sa mort, son procès, détails intimes et inédits, Lebigré-Duquesne, 1867.

Maximilien d'Autriche au Mexique, 1862-1867, d'après les souvenirs de Sara Yorke Stevenson, L'Harmattan, 2010.

Robin McKown : *The Execution of Maximilian*, Watts, 1973.

Philip McMath : *Lost Kingdoms, a Novel*, Phoenix International, 2007.

Daniel Meyran (dir.) : *Maximilien et le Mexique (1864-1867) : histoire et littérature, de l'Empire aux « Nouvelles de l'Empire »*, Presses de l'université de Perpignan, 1992.
Paul Morand : *La Dame blanche des Habsbourg*, Robert Laffont, 1963.
Dominique Paoli : *L'Impératrice Charlotte, le soleil noir de la mélancolie*, Perrin, 2008.
Jasper Ridley : *Maximilian and Juárez*, Constable, 1993.
Faucher de Saint-Maurice : *Notes pour servir à l'histoire de l'empereur Maximilien*…, A. Coté, 1889.

6 アレクサンドル二世

サンクトペテルブルク、一八八一年三月一日[1]

皇帝狩り

あの日の朝まで、彼のパリ滞在はこの上もなく快適なものだった。欧州のすべての大国の君主と同様に、一八六七年六月初旬にパリ万博に招待されたアレクサンドル二世は、ナポレオン三世から下にも置かぬもてなしを受けた。鉄血宰相ビスマルクが率いるプロイセンとの紛争を予測し（そしておそれていた）だけにロシアとの同盟関係にほころびがあってはならぬと考えたナポレオン三世は、ロシア皇帝がエリゼ宮に滞在することすら受け入れた。半世紀前、当時のロシア皇帝アレクサンドル一世が、ナポレオン一世を打ち負かしたコサック兵をシャンゼリゼでパレードさせたのちにエリゼ宮に逗留したことが思い出される。アレクサンドル二世がアレクサンドル一世の甥であり、ナポレオン三世はナポレオン一世の甥であるのは偶然だろうか…

劇場、オペラ、舞踏会と、アレクサンドル二世は毎晩のように招待された。作家のテオフィル・ゴーティエがアレクサンドル二世と遭遇したのも、そうした夕べの一つにおいてだった。ジョルジュ・サンドへの手紙のなかでアレクサンドル二世を「柄《がら》が悪い」と形容したフローベルとは異なり、ゴーティエは惚れこんでいるといっても過言ではないほどに、このロシア皇帝をほめちぎっている。「驚くほど整った目鼻立ちで、彫刻家の手にかかったようだ。ひいでて高貴な額。(…)穏やかでやさしそうな表情。(…)大きな青い目。(…)ギリシア彫刻を髣髴する口元」

ゴーティエは少々誇張している。たしかにアレクサンドル二世は押し出しのよい風貌の持ち主であるし、何年も軍務(とくに、条件が厳しいカフカースで)についた結果として以前は筋骨隆々とした体型と…女たらしの評判を誇っていた。しかし、いまやその美丈夫も五〇歳になろうとしていたし、堂々とした赤髭はもはや昔の美しい思い出にすぎなかった。まっすぐ立っているのにも苦労しているのが見てとれ、目にはときとして、不安をかきたてる憂いの色が浮かんでいた。この皇帝は、彼が治める国と同様に、足が粘土でできた危《あや》うい巨像のようだった。

国家元首としてちやほやされるアレクサンドル二世には、パリ滞在に満足をおぼえるもう一つの理由があった。愛人、エカチェリーナ・ミハイロヴナ・ドルゴルーコヴァの存在である。皇帝は毎晩おしのびで、エリゼ宮のすぐ近く、バース゠デュ゠ランパール通りの館に滞在しているエカチェリーナのもとを訪ねた。すでに病気が進んでいた皇后マリア・アレクサンドロヴナが亡くなれば、自分よりも三〇歳も若いこの愛人とすぐに結婚する、と決めていた。宮廷がなんと言おうとも。

パリでの逢い引きを楽しむアレクサンドルは、愛人とテュイルリー宮の庭園を散歩しているときに不思議な女――ジプシー――と出会った。彼女は皇帝の手相を観て、不吉な調子で「あなたは六回、あやういところで命びろいするでしょう。しかし、七回目は運命をまぬがれません」と告げた。
アレクサンドルは、占い師の言葉を気にかけまいとしたが、もし彼女が言っていることが本当だとしたら、自分の手に残っている札は五枚だけだ、との考えをふりはらうことができなかった。一年前、いつものように大勢の野次馬が見守るなか、ネヴァ川沿いの散歩を終えて馬車に乗りこもうとした皇帝を狙って弾丸が放たれた。犯人は、革命秘密結社「地獄」のメンバーであるカラコーゾフという男だった。カラコーゾフが銃を発射しようとしたとき、二〇歳の若い男がカラコーゾフの肘を押したために狙いはそれた。皇帝の命の恩人はコミッサーロフという名で、コストロマの出身であった。ツァーリ不在の動乱時代[2]（一五九八―一六一三）の終わり、ロマノフ朝の始祖となるミハイル・ロマノフをリトアニア人やポーランド人の侵略者から救ったスサーニンがやはりコストロマ出身の農夫であったように。ロシア国民は、このことに運命的ななにかを感じずにはいられなかった。

　ロシアの歴史のなかで、公衆の面前で皇帝の命を狙うテロが起きたのはこれがはじめてであった。アレクサンドル二世は自身で犯人を尋問することを望んだ。外国人にちがいない。即位してこのかた、ロシアを近代的で自由な国に脱皮させようと努めている自分を殺したいほど憎むロシア国民などいるはずがない。アレクサンドルは「あなたはポーランド人ですか？」とカラコーゾフにたずねた。「はい」という答えが返ってくると確信して。だが、答えは外国語訛りなどいっさいないロシア語による「いいえ、わたしは純粋のロシア人です」であった。大いにとまどった皇帝は、動機についてたずねてみた。「あなたは国民に土地をあたえると約束したのに実行しなかったからです」が答えだった。アレクサンドル二世は、世間はなんと恩知らずなことか、と心底から驚いたが、心の動揺をいっさい悟られないようにした。宮殿に戻ると、この暗殺未遂事件を冷静に受けとめているふりをした。息子のアレクサンドルには「まだ、おまえが登場する番にはならなかったね！」と冗談を飛ばした。大臣たちには「狙われるところをみると、わたしもまだ価値があるらしい」と皮肉っぽく語った。事件から数日後に処刑されたカラコーゾフは、死の直前に「わたしは死ぬが、これは前例となり、同調者がでるだろう」と予告した。

話をパリに戻そう。一八六七年六月六日、テュイルリーのジプシー女の不吉な占いを頭からふりはらおうとしていたアレクサンドルは、息子のアレクサンドルとヴラジーミルをつれて、閲兵式に立ち会うためにロンシャン競馬場におもむいた。六万人の兵士を動員した演習は二〇万人もの観客を熱狂させた。終了後、ナポレオン三世はウージェニー皇后にプロイセン国王を宿泊先まで見送るように頼み、自身はアレクサンドル二世に「いっしょに無蓋馬車に乗ってブローニュの森をとおってシャンゼリゼに戻りませんか」と提案した。ブローニュの森の大滝の近辺で道が狭くなるところにさしかかったとき、二名のフランス人近習を馬車の左右にしたがえて群衆の歓呼にこたえていた二人の皇帝は、一人の男が飛び出してきたのに気づかなかった。男は二人に向かって拳銃を二発撃った。この場面を描いたカルポーの絵はオルセー美術館に展示されている。二人の皇帝の服には血がにじんでいるが、流れたのは彼らの血ではなく、あごを撃たれた馬の血が飛びちったものである。犯人はただちに捕えられ、近衛騎馬隊とパリ衛兵によるリンチをあやういところでまぬがれた。

今回の犯人はポーランド人であった。ベレゾフスキーという名の若い亡命者だった。事件後に何日にもわたってル・プティ・ジュルナル紙が伝えたところによると、彼はセバストポル通りの銃砲店で、二連銃を購入していた。価格は九フラン。質の悪い銃だった。二発目を撃とうと引き金を引いたとき、銃身が爆発し、ベレゾフスキーは指を一本失った。

この事態に恐縮、狼狽したナポレオン三世から懇願されたこともあったが、自分が怖がっているとの印象をあたえてはならぬと思ったアレクサンドル二世は、その日のうちにフランスを去るようなことはせず、愛想のよい賓客ぶりを発揮し、何事もなかったかのように公式日程をこなしつづけた。ダリュ通りに完成したばかりのロシア正教アレクサンドル＝ネフスキー聖堂での神に感謝を捧げるミサ、ロシア大使館での舞踏会、カルナヴァレ美術館訪問、パリ市庁舎での晩餐会、ヴェルサイユ宮殿見学。だが、テュイルリー庭園のジプシー女から告げられた不吉な予言を思い出さずにはいられなかった。ロシア皇帝として戴冠した、一八五六年のあの奇妙な日のことも。

あれは八月の終わり、モスクワは猛暑にみまわれていた。明け方から大勢の人々がクレムリン聖堂広場につめかけていた。二〇〇年前より、ロシア皇帝の戴冠式は、帝都であるサンクトペテルブルクではなく、四〇の四〇倍の数の教会があるといわれる、ここモスクワで行なわれていた。朝の七時、二一発の礼砲が轟《とどろ》き、アレクサンドルがクレムリン宮殿正面階段の下に到着したことを告げた。彼は将軍の制服を着ていた。惨憺《さんたん》たるクリミア戦争（戦死者は一五万人以上を数え、多くの領土が敵国に割譲された）の傷も癒えないいま、自分はロシアの軍事的栄光をとりもどすことができる、と世界に告げるかのように。実際に、そうなった。アレクサンドル二世のロシアは、シャミール［北カフカースに誕生したイマーム国の三代目イマーム］を打ち破る華々しい勝利によってカフカースを平定し、東シベリアを征服し、「東方の覇者」を意味するウラジオストクと名づけられた町を建設し、イギリスの守りが緩かった中央アジアへ進出することになる。さらに、前代未聞の規模の政治改革が、アレクサンドル二世の治世にいっそうの栄光をもたらすことになる。

あの日の朝、ヘッセン大公国の王女でプロテスタントであったが一八四一年にロシア正教に改宗して皇太子妃となったマリア＝アレクサンドロヴナは、白いブロケード織りのドレスをまとい、これ以上ないほど真剣なようすであった。髪を後ろになでつけ、二束の縦ロールを肩にたらした彼女の顔は青ざめていたが、ロシア皇后になるという一生でもっとも晴れやかな日を迎え、誇らしげであった（ところで、アレクサンドルは彼女とではなく、イギリスのヴィクトリア女王と結婚してもおかしくはなかった。二〇歳のときに欧州各国の宮廷を訪問していたアレクサンドルにヴィクトリアは夢中になり、彼がロンドンを去るときにプレゼントされた「カズベク」という名の犬を、ザクセン＝コーブルク＝ザールフェルト公国のアルバート公と結婚した後もかわいがっていた）。クレムリン広場に集まった群衆に会釈したのち、アレクサンドルと妻は徒歩でウスペンスキー大聖堂へと向かった。アレクサンドルの父、ニコライ一世に仕えた高齢の重臣たちが、新皇帝夫妻を太陽光から守るために、羽根で飾られた金色の巨大な天蓋を支えた。権力の象徴――二つの冠、笏、戴冠式用の二つのマント、剣、聖アンドレイ騎士団の旗と頸飾――をのせたクッションを捧げもつ一団もいた。聖堂に着くと総主教フィラレートに迎えられ、アレクサンドルとマリア＝アレクサンドロヴナは蒸し暑い堂内に用意された席についた。重々しい雰囲気、緊張、そして疲労がすでに人々の体をむしばんでいた。なんらかの事件が起こることが予感された。「事件」を起こしたのは、ポーランド総督のゴルチャコフ将軍であった。対ナポレオン戦争に従軍した経験をもつ六〇歳のゴルチャコフは、ロシア帝国を象徴する黄金の宝玉をのせた小さなクッションをもつ役割を仰せつかっていた。だが、暑さに朦朧《もうろう》となったゴルチャコフは座っていた椅子からすべり落ちた。その拍子に、宝玉は大きな音を立てて聖堂の床石の上で跳ねた。アレクサンドルは機転をきかせて大声で冗談を言ったが、彼の顔に浮かんだほほえみは引きつっていた。そのすぐあと、皇后が目前にひざまずくと、アレクサンドルは彼女の頭に冠をのせた。次に、一人の女官がダイヤモンドのヘアピンで冠を皇后の髪にとめた。だが、とめ方がまずかった。礼砲が聖堂の壁をゆるがすなか、皇后が立ち上がったとき、冠は床に転がり落ちてしまった。皇后は、すぐ近くに座っていたイヴァーン・トルストイ元帥に、「この冠をかぶる時間がわたしにはたいして残されていない、とのお告げでしょう」と冗談めかしてささやいたが、内心は動揺していた。

この日、こうした不手際は避けることができない災厄の前兆だとほのめかした連中がいたが、アレクサンドル二世は気にかけなかった。あれから一〇年、かなりの権限を行使して国を統治してきた。リベラルな専制君主として、「法は君主よりも上位にある」と主張する良識派およびフリーメイソンの友人たちの求めに応じ、皇帝権力の柔軟化をめざす施策を数多く実施した。たとえば、一八二五年に父ニコライ一世を失墜させようと反乱を起こしたデカブリストたちが、流刑地シベリアを出て、ロシア東部やカフカースに移り住むことを許した。それだけではない。アレクサンドル一世とも親交があったジョゼフ・ド・メーストルが「ロシアの農民に自由をあたえること、それはアルコールを一度も飲んだことがない者に葡萄酒をあたえることと同じである。酔って頭がくらくらとなってしまう」と警告を発していたのを知ってか知らずか、「死せる魂」（ゴーゴリ作）や「猟人日記」（ツルゲーネフ作）がその非人道性を描ききった農奴制の廃止も命じた。アレクサンドル二世のおかげで、一八六一年二月をもって、二三〇〇万人の農奴は所有者への隷属を解かれ、自分の土地を所有することも可能となった。

それまでのロシア皇帝が農奴解放にふみきれなかったのは、無関心や酷薄のためというより、おそれゆえだった。少なからぬ君主が、ロシアの大土地所有貴族の特権にふみこもうとして命を失った。ピョートル三世、パーヴェル一世もそのうちにふくまれる。作家イヴァーン・ツルゲーネフの親戚で、一八二五年のデカブリストの反乱[3]に参加したために欠席裁判で死刑を言い渡されたニコライ・ツルゲーネフは「ロシア政府は、暗殺が絶対度を薄めている絶対君主制だ」と皮肉っている。

農奴制廃止（アメリカの奴隷廃止に四年も先行していた）は、アナキズムの理論家の一人であるピョートル・クロポトキンからも評価された。さらに二年後、アレクサンドルは、いくつかの法律がいまだに認めていた刑罰である、クヌート［ロシアで刑罰に使われていた鉤や玉がついた鞭］や烙印の使用や体罰を禁止した。次に、貴族階級だけでなく、すべての社会階層に開かれた地方議会をそなえた地方自治機関、ゼムストヴォを導入した。大学の入学者選抜が民主化されたのもアレクサンドル二世の治世においてであった。そして一八六四年には、すべての市民の平等を定めた司法典が施行された。ほんの数年で、アレクサンドル二世はロシアの時計の針を中世から二〇世紀前夜まで進め、何百万人もの農奴に自由と尊厳をあたえ、何千万人もの下層市民にも権利を認め、出版の自由を擁護し、父親が定めたユダヤ人差別の法律を緩和した。しかし、光をもたらす者は往々にして不幸を味わう。彼の善政は、失望と不安をまねいただけだった。すなわち、改革は不十分だと考える者は失望し、逆にやりすぎだと考える者は不安をいだいた。

＊

パリで暗殺未遂に遭遇したのちにロシアに戻ったアレクサンドルは、帝政をくつがえそうと決意している者たちの活動にかんする詳細な報告書の作成を命じた。どういった連中なのだろうか？　その人数は？　彼らは具体的に何を要求しているのか？　だれが資金を出し、支援しているか？　彼らはふたたび行動に出る用意があるのだろうか？　口には出さなかったものの、皇帝はその理性的な頭のなかでテュイルリーのジプシー女のおそろしい予言を反芻《はんすう》していた。

デカブリストの乱ののち、ニコライ一世は秘密警察を創設していた。この組織は皇帝官房第三部とよばれ、陰謀を報告する使命をおびた潜入内通者のネットワークを全国に張りめぐらすことで「ロシアの首に巻かれた縄をしめる」ことを目的としていた。一年前より、アレクサンドル二世はこの第三部の権限を強化し、そのトップにピョートル・シュヴァーロフをすえた。シュヴァーロフは保守主義者で、強硬路線を支持していた。彼は「ピョートル四世」とあだ名され、首相とほぼ肩をならべる権力者であった。一八六六年に「陛下は、キリスト教徒としてお許しになることができるかもしれませんが、君主としては赦免《しゃめん》することはかないません」と述べて、カラコーゾフの死刑を早急に命じるよう皇帝に進言したのは彼であった［カラコーゾフは逮捕後にロシア正教に帰依し、皇帝に恩赦を求める手紙を書いていた］。そのシュヴァーロフはいまや、胎動している革命運動について皇帝に報告する立場にあった。

シュヴァーロフが皇帝に説明したところよると、革命運動を担《にな》っているのは主として学生である。リーダーは司祭［ロシア正教の聖職者は妻帯することができる］や貴族の子弟である。彼らはニヒリズム［虚無主義。ロシアではテロリズムと同義となる］を標榜している。ツルゲーネフの小説「父と子」の主人公バザーロフと同じように、伝統的価値を否定している。ニヒリズムの旗手はゲルツェン、バクーニン、チェルヌイシェフスキーの三人である。

ゲルツェンは、ニヒリストたちにとって思想的支柱である。スイス、ついでロンドンに移り住んだゲルツェンは、ロンドンで雑誌「鐘」（保守主義の弔鐘を鳴らす、という意味がこめられている）を創刊した。一八四八年の革命［フランスの二月革命、ドイツの三月革命、イギリスのチャーチスト運動など、一八四八年から四九年にかけて欧州各地で起こった革命運動］をブルジョワ革命だと断じて軽蔑していたゲルツェンは、高揚感に満ちた文章を綴っていた。「耄碌《もうろく》した野蛮は、混沌とした力がみなぎる若者の野蛮に置き換えられるであろう。荒々しく明快な生命力が、若い民衆の若い胸に浸透するであろう。そうなったとき、新たな出来事《できごと》のサイクル、世界史の新たな巻がはじまるであろう」といった調子だ。

バクーニンは、革命運動家の典型であった。フランス、プロイセン、ハンガリー、ロシアの、バリケードが築かれる場所にはかならず彼の姿があり、君主制か共和制かをとわず、ブルジョワの手先と一戦をまじえようと意気ごんでいた。皇帝官房第三部によって何度も逮捕され、一八六一年に恩赦を得てシベリア送りとなったが、脱走してアメリカ経由でロンドンにおちつき、アナーキーな集団主義を主張する文書を発表していた。

ツルゲーネフさえ畏怖をおぼえて「文学のロベスピエール」とよんでいたチェルヌイシェフスキー

は、反体制にかぶれたロシアの若者の必読書「何をなすべきか」の著者であった（四〇年後、レーニンは自身のテーゼを表明した自著に同じ題名をつけて出版する）。この小説の女主人公、ヴェーラは髪を短く切って男装し、「わたしは働いて、自立した人間となる」と宣言している（ヴェーラに共感した多くの女性が、革命運動に身を投じることになる）。そして男主人公であるラフメートフはニヒリストの典型である。すなわち、革命という唯一の目的にすべてを捧げる禁欲的な人物である。

シュヴァーロフが主導する厳しい取り締まりを避け、革命をめざす多くの学生が外国に去った。ロンドンにのがれた者たちは、「共産主義――同じくロンドンに居住していたカール・マルクスはこれを「欧州を徘徊している妖怪」とよんだ［共産党宣言］――を確立するために犯罪者で構成された軍隊を創設して有産階級を攻撃すべきだ」と説くドイツ人、ヴァイトリングの言葉に聞き惚れた。彼らはエンゲルスやバクーニンのところにも足繁く通《かよ》った。だが、もっともおそるべきはセルゲイ・ネチャーエフであった。ネチャーエフは、サンクトペテルブルクのペトロパヴロフスク要塞への投獄を寸前のところでのがれて亡命した先のスイスで、前代未聞の共産主義政治運動組織を構築した。仲間同士の監視が命じられ、密告が奨励され、組織への盲目的服従が要求された。彼は自著「革命家のカテキズム［教理問答］」のなかで、君主の殺害をよびかけ、民衆の大義の敵をできるだけ多く殺すよう活動家たちに求めた。彼の過激な姿勢は仲間たちをも震えあがらせた。とくに、自身が作った秘密結社「人民の復讐」のメンバーの一人からの批判を許さず、この者を「裏切り者」としてみずからの手で「処刑」してからは。ドストエフスキーは、この事件に衝撃を受けて「悪霊」を執筆した。帝政「アレクサンドル二世の父、ニコライ一世の時代」による迫害の犠牲者であり、処刑台にのぼってから恩赦をうけてシベリアに送られた経験をもつドストエフスキーだったが、ロシア帝国の転覆を欲する革命家たち――「魔法使いの弟子」と同じように、革命をもてあそんだすえに、自分たちがコントロールできない事態をひき起こしてしまうことになる――を厳しく批判した。「コルネイユやヴォルテールのあと、ミラボー、ボナパルト、ダントン、百科全書派がフランス革命を担った。それに対して、わが国には、盗人、暗殺者、爆弾魔、無能な三文文士、学業を終えていない学生、裁判を経験していない弁護士、才能を欠く芸術家、知識のない学者しかいない。いだいている計画は壮大だが、もちあわせている才能は小さい連中だ」

一八七〇年代なかばまで、ロシアの国情は比較的穏やかだった。体制の硬化はそれなりの成果をあげていた。ロシアはゆっくりだが確実に資本主義に目覚めていた。新興富裕層が生まれ、中央アジアにおけるロシア軍の勝利に人々は毎日の厳しい暮らしをしばし忘れた。ニヒリストのうちでも理想主義に燃える者たちは幻想をいだいた。民衆の支持がなければ帝政に対する異議申し立てのたくらみは失敗する、と確信した彼らは、「人民のもとへ」を合い言葉に、無知な農民たちを啓蒙する国民的キャンペーン（ナロードニキ運動）を展開した。だが、彼らを迎えたのは無関心であった。「石もて追われる」こともあった。農民らは彼らのことを、挑発するために官憲が送りこんだ連中だと受けとめた。こうした理想主義者たちの失敗は、非暴力的な改革運動の終焉を意味した。「人民に何をあたえるべきか？　土地と自由だ」をスローガンとする、もっとも急進的なニヒリストたちが、秘密結社「土地と自由」を設立した。その目的は、大地主の所有権を奪い、すべての土地を農民にあたえ、君主制を打破することだった。政治的暗殺にかんしては、不正に対する応酬《おうしゅう》であるなら認める、という方針をとった。共産主義者と皇帝とのあいだの戦いの火蓋が切って落とされた。一八六七年一二月六日、サンクトペテルブルクのカザン生神女大聖堂の近くで行なわれたデモ行進において、ロシアではじめてのこととして赤旗が翩翻《へんぽん》とひるがえった。

冬宮殿に暮らすアレクサンドル二世は、歴史のスピードが速まったと感じ、縄が自分の首にまわされ、じわじわとしまっているのではないか、と自問した。ある日のこと、リンクトペテルブルク特別市長官のフョードル・トレポフ将軍が、小貴族の娘であるヴェーラ・ザスーリチに狙撃され、脇腹に一発を受けた。奇妙なことに、ザスーリチは裁判で無罪を言い渡されて釈放された。これにより、彼女の仲間たちの決意はますます固まった。次の週、西欧からの電報により、ドイツ皇帝、イタリア国王、スペイン国王の暗殺未成事件があったことをアレクサンドルは知った。朝に新聞を広げると、裁判官、検察官、警察署長、刑務所所長を狙った殺人未遂事件を伝える記事が目に飛びこまない日はなかった。一八七八年八月、皇帝官房第三部の新長官、メゼンツォフが刺殺された。その数週間後には、ハリコフ総督のディミトリ・クロポトキン公――アナキズムの理論家であるピョートル・クロポトキンの親戚――が殺された。ロシアはテロリズムの混沌につき落とされた。そして皇帝一家は恐怖におののいた。それは決して杞憂《きゆう》ではなかった。

＊

一八七九年四月一四日、宮殿の近くの散歩を終えた皇帝は、徽章がついた制帽をかぶった三〇歳ほどの男が自分のほうにやってくるのを目にした。文官といった風情だった。この男が自分を凝視する目つきが尋常ではなかったので、アレクサンドル二世は動揺し、やりすごしたあとにふりかえった。すると、男が伸ばした腕の先には武器があった。拳銃は火を噴いたが、狙いをはずした。アレクサンドルは、標的とならないためにジグザグに走って逃げた。その間に、帝室近衛隊の隊長がテロリストを追いかけ、サーベルで足をはらった。それまでに、テロリストは弾を五発撃ち、五回とも狙いをはずした。ソロヴィヨフ――これがテロリストの名前である――は身柄を確保されたときにシアン化合物で服毒自殺しようと試みたが、阻止されて彼の命は二か月延びた。裁判にかけられ、絞首刑となるまでの期間だった。

これで暗殺未遂は三度目だが、かすり傷一つ負わなかった。アレクサンドルは、幸運の星に見守られている、神のご加護がある、と感じずにはおれらなかった。動揺がおさまると、彼はただちに教会に駆けつけ、神に感謝を捧げるミサにあずかった。町中の教会の鐘が新たな奇跡をたたえて鳴りひびいた。ネフスキー大通りを行きかう人々のあいだではやった冗談によると、サンクトペテルブルクで鐘が一斉に鳴り出すと門番たちは全員、「また［皇帝暗殺が］失敗したのか？」と口にした。ナロードニキ活動家から過激派に転じたアレクサンドル・ソロヴィヨフの犯行により、警察と司法の硬化はさらに進んだ。ロシア全土で特別な権限を付与された総督が六名任命された（モスクワ、サンクトペテルブルク、オデッサ、ハリコフ、キエフ、ワルシャワ）。国は戒厳令下にあるも同然だった。政治犯として告発された者はだれであれ、事前の捜査抜きで裁判にかけられ、処刑される可能性があった。暴力―鎮圧―復讐の地獄の悪循環がはじまった。反体制派は「テロはおそろしいことだ。だが、もっとおそろしいことがある。反抗することなく暴力に耐えることだ」と述べた。

アレクサンドル二世の生活も激変した。徒歩で宮殿の外に出ることはもはや許されず、馬に乗ったコサック兵にエスコートされて馬車で移動することを余儀なくされた。愛人と彼女が生んだ三人の子ども（ゲオルギー、オリガ、二歳になったかならないかのエカチェリーナ）の安全を心配したアレクサンドルは、この第二の家族を冬宮殿の一隅に住まわせることにした。そのころ、皇后の病気はますます重くなっていた。万が一を考えての措置とはいえ、この時代において妻妾同居は異常事態であった……

一八七九年の終わり、病いと憂愁を南仏の太陽で癒やすことになった皇后をのぞいた皇帝一家はこぞって鉄道でクリミアに向かった。その数年前、アレクサンドル二世はヤルタに近いリヴァジヤに宮殿[4]を建てていた。皇帝一家がくつろいでいるあいだ、敵は陣容を整えていた。以前にもまして決意の固い新世代が登場していた。過激分子が秘密結社「土地と自由」と袂《たもと》を分かって、悪霊ネチャーエフが思い描いたモデルにもとづいた組織「人民の意志」を結成した。中心となっているのは執行委員会で、そのメンバー約二〇人は、皇帝暗殺を誓った――いや、投票で決めた（彼らは、この誓約を守ることとなる）。そのなかの一人が、ウクライナ・コサックの首長を先祖とするソフィア・ペロフスカヤである。サンクトペテルブルク県知事をつとめた父親をもつソフィアは、貴族の娘ながら骨の髄まで革命家であり、農奴の息子であるジェリャボフというテロリスト仲間を恋人としていた。彼女は、名誉ある使命、すなわちクリミアから戻る皇帝が乗る汽車がモスクワ郊外のロゴーシカ関所付近にさしかかったときに合図を送る役目を引き受けた。彼女の合図を受けて仲間が導火線をつなぎ、線路近くまで掘り進めた坑道にしこんだ爆弾を爆発させる、という手はずだった。刺客が個別に皇帝をつけねらい、あてにならないピストルをぶっぱなす時代は終わった、と「人民の意志」執行委員会は結論づけていた。テロは、より効果的で、劇的効果があり、殺傷能力の高い手段をもたねばならない。ダイナマイトはその一つであり、しかも優先順位が高い。アルフレッド・ノーベルが一八六六年に発明したダイナマイトは、一九世紀末の革命家たちお気に入りの武器になりつつあった。

アレクサンドル二世が鉄道で移動するときは、列車の第四車両に乗るのが習慣となっていた。また、この列車に先立つこと三〇分前に、皇帝一家と宮廷要員の荷物を運ぶ列車が通ることになっていた。ロシア帝室の紋章を描いた第二の列車がロゴーシカ関所付近に到達したとき、ソフィア・ペロフスカヤは予定どおりに合図を送った。皇帝の車両は数メートルの高さまで飛ばされ、土手に墜落した。しかしアレクサンドル二世はぶじだった。ハリコフで機関車一台に問題が見つかったために、サンクトペテルブルクに早く戻りたかったアレクサンドルは、皇帝一家が乗るお召し列車と荷物用の列車の順番の入れ替えを命じたのだった。これを知らなかったテロリストたちは、皇帝が乗る列車をぶじに通過させ、皇帝一家の衣服と食器類の一部を破壊するにとどまった。

またも奇跡的に死をまぬがれたと知った皇帝は、今度ばかりは軽口をたたく気になれなかった。顔からは血の気が引き、重苦しい苦悩の表情が浮かんだ。死が自分につきまとっているというおぞましい気分ははらってもはらいきれず、パリの年老いたジプシー女の予言も頭を去らなかった。数えてみると、もう自分は四回幸運を使ってしまった。「あの唾棄《だき》すべき連中は、わたしになんの恨みがあるのだろう？　なぜ、わたしが野獣であるかのように追いまわすのだろう？」と嘆じる皇帝の当然すぎる不安に、コートダジュールでゆっくりと死に向かっている皇后を失う不安が重なった。だいぶ前から夫婦仲は冷え冷えとしたものとなっているのは本当だし、彼に喜びと励ましにあたえてくれるのはもはや愛人エカチェリーナただ一人である（皇帝は彼女を囲うようになってから死ぬまでの二五年間に、四〇〇〇通もの手紙を彼女に書いている）が、皇后の身辺でうろつく死に神の影は、アレクサンドルの不安をさらにかきたてる要因となった。

アレクサンドルが安全だと思える——周囲の人間からもくりかえし言われていた——唯一の場所は、冬宮殿の厚い壁の内側であった。ところが、である。数か月前から、ハルトゥーリンという名の労働者がまことに大胆なテロを冬宮殿内で準備していた。皇帝のヨットを修繕する仕事で熱意と能力の高さで注目を集め、指物師として宮殿に雇われたハルトゥーリンはじつは「人民の意志」に属するテロリストであり、宮殿入り口で持ち物がチェックされないと知ると、毎日、仕事用の鞄に入れて数百グラムのダイナマイトを運びこんだ。一八八〇年の初め、彼が運びこんだ爆薬は七ロシアポンド（二・一五キロ！）にもなった。行動に移るときだ。ハルトゥーリンは、ダイニングルームの真下にある地下室［宮廷の指物師たちはここに住んでいた］に爆薬をセットした。地下とダイニングルームのあいだには、数十名の兵士が暮らす警備隊詰所があった。兵士たちが死んでもだれも悲しまないだろう、とテロリストたちは考えた。一八八〇年二月五日の夕方、指物師バトゥシコフ（ハルトゥーリンが使った偽名）は、一杯飲もうと同僚たちを誘って宮殿の外につれだし、酒場からこっそりと抜け出し、宮殿の地下蔵に戻った。そして、ダイナマイトの導火線を接続し、タイマーを始動させた。爆発は六時に起きるはずだった。アレクサンドル二世、義弟〔皇后の兄〕アレクサンダー・フォン・ヘッセン＝ダルムシュタットとその息子であるブルガリア公がテーブルを囲むディナーがはじまる時刻だ。宮殿をあとにしたハルトゥーリンは、ジェリャボフと落ちあい、「万事ぬかりない」とうけあった。その一分後、付近一帯の建物の壁と窓をゆるがすすさまじい爆発音が鳴りひびき、冬宮殿からは火の手が上がった。使命は果たせたのだろうか？　否《いや》だ。皇后の兄が乗っていた汽車は吹雪のために一時的に停車を余儀なくされ、予定より遅れて到着した。爆発が起きたとき皇帝はダイニングルームに隣接した部屋で客たちを出迎えていた。皇后は自室に残っていた。詰め所にいたフィンランド連隊の兵士六七名は手足をもぎとられて死傷したが、アレクサンドル二世はまたも――これで五回目だった――死をのがれた。町の教会の鐘がまたも鳴りひびくのが遠くから聞こえた。しかし、弔鐘のようだった。

＊

どうすべきか？　今回ばかりは、政権中枢も自問した。「われわれは恐怖の時代を生きている」と言ったのは、皇帝の弟、コンスタンチン・ニコラエヴィチ大公だった。そのとおりだろう。だが、どのように対応すべきか？　保守主義者たちは、ニコライ一世の苦々しく冷徹な言葉、「ルイ一六世は、フランス革命の初期の要求に屈したためにみずからのもっとも神聖な義務を果たすことに失敗し、神から罰せられた」をもちだした。これまで長きにわたって譲歩を続けてきたせいで君主制が危機に瀕していることに疑いの余地はない、断固として取り締まりを強化せねばならない、と彼らは主張した。これに対して、リベラル派は、改革を継続すべきだ、国民の一定の要求にこたえるなら、テロリストたちのむちゃくちゃな要求は無意味なものとなり、彼らを国民から切り離すことができる、と説いた。

アレクサンドル二世は当初、保守派の意見を受け入れたかと思われ、「謀反《むほん》と戦うための最高指揮委員会」を発足させた。そして、独裁官にも相当する権限をあたえられた委員長には、アルメニア人のミハイル・ロリス゠メリコフ将軍が就任した。カフカース戦争と露土戦争（一八七七―一八七八）の英雄として鳴らした将軍は「狼」かと思われたが、じつは「子羊」であることがやがて明らかになった。将軍は皇帝に、監獄をいっぱいにしたり、穏健な新聞雑誌を発禁したりするのではなく、逆に改革を加速させ、法律をゆるめ、第三部を解散し、報道の自由を認めるよう進言した。それだけではない。将軍は、嫌われ者の文部大臣ディミトリ・トルストイを更迭させて、リベラルな人物を後釜《あとがま》に送りこみ、大学の自由と自治を拡大させた。やがてアレクサンドル皇帝暗殺にくわわることになるテロリストのルィサコフが、「［ロリス゠メリコフ将軍が自由をあたえたおかげで］毎日が祝日だ」との感想をもらすほどだった。とはいえ、ロリス・メリコフは委員長任命直後に、若いテロリストに命を狙われていた。犯人は、至近距離から老将軍に向けて一発撃った。しかし、弾は老将軍の厚いコートにめりこんでくだけた。将軍は犯人が動揺したすきを逃さず、つかみかかって地面にうっちゃった。外交官のように交渉のセンスがあり、肉体的にも勇ましい。ロリス゠メリコフはロシア国内で人気者となった。テロはやみ、プーシキンの銅像の除幕式にともなう祝祭はとどこおりなく行なわれ、皇后の死からたった二か月でアレクサンドル二世が愛人だったエカチェリーナ・ミハイロヴナ・ドルゴルーコヴァと再婚したときもなんの騒ぎも起きなかった。一八八〇年七月、ロシア帝国は救われたかと思われた。穏健派の言うとおりだ。君主制を救う唯一の道は、君主制を制限することなのだ。

国情がおちつきを見せたことで力を得たロリス＝メリコフは内務大臣に就任し、皇帝にさらなる改革を提案した。一八八〇年の夏を二人はリヴァジヤ宮殿でともにすごし、この間にロリス＝メリコフは専制的な体制を終わらせるべきだ、と熱心に進言した。憲法制定にも言及し、西欧の大半の国に行なわれているように、都市やゼムストヴォ［地方自治機関］を代表する議員が立法活動に参加する仕組みを提案した。サンクトペテルブルクに帰るころ、アレクサンドル二世はロリス＝メリコフ内務大臣の提言を採用する決意を固めた。

だが、革命家たちは武器をすてていなかった。帝政が弾圧から自由化へと方針を切り替えたことに、少なからぬ革命家は意表をつかれ、士気が低下し、皇帝暗殺の熱意は冷めていた。一、二年前から「人民の意志」は活動家の数を減らしていた。しかし、活動そのものは停止していなかった。一八八〇年八月、サンクトペテルブルクで計画されたテロが失敗した理由はただ一つ、実行犯が素人ぶりを発揮したからだった。橋の下にダイナマイトを仕かけておいたのに、導火線を結ぶはずだったテロリストが現場に到着したのが遅すぎて、皇帝が乗った馬車はすでに橋を渡り終えていたのだ。リヴァジヤから戻る皇帝が乗った列車を爆破するためにロゾヴァヤ駅に仕かけられていた爆弾が当日の朝に発見されたのは偶然の出来事だった。

一八八〇―一八八一年の冬、「人民の意志」の強硬派は新たな殺戮計画を練っていた。ニトログリセリンの扱いならお手のものというニコライ・キバリチチとアレクサンドル・ミハイロフをリーダーとするこのグループは、ヤムスカヤ通りのある建物で人目をしのんで会合を開いていた。皇帝を殺すと固く決意した男女が、七部屋のアパートに出入りしていた。「おそろしき」ジェリャボフと恋人のソフィア・ペロフスカヤ、帝国警察組織に潜入して貴重な情報を提供していたニコライ・クレトチニコフ、もう一人の女革命家のヴェーラ・フィグネル、そしてアレクサンドル・バランニコフである。同じ踊り場の反対側、一〇号の番号でよばれるこのアパートを借りたのは、このバランニコフである。この作家を訪れる人の数は多かったので、テロリスト同志たちの出入りはさほどめだたなかった。この作家とは、フョードル・ドストエフスキーその人にほかならなかった！　ドストエフスキーは、自身が作中で描いた悪霊たちと隣りあわせだったであったとは知らぬまま、一八八一年一月二八日に亡くなる。

偵察要員が毎日、皇帝の動向と習慣を観察、記録していた。その結果、アレクサンドル二世の移動は厳重に警備された馬車でのみ行なわれ、ルートも時間もひんぱんに変更されることがわかった。唯一、変わらないのは日曜朝の外出であった。ミサのあと、皇帝はミハイロフスキー調馬場に行き、親衛隊のパレードを見学するのが決まりだった。週により、エカチェリーナ運河沿いの道、もしくはマーラヤ・サドーヴァヤ通りのどちらかのルートが選ばれた。したがって、暗殺実行当日は二個所で行動を起こさねばならない。

一八八一年の一月と二月、テロリストたちはネフスキー大通りに通じるマーラヤ・サドーヴァヤ通りの一軒の家の地下を借り、地下道を掘り進める難工事に取り組んだ。通りの下に爆弾を設置するのが目的だった。皇帝の馬車を吹き飛ばすためだ。これでも暴君と護衛のコサック兵たちが死ななかった場合にそなえ、四人の同志が爆弾を投げつけることも決まった。この二つの計画のどちらも失敗した場合――ありえない話ではない――、ジェリャボフが馬車昇降口の踏み段に飛びのり、アレクサンドルドル二世を刺し殺す。エカチェリーナ運河沿いのルートが選ばれた場合は？　二つのルートの分岐点に待機したソフィア・ペロフスカヤが同志らに合図してすぐに知らせるので、それぞれが順番にチャンスをうかがって爆弾を投げつける。

二月二七日にジェリャボフが逮捕されると、テロリスト集団の不安が高まった。アレクサンドル・ミハイロフもそれ以前に逮捕されていた。彼らが拷問によって計画を白状したらどうなる？　すぐに行動に出ねばならない。次の日曜日だ。明後日だ。爆弾は用意された。実行役も覚悟を決めている。

＊

一八八一年三月一日、アレクサンドル二世は宮殿内の礼拝堂でミサにあずかった。彼は前日、ゼムストヴォと市町村の代表がはじめて参加する立法委員会の招集——憲法制定の前段階だった——を定める書類に署名していた。危険があるとロリス＝メリコフが警告したにもかかわらず、皇帝は心も軽く、外交官たちがこぞって待っているミハイロフスキー調馬場へと向かった。後妻であるエカチェリーナは不吉な予感に襲われ、運河沿いのルートでお戻りください、と懇願した。皇帝はこれを受け入れた。「ミハイロフスキー宮に寄って、従妹のエカチェリーナ大公妃にあいさつしてくる。そのあとで、夏宮殿にいっしょに出かけて散歩することにしよう」と約束してから出かけた。その前に、これが最後となるが、夫婦の営みをかわして。

ほぼ一四時ごろ、アレクサンドル二世を乗せた馬車はミハイロフスキー宮を後にして、エカチェリーナ運河沿いの道に入った。ソフィア・ペロフスカヤはそのだいぶ前から、カフカース出身のコサック兵七名にエスコートされた皇帝の馬車はマーラヤ・サドーヴァヤ通りを通らない、と察していた。彼女はハンカチをふって合図を送った。この合図があれば、爆弾を隠しもつ四人の同志――ニコライ・ルィサコフ（一九歳の学生）、イグナーチー・グリネヴィツキー（二四歳のポーランド人貴族）、イヴァン・エメリヤノフ（学生）、そしてティモフェイ・ミハイロフ――が、ミハイロフスキー宮の鉄柵と運河をへだてる道に沿って一〇歩分《ぶん》の間隔をおいて待機することになっていた。工場労働者であるミハイロフが最初に爆弾を投げることになっていた。皇帝暗殺には、過激なインテリや貴族だけでなく、プロレタリア階級もかかわっているのだ、と主張するためだ。ところが、ミハイロフはどこかに消えてしまった。自分が犯そうとしている行為がいかに重大かを考えると怖くなり、逃げ出したのだ。そこで、ルィサコフが最初に爆弾を投げることになった。彼の周囲には人混みはなかった。菓子が入ったかごを持った若い菓子職人、何人かの警察官、暢気《のんき》そうな家族づれ、直立不動の姿勢をとっている海軍下士官の一団だけだった。ソフィア・ペロフスカヤはカザン橋を渡り、運河の反対側からこれから起こることを見ることにした。安全な場所から。

黒いコートですっぽりと身を包んだルィサコフは、ゆっくりと進む皇帝の馬車の前に飛び出した。その手には白い包みがあった。有名な菓子屋、ランドリンのボンボンの箱だ。ルィサコフはこの箱を馬の脚めがけて投げた。すさまじい爆音が鳴りひびき、死傷者が出た。あたりに立ちこめた煙が少しずつ薄くなると、雪の上に血だらけの人々が横たわっていた。若い菓子職人、二人のコサック兵、警官複数、そして通行人たち。皇帝は？　かすり傷一つ負っていなかった。投げられてから数秒後に炸裂した爆弾は、馬車の後部に穴を空けただけだった。テュイルリー宮のジプシー女が予言したとおり、六回まで皇帝はあやういところで死をのがれた。

通りは大混乱におちいった。女たちは叫び、子どもたちは泣き、瀕死の人々はうめいていた。エカチェリーナ運河の岸辺は雪の白と血の赤が鮮やかな対比を見せていた。四方八方から人々が駆けよった。負傷者を助けるために。そして殺人犯をリンチするために。犯行を終えたルィサコフは「やつをつかまえろ、やつをつかまえろ！」と叫びながら、犯人を追いかけるふりをしてその場を立ちさろうとした。しかし、彼が爆弾を投げるのを目撃した人は大勢いた。一人の労働者が、鉄梃《てつてこ》を投げてルィサコフを転倒させた。倒れたルィサコフに一〇本ほどの腕が伸びて、彼をとり押さえた。彼のコートの下から短刀一本と拳銃一丁が見つかった。ようやく視線を上げることを許されたルィサコフは、皇帝その人がこちらに来るのを見てたいへんに驚いた。皇帝は自身の動揺を抑え、テロが起こったときに橇《そり》に乗って皇帝の馬車の後ろを走っていた警察長官ドヴォルジツキー大佐の懇願をしりぞけ、ただちに宮殿に戻ることを拒否した。皇帝は、「神のご加護で、わたしは負傷していない」と述べてから、ルィサコフが逮捕された場所に向かった。皇帝の両脇では、忠実なコサック兵たちが警戒心も露《あら》わに馬の手綱を引いていた。第二のテロリストが飛び出してくるのではないだろうか？

アレクサンドル二世はルィサコフと向きあった。青白く険悪な顔つき、熱をおびた目の若者で、カワウソの毛皮の黒っぽい帽子をかぶっていた。皇帝そのひとだと気づかなかった一人の士官が「皇帝陛下はごぶじか？」とたずねた。「神のご加護があり、わたしは負傷していない」と本人が答えた。ルィサコフは嘲笑しながら「神に感謝を捧げるのは早すぎるぞ」と述べた。この警告が意味するところは明白だったが、皇帝は耳をかそうとしなかった。アレクサンドルはまたも死の恐怖にひるむことをこばみ、爆発で空いた穴と負傷者たちのようすを自分の目で見たい、と述べた。

　だが、皇帝はそこまで達することができぬ運命にあった。彼の左側で、運河の鉄柵にもたれていたグリネヴィツキーが突然、体をひねって皇帝の足元に一つの包みを投げつけた。もう一つの爆弾だった。

　激しい爆発で、アレクサンドルは雪が積もった車道に投げ飛ばされた。地面に横たったまま、右肘で上半身を起こした皇帝は、傷だらけとなった自分の体から流れ出る血を放心したように見つめた。両足はこなごなにくだけ、顔は斑状出血でおおわれていた。ガラス片が頬、瞼、額につき刺さっていた。左目を開けることは事実上、不可能だった。皇帝は「宮殿に運んでほしい、あそこで死ぬために……」と、あえぎながら求めた。近くにいた者たちが皇帝を運んでドヴォルジツキーの橇に乗せた。そのなかには、第三のテロリスト、エメリヤノフが混じっていた！　エメリヤノフは必要なら自分がもっている爆弾も破裂させるつもりだったが、皇帝の容態を見てその必要はない、と判断した。まもなく皇帝は亡くなるだろう。グリネヴィツキーが、自分が投げた爆弾で死んだように。皇帝を死に場所につれていくのは、「人民の意思」のメンバー複数が逮捕されたあとに、この秘密結社から没収された馬、ヴァールヴァルだった。この馬は数年前、第三部長官メゼンツォフをサンクトペテルブルクの自宅前で殺したバランニコフ同志とクラフチンスキー同志が逃走するのを助けていた。なんという運命の皮肉だろう！　同じ馬がいま、瀕死の皇帝が横たわる橇《そり》を、大理石と金箔の棺《ひつぎ》である冬宮殿へと運んでいた。

　アレクサンドル二世は自身の執務室に運ばれ、大あわてで用意された寝床に横たえられた。おそろしいほど負傷し、もはや動くこともない皇帝の周囲を、エカチェリーナ、ミハイル大公、皇帝一家の聴罪司祭であるバジャーノフ大僧正、次の二代の皇帝となる息子アレクサンドル（アレクサンドル三世）と孫のニコライ（ニコライ二世）がとり囲んだ。一二歳のニコライは、セーラー服を着て、手にスケート靴を持っていた。彼の皇太子としての第一歩は血——祖父の血——にまみれてはじまった。これもまた、前触れであった…

一五時三五分、ボトキン医師が「陛下はお亡くなりました」と告げた。一四年前にテュイルリー宮の庭で年老いたジプシー女が告げたように、アレクサンドルは七回目のテロに斃《たお》れた。皇帝一家は全員、ひざまずいた。ただ一人、エカチェリーナを除いて。ヒステリーの発作に襲われたエカチェリーナは叫び声を上げながら皇帝の体に身を投げた。部屋の入り口にひかえていた、ロリス＝メリコフが十字を切った。「心ある独裁」の指揮官であったロリス＝メリコフは、ロシアが失ったのはアレクサンドル二世だけではない、と知っていた。彼が到着したとき、皇帝の側近の一人が憎々しげに「これが、あなたの憲法がもたらした結果ですよ」と述べた。翌日、新皇帝アレクサンドル三世は側近たちと相談したのち、帝国評議会を改革し、専制的な君主制から立憲君主制に移行するという父親の計画を白紙にすることを決定した。リベラルな帝国の夢は終わった。

サンクトペテルブルクのフランス大使館に勤務する若い館員であったモーリス・パレオローグは次のように記した。「この殉死者について、じっくり考えてほしい！　彼は偉大な皇帝であり、もっと寛容な運命をあたえられてしかるべきだった。（…）彼は国民を愛し、貧者や虐げられた人々にかぎりない思いやりをいだいていた。死を迎えるまさにその日の朝、彼は、ロシアを近代化のレールに乗せて後戻りさせないための改革に取り組んでいた。議会憲章の認可である。そんなときにニヒリストたちが彼を殺してしまった……！　アメリカの黒人を解放したリンカンも暗殺された……。ああ！　解放者であるというのは危険な仕事なのだ！」

原注

1　この三月一日は、このころロシアでまだ使われていたユリウス暦の日付である。グレゴリオ暦の三月一三日に相当する。

2　リューリク朝の最後のツァーリ、フョードル一世の死後、正統な中央権力が不在で、皇帝を自称する者が何人も出てくるという混沌した状況のもと、ロシアは一五年も続く大動乱時代を経験した。これがおさまり、政治が安定をとりもどすには、ミハイル・ロマノフが皇帝に即位する一六一三年まで待たねばならなかった。

3　貴族の将校たちが中心となった反乱。一八二五年一二月、セルゲイ・トブベツコイ公が三〇〇〇人の兵士を率いて蜂起し、冬の宮殿の制覇をめざした。近衛隊を味方に引き入れ、次の皇帝となるニコライ一世大公に憲法と改革を呑《の》ませるためであった。このクーデターは最終的に失敗し、反逆者たちは厳しく罰せられ、何百人もがシベリア流刑に処させた。この事件に対する宮廷の反応は怒りというより皮肉であった。たとえば、ロストプーチン公妃は「パリでは、靴屋たちが王侯の地位を奪おうとして立ち上がります。これは理解できることです。でもわたしたちの国では、貴族が革命を起こすのです。多分、靴作りをやってみたいのでしょうね」と述べた。

4　一九四五年二月、赤い皇帝［スターリン］、ローズヴェルト、チャーチルによる、第二次世界大戦後のヨーロッパ分割を決めるヤルタ会談の舞台となったのはこの宮殿である。

参考文献

Assassinat de l'empereur de Russie Alexandre II, Imprimerie de l'Ouest, 1881.
« Assassinat du tzar », dans *Le Figaro*, 14, 15, 16 et 17 mars 1881.
Wladimir Berelowitch : *Le Grand Siècle russe : d'Alexandre Ier à Nicolas II*, Gallimard, 2005.
J. M. J. Bouillat : *Alexandre II, empereur de Russie*, 1897.
Jean Bourdeau : *Le Socialisme allemand et le nihilisme russe*, Félix Alcan éditeur, 1892.
René Cannac : *Aux sources de la révolution russe : Netchaïev, du nihilisme au terrorisme*, Payot, 1961.
Hélène Carrère d'Encausse : *Alexandre II, le printemps de la Russie*, Fayard, 2008.
Vera Nikolaevna Figner : *Mémoires d'une révolutionnaire*, Denoël, 1973.
Constantin de Grunwald : *Le Tsar Alexandre II et son temps*, Berger-Levrault, 1963.
Madeleine Kahn : *Alexandre II, la légende du tsar libérateur*, Atlantica, 2009.
N. Kosma : *La Russie et l'œuvre d'Alexandre II, Alexandre III*, E. Leroux, 1882.
Anatole Leroy-Beaulieu : « L'Empereur Alexandre II et la mission du nouveau tsar », dans *Revue des Deux Mondes*, mars-avril 1881.
Martin McCauley : *The Emergence of The Modern Russian State*, Macmillan, 1988.

« La Mort du Czar », dans *Le Petit Journal*, 16 et 17 mars 1881.

Walter G. Moss : *Russia in the Age of Alexander II, Tolstoy and Dostoevsky*, Anthem Press, 2002.

Maurice Paléologue : *Le Roman tragique de l'empereur Alexandre II*, Plon-Nourrit et Cie, 1923.

Robert Philippot : *Histoire de la Russie*, tome 2, *La Modernisation inachevée, 1855-1900*, Hatier université, 1974.

Georgÿ Tchoulkov : *Les Derniers Tsars autocrates*, Payot, 1928.

Timothée Trimm : « Attentat contre l'empereur de Russie » et « L'assassin de l'empereur de Russie », dans *Le Petit Journal*, 7 et 8 juin 1867.

Henri Troyat : *Alexandre II*, Flammarion, 1990.

Franco Venturi : *Les Intellectuels, le Peuple et la Révolution. Histoire du populisme russe au XIXe siècle*, Gallimard, 1972.

Claudia Verhoeven : *The Odd Man Karakozov : Imperial Russia, Modernity and the Birth of Terrorism*, Ithaca, 2009.

Fredric S. Zuckerman : *The Tsarist Secret Police in Russian Society, 1880-1917*, Macmillan, 1996.

7 オーストリア皇后エリーザベト、愛称シシィ

ジュネーヴ、一八九八年九月一〇日

呪われた魂と悪霊にとりつかれた魂

その夏、数日のあいだにルイジ・ルケーニはまるで別人になっていた。一八九八年五月はじめにローザンヌにやってきた二五歳のイタリア人労働者、ルケーニのなかで、なにかが変わったのだ。骨ばった顔に短い髪、薄くなったびんや金褐色のあごひげ。見かけはどこも変わらない。だが、以前より目つきは険しくなり、顔色はいっそう青ざめて見えた。とりわけ、メルスリ通り一七番地にあるポッツォ氏のみすぼらしい下宿屋の夕べを、その陽気なおしゃべりで活気づけていた威勢のよい若者は、いまはすっかり無口になっていた。同じ下宿の住人で、売春で稼いだ金で家賃をまかなっていたニナ・ザーラーがうっとり耳を傾けるかたわらで、毎夜ささやくようにオー・ソレ・ミオを歌っていた、あの陽気な男はどこへ行ってしまったのか。パリの行商人の口上さながらに、「レ・ミゼラブル」のコゼットを彷彿《ほうふつ》する自分の子ども時代について、だれかれなく話して聞かせていた若者に、いった

い何が起こったというのだろう。

ルイジ・ルケーニにはもう笑う心も楽しむ心もない。楽しむ人生は終わった。アナーキズム（無政府主義）という大義と結婚したのだ。それまでは自分のなかの不公正感を表現するのに役立つ、イデオロギーのぼんやりした集成にすぎなかったアナーキズムが、いまは生きる理由となったのだ。それは死ぬ理由にも、そして、殺す理由ともなる。四年前にリヨンでフランス共和国大統領サディー・カルノーを暗殺した、同じイタリア人のカセリオと同じように。一八七八年と、いまからわずか数か月前に、いずれもイタリア王ウンベルト一世の暗殺未遂事件を起こしたパッサンナンテとアチャリートのように。

決意を固めたルケーニは、すぐに狙う相手を探しはじめた。狙うのは、世間へおよぼす影響の大きい人物、平然と労働者を虐げる者たちのだれか。王か皇帝なら理想的だ。スイスの町を王族が訪れるときは、その動向がしばしば地元のブルジョワ向けの新聞に掲載された。ルケーニは新聞に注意深く目をとおすことにした。

そこから東に数百キロ離れた場所で、オーストリア＝ハンガリー帝国の皇帝フランツ＝ヨーゼフ一世と皇后エリーザベトの娘であるマリー・ヴァレリーは、動揺と不安を抑えきれずにいた。バート・イシュルで静養中の母を訪ねたのち、彼女は日記にこう記している。「母をかつて捕らえていた深い悲しみはもう去ることはない。母にとってはかすかな日の光さえ存在せず、すべては陰鬱で絶望的だ。希望をもつことと楽しむこと、その二つの言葉はもう自分の人生から消しさられてしまった、と母は言うのだ」

シシィの愛称でよばれた、オーストリア皇后エリーザベトは実際不幸だった。それも長いあいだ。黒い服ばかり着るようになったのは、息子のルドルフ大公が一八八九年にマイヤーリンクで悲劇的な死をとげてからだったが、シェーンブルン宮殿に足をふみいれたその日から、幻想と自由との決別という哀しみを身にまとってきたのだ。それが四四年前のこと。すでに長い年月がたっていた。

シシィはけっして皇后になるはずではなかった。その栄誉は姉のヘレーネに約束されたものだったのだ。しかし、一八五三年夏のその日、バート・イシュルで、ヴィッテルバッハ家の傍系の家長であるバイエルン公爵マクシミリアン・ヨーゼフ（通称マックス）を父にもつ、二人の姉妹が従兄にあたるフランツ＝ヨーゼフ一世に紹介されたとき、皇帝の青い目にとまったのはシシィだった。その夜、二三歳の皇帝が花束を贈り、最後のダンスをいっしょに踊ったのは、長身（身長一七二センチ）でほっそりした（腰まわり四五センチ）一五歳と半年になる少女だった。やがて求婚され、一八五四年四月二四日に祝祭にわくオーストリアの首都ウィーンで、皇后となったのはシシィだったのだ。二か月後には早くも、彼女は次のようにはじまる詩を書いている。「ああ、あの小道を迷い出なければよかった／わたしを自由へと導いてくれるあの小道を／ああ、虚飾の大道に／迷いこまなければよかった！／目覚めればそこは独房で／この手は鎖につながれていた」

四〇〇〇万の臣民とヨーロッパ最大の帝国の頂点に立つことになったシシィだが、バイエルンの森で雌鹿や犬や馬たちに囲まれて一六歳まで育ち、最初に心を打ち明けたのもそのような動物たちだった。そして、父や先祖のバイエルン王ルートヴィヒ一世もそうしたように、愛と自然と美をたたえる無邪気な詩を書いた。とりわけ、耳を傾けてくれる相手をつかまえては、人生の素朴で楽しい哲学に死ぬまで忠実でいると誓うのだった。ところが、子ども時代が終わるか終わらないかのうちに飛びこんだのは、近代ヨーロッパでもっとも厳格な宮廷で、そこでは一挙一動や、発言の一言一句が、古い歴史をもつスペイン・ハプスブルク家のうんざりするようなしきたりに従っていた。夫となった皇帝は魅力的な人物だったが、結婚して知った厳格な首都ウィーンは、のんきに暮らしていたミュンヘンの田舎とは似ても似つかないところだった。そして、伯母でもあった義母は、やさしい母ルドヴィカとはまったく異なる女性だった。それゆえこの厳しい大公妃ゾフィーは「ホーフブルク宮殿でただひとりの男」とよばれたのではなかったか。そんな二人の女性のあいだに友好的な協調関係が生まれようはずはなく、また実際に生まれることもなかった。

ウィーンに住みはじめた直後から、シシィはなんとか自分のルールや決まりごと、あるいは気まぐれを押しとおそうと試みた。儀礼には可能なかぎり従わず、教えられた規範や序列は気に入ったときだけ尊重し、食事の席でビールを求め、ベッドで朝食をとり、必要とされているときには姿を消し、必要とされていないときや望まれない場面には現れた。夫の皇帝の不在時は、体操、ギリシア語、ヨガ、剣術、馬術の教師や、美容師、マッサージ師、浮浪者、ジプシー、孤児、動物たち（犬、猫、馬、オウムなど）を次から次へと宮廷に招き入れた。フランツ＝ヨーゼフを困らせ、傷つけ、不快にする、それどころか侮辱する危険さえおかしても、帝政と一部の大臣たちのお役所仕事的なかたくるしさを公然と批判した。その快活さと気まぐれは、義母ゾフィーや、皇帝の側近でもっとも保守的な者たちの反感をかった（あるときには、彼女の部屋のドアの下にあからさまな短いメッセージが差しこまれた。「われわれがあなたを選んだのは、助言をいただくためではなく、世継ぎを産んでいただくためです」）。しかし、シシィのそういうところをフランツ＝ヨーゼフは楽しんだ。妻に対するその忍耐力は、そのなみはずれた愛に負けないほど強いものだった。シシィが、ユダヤ人自由主義者で反逆の詩人、そしてカール・マルクスの友人であるハインリヒ・ハイネに傾倒したときでさえそうだった。しかも、シシィの魅力と一見軽薄なところが皇帝の政治的な利益に与することもあった。たとえばオーストリアによる支配に反発していたイタリアとハンガリーでは、シシィの人気が役立った。一八六七年のアウグスライヒ（妥協）により、ハンガリーはオーストリア帝国の政治にとりこまれることになるが、それはバルカンを固めて帝国を再編成しようという熟慮の末の政治行動（オーストリアは一八五九年にイタリアを失い、一八六六年にサドワの敗戦でビスマルク率いるプロイセンにドイツ地域の覇権を奪われていた）であるのと同時に、ハンガリーとその国民、平原、風習、舞踊、ヴァイオリン、作家などと恋に落ちた、シシィの（ほとんど気まぐれともいえる）願いにこたえた結果でもあったのだ。ハンガリー王国の王と王妃としての戴冠式は、フランツ・リストの作曲によるミサ曲が演奏されるなかで行なわれ、ブダペストの市民にたいへんな熱狂をひき起こした。シシィは、かつて革命の戦士だったアンドラーシ[1]のもとでハンガリー語を覚え、ブダペスト一帯の古代ローマ時代のよび名であるヴァレリアにちなんで娘をヴァレリーと名づけ、おつきの女官にはトランスライタニエン[2]の出身者をそろえさせた。ハンガリー人がウィーンに対してもっていた伝説的な敵対心と、シシィが折あるごとに見せたハンガリーに対する情熱とは、けっして無関係なものではなかったにちがいない。

　シシィの、ややアナーキスト的で大いに共和主義的な気質と、みずから「すぎさった栄華の化石」とよんだ君主制とは、まちがいなくあいいれなかった。そして彼女はすぐに、見きりをつけた。大切な夫フランツの公務のじゃまをせぬように、自分は自然や広大な土地への愛とうまく調和する活動を選ぶことにしたのだ。それが乗馬（「宮廷にいるよりも馬に囲まれているほうが幸せを感じるのです」）と旅行（「人生のすばらしい時間を壁に囲まれてすごすべきではありません」）だった。それが、ウィーンと王妃としての義務、そして彼女が軽蔑し激しく嫌悪した、かたくるしく孤立した世界からのがれるための二つの手段だった。

＊

旅と逃亡、それはルイジ・ルケーニの人生そのものだった。ルケーニはイタリア人だが、生まれたのはフランスだった。アルバレートで彼の母親を女中として雇っていたブルジョワ階級のパルマ人は、彼女が自分の子どもを身ごもっていると知ると、婚外児を出産させるためにパリに送りこんだ。こうしてルイジは、一八七三年四月のある朝、パリのサンタントワーヌ病院で生まれた。数日後、灰緑色の眼をした赤ん坊は、パリ一二区の区役所の要支援児童台帳に孤児第四五二二九号として登録された。イタリアに送還され、さまざまな家庭をたらいまわしにされ、アルプス山脈の向こう側のテナルディエ家［ユゴーの小説「レ・ミゼラブル」に登場する、引きとった子どもを働かせて虐待する家庭］を転々としながら成長した。愛情も受けず、持ち物は暖炉わきに投げ出された寝床がわりの袋二つ、小さな体にはシラミの群れ。学校ではバスタルド（私生児）とよばれ、それをたんなるあだ名と思いこんでいた。一二歳で、雇い主の神父が所有する納屋でネズミに囲まれて眠った。一三歳で、生きるために物乞いをし、盗みを働いた。一八歳になるまでにイタリア、スイス、オーストリア、ハンガリーを渡り歩き、行く先々で腕力と体力を元手に賃金を得た。というのも、一六二ヤンチと背は低かったが、がっしりした体格で働き者だったのだ。一八九四年のある日、公園を散歩する皇后エリーザベトの姿を見かける。皇后の顔はその髪とドレスと同じ黒色の扇子に隠されてはいたが、彼はその姿を忘れはしなかった。ルケーニは当時二一歳だった。線路工事の現場で働いていたが、もう辞めたいと思っていた。もっと別の人生を夢見たのだ。そしてパルマでイタリア軍に入隊する。馬の世話をまかされ、この仕事がとても気に入る。だが、彼自身が手にかけることになる未来の犠牲者との共通点は、馬だけではなかった。

一八九六年にルケーニはアビシニア（エチオピア）に渡り、数週間をそこですごす。皇帝メネリクがイタリア軍を撃破し辱めたアドワの戦いの直後のことだった。アフリカの砂漠で軍功を立て、勲章を授けられた。一八九七年一〇月にナポリに帰還し、上官たちに中隊の優秀な兵士として迎えられた。騎兵の資質がかわれたのだった。三年半の兵役ののち市民生活に復帰するが、うまくいかない。看守の職に三度応募し、三度とも不採用となる。失望感ははかりしれないものだった。結局、以前の指揮官アラゴナ公に雇われる。しかし、社会的地位の違いにがまんできず、出国許可が下りないことを口実に一八九八年に職を辞する。ふたたび彷徨の人生がはじまった。イタリアを出よう。ローマのためにつくしたにもかかわらず、ローマを離れての隠棲を余儀なくされたスキピオ・アフリカヌスのように、恩知らずな祖国をすてる決心をしたのだ。そして、一九世紀末に革命家たちをあたたかく迎え入れていたスイス連邦へと向かった。おのれの血管に流れはじめたアナーキズムという毒について、一八九八年五月にグランサンベルナール峠を越えた瞬間に、ルケーニは簡潔なことばで手帳にこう書きとめている。

「自分にこんな人生を送らせたやつらに仕返ししてやりたい」。自分を迎え入れてくれたこの新しい土地で、この言葉はすぐに彼のお気に入りの口癖となった。

シシィも数週間後にスイスを訪れることを計画していた。シシィの心臓に軽微な問題があると診断した医師が、レマン湖畔での最新の治療を勧めたのだ。モントルーの高台に位置するコーに滞在するのも、ウィーンを離れて遠く旅するのも、これがはじめてではない。シシィは四〇年ほど前から、憂鬱と神経症を旅の道づれに、ヨーロッパじゅうを旅するようになった。馬に乗り、歩き、列車に乗ってさすらう人生。あるいは船旅のこともあった――海のゆれるような動きが、自身の魂の動きとぴったり合っていたかのように。所有する一八〇〇トンのヨット、ミラマー号で、シシィはすでにマデイラ島、パレルモ、チュニス、イギリス、リスボン、シントラ、ナポリ、トリエステ、ロドス島、ニース、エジプト、マヨルカ島を訪れていた。コルフ（ケルキラ）島では毎日、シシィに夢中のギリシア語教師、クリストマノスが待っていたが、そこにシシィは別荘を建てさせ、バルコニーでお気に入りのホメロスの一節などの叙情詩を暗誦したり、この土地では男がロバに乗り、女がその後ろから歩いていくのを目にして公然と眉をひそめてみせたりした。

シシィがひとりで旅をするようになった一八六〇年、それは結核の症状が認められたころだった。アドリア海か地中海の島での療養が、彼女の病める肉体と孤独な魂を癒やすよい手立てになるかもしれないと人々は考えた。「孤独の皇后」（モーリス・バレス）は、このアイディアをすぐに気に入った（「わたしは故郷をもたないかもめ／わたしの帰る浜辺はない／どの風景にも居場所はない／波から波へとわたしは飛ぶ」）。しかも旅に出れば、忠実に守ってきた奇妙な食事制限を、厳格に守ることができるという利点もあった。たしかに、四八皿も供される公式晩餐会に列席する生活では、四六キロというバレエダンサーのような体重を維持するのはむずかしかっただろう。馬への情熱もまた、長いあいだ、旅の口実となった。たとえば、イギリスのイーストン・ウェストン、ベルボア城、メルトン・モウブレイ、サマーヒルなど、毎月各地で行なわれる狩猟に長年にわたって参加した。狩猟の最中はあらゆる危険をおかし、もっとも危険な障害を飛び越え、馬もつれの人々もくたくたに疲れさせたあげく、彼女自身も一日の終わりには手を血に染め、何度も落馬したせいで衣服は破れてぼろぼろになった。一八八〇年、シシィが四三歳のとき、医師たちから自身の生命と健康をもてあそぶのはやめるように求められる。そして、循環器系、関節、座骨の疾患を理由に乗馬を禁じられた。シシィは馬と厩舎を処分し、等しい情熱を新たな運動にそそいだ。散歩である。それは、内なる苦悩に対する身体の新たなはけ口だった。

そう、シシィは大いなる苦悩を強いられていた。熱狂のあいまには慢性的なうつに襲われ、度を越した熱狂の発作と不可解な病的不安を行き来し、シシィの気分は人生を通じてジェットコースターに乗っているようなものだった。異様なダイエットに次から次へと熱中したのもその表れだったが、それだけではなかった。ある日シシィは、これから赤い色の果物で美容パックをすると宣言したかと思うと、翌日は熱いオリーヴ油の風呂にしか入らないと言い出す、といったふうだった。毎朝みずから、あるいは人の手を借りて髪を整えるのに、最低でも一時間はかけた。マホガニー色をしたその見事な髪はとても長かったので、子どもたちは一度ならず彼女の座っている長椅子の後ろにまわり、たれたその髪で足をなでたものだ。子どもたちが元気なころのことである。というのも、シシィは長男ルドルフの前に、長女のゾフィーも二歳半で亡くしていたのだ。

ウィーンに来てから降りかかった数々の不幸がなかったとしたら、シシィの精神的な苦難はこれほど大きくならなかっただろう。非業の死をとげた近親者の一人は妹のアランソン公妃ゾフィーで、一八九七年にパリで開かれた慈善バザーの火災にまきこまれ、生きながら炎に焼かれて死んだ。また、従弟のバイエルン王ルートヴィヒ二世は、彼女と同様に強い感受性をもち、やはり詩とワグナー、バイエルンと馬を愛していたが、ミュンヘン近郊で監禁されていた保護施設から逃亡をはかったすえに溺死した。姉へレーネの夫で義兄にあたるトゥルン・ウント・タクシス侯世子マクシミリアン、弟の妻であるゾフィー・フォン・ザクセン、従妹の大公女マチルデ、甥のトゥルン・ウント・タクシス家のマクシミリアン、それに弟のバイエルン王マクシミリアン・エマヌエルの早すぎた死も言いそえなければならない。そして忘れてはならないのは、息子ルドルフが悲惨な最期をとげた一八八九年の愛人との情死事件、そしてその三〇年前には、つかのまメキシコ皇帝となった義弟マクシミリアンも、反体制の共和派軍を率いて勝利したフアレスの命令により、先住民の手で銃殺されている。一九世紀末のハプスブルク家が呪われた家系だったことに疑う余地はない。

わずかな荷物だけで逗留したサルヴァンやローザンヌで、ルイジ・ルケーニは、みずからに課したとおり、ときおりブルジョワ向け雑誌を手に入れては目をとおしてはいたが、ローザンヌの作業場の外で売られている革命新聞のほうが気に入っていた。イタリア語の新聞もフランス語の新聞もあり、その紙名が内容を表していた。たとえば、イル・ソーチアリスタ（社会主義者）、ラジタトーレ（扇動者）、アヴァンティ（前へ）、ル・リベルテール（自由主義者）、レガリテ（平等）という具合に。どの記事も、経営者や労働者階級を搾取する者たちを強い口調で非難し、彼のようなイタリア人労働者が日々受けている人種差別を告発していた。イタリア人労働者たちは、しばしば薄汚い浮浪者や泥棒として戯画化され、「マカロニ」「クリスピ」などとよばれ、上の社会階級からの深いさげすみに激しい苦痛を感じていた。それが彼の憎しみと決意を増幅した。とりわけ七月なかばの出来事があってからは。それはジュネーヴで起こったストライキで、大工と木工職人にアナーキストの活動家たちがくわわり、郡議会が動員した憲兵の一団と衝突したのだ。憲兵のひとりが、イタリア人アナーキストの発砲した弾丸にあたった。そして世論に火がついた。外国人がこの国をゆるがそうとしていると人々は糾弾したのだ。イタリア人の集会は禁止され、扇動者の疑いをかけられた者は追放された。

ルケーニは毎日そのような出来事の記事を読み漁った。一八九八年のひと夏をかけて、みずからをアナーキストとして育てあげていった。マルクスやその追随者たちの理論的な文章にはほとんど関心を示さなかったが、フランス人アナーキスト、ラヴァショルの武勇伝には心を震わせた。左翼の集まりや集会にひんぱんに出入りし、ほかの革命家の卵たちと酒を酌みかわした。ある日、社会主義者であるスイス人代議士が、ストライキ中だったローザンヌの寄せ木職人たちを擁護し、行動せよとよびかけるのを聴いた。「同志に資金を提供するよりも、みずからダイナマイトを手にとれ」と叫んでいた。この言葉を聴いたルケーニの目に新たな激しい輝きが宿った。そして、リンクトペテルブルクで専制君主アレクサンドル二世の馬車の下に爆弾を投げこんだ英雄たちと、同じ運命を夢見るようになる。八月一八日、作業中の愚かな事故で右手の人差し指を負傷し、その後警察の取り調べを受ける。

かばんに入っていたのはアナーキストの歌を書き写し、棍棒の絵を描いたノートだった。逮捕されて国外追放になるのだろうか。ところが、狂信的だが害のない男として放り出されただけだった。また活動を続けられる。ナポリの友人に宛てて、彼は熱い口調で書いた。「アナーキストの思想はここでめざましい進歩をとげている」と。そして同宿のサルトーリには次のように打ち明けている。「だれかを殺したい。だが、よく知られた人物でなければ。そうしたら新聞にのるだろうから！」。数日後、愛しいニナ・ザーラーのひもの男とともにヴヴェイに向かう。ポケットに七フランしかないままそこで短刀を探したが、一〇フラン以下のものを見つけることはできなかった。ローザンヌに戻り、凶器となるものをふたたび探した。結局、三角ヤスリを購入する。いざというのときのために研いでおき、大工の友人マルティネッリに柄をつけてもらうつもりだった。凶器はすぐに準備が整い、あとは標的を見つけるだけだった。そして、その場所を。

＊

「皇后陛下はジュネーヴにいらしてはなりません」

「それはなぜ？」

「あそこは、ごろつきどもが多いそうでございますから」

エリーザベトは肩をすくめた。会話はそこまでだった。今回も、おつきの女官は皇后を説得することができなかった。

イルマ・シュターレイ伯爵夫人が皇后のおそばに仕えはじめたのは七年前だった。当然ながらハンガリー人だ。シシィが皇后となって最初の数か月間、大公妃ゾフィーは息子の嫁におつきの女官として生粋のオーストリア人を送りこむのに成功した。そして、若い皇后の行動についてどんなささいなことも、真の女主人である大公妃に報告させた。しかし、皇后はすぐにフランツ＝ヨーゼフに頼み、自分で女官を選べるようにするとの約束をとりつけた。そして、ハンガリー人を選ぶようにしたのだ。三二年間そばに仕えたイーダ・フェレンツィ、そしてマリー・フェシュテティチ夫人のあとを継いだのが、一八九一年に雇われたイルマ・シュターレイ伯爵夫人だ。最初に言われたのは、皇后は歩くことにたいへん熱心な方なので、おつきの女官にはすぐれた健康状態が求められるということだった。さらに、どんな試練にも耐えられる忍耐力が求められた。なぜなら、皇后は感受性がきわめて強く、騒々しくヒステリックに癇癪を起こすことがあったからだ。

イルマ・シュターレイ伯爵夫人は、シシィの旅行にはじめて随行したときから、女主人の個性がいかに常軌を逸しているか知ることができた。船と列車でマルセイユに行くと、駅からノートルダム・ドゥ・ラ・ガルド寺院まで徒歩で巡礼するから同行するようにといわれた。そして今度は昼食をとるために、「オ・ステーク・セニャン（レアステーキ亭）」という水夫向けの安酒場を訪れた。その後、地中海を渡ってアルジェに着くと、市場《スーク》だけで数時間をすごし、地元の物産や衣服を値切りながら買い物を楽しんだのだった。

シシィに対してきわめて献身的なイルマは、外出や旅行に物理的に同行するだけではなかった。シシィにとって心を許せる相手、信頼のおける女官、友人ともなったのである。六〇歳をささやかに祝ったばかりのシシィは、気兼ねもひけめも感じることなく、イルマにおそれや苦悩や憂鬱を打ち明けた。それればかりか、つねに死が間近で自分を監視しているという感覚についても話して聞かせた。そのような感覚を感じはじめたのは、一八五五年の秋、シェーンブルン宮殿を出る際に彼女の馬車を引く馬の一頭がはみをかんでしまい、御者を放り出して馬車が数百メートル暴走し、ほかの馬車にはばまれてようやく止まる事件があった日のことだ。そのときシシィは三か月の身重だった。トリエステ滞在中には、市庁舎に入る直前に建物の前で不審火があり、その数時間後、乗船する直前に船のシャンデリアが落下した。さらに、一八八九年、フランクフルトで不審な脱線事故があったことも…

八月三〇日、二人の女性はコーのグランド・ホテルに到着した。コーには、シシィは何度か療養で訪れていた。レマン湖の東側に張り出したこの保養地は、ジュネーヴとその喧噪から遠く離れており、皇后のお気に入りの場所だった。空気は澄み、ひかえめな隣人たちは、ホテルの部屋を数室借りきっている、「ホーエンテンプス伯爵夫人」なる人物の正体に気づかないふりをしてくれた。午後遅く、シシィが部屋のバルコニーから外の低木のほうを眺めていると、白くぼんやりした光が目にとまった。光は少しずつ形をとり、女の姿になっていく。女は瞬きもせずにシシィを見つめる。シシィは消えされと命じるが、女は身動きすらしない。部屋に戻って召使いとホテルの責任者をよび、女を追いはらうよう言いつける。付近が捜索されたが、女の痕跡はなかった。その報告を聞いて浮かべた、奇妙で悲しげな微笑の理由を、シシィはすぐにイルマに弁明した。ハプスブルク家には何世紀にもわたる伝説があるのだ。一族の者に命にかかわる不幸が起きる前に、この者の眼前に白衣の亡霊が現れるという。神聖ローマ皇帝カール五世、マリア・テレジア、アントン大公、ライヒシュタット公爵（レグロン、オーストリア皇帝フランツ一世の孫でナポレオンの息子）、マクシミリアン、そして皇太子ルドルフ、彼らの死の直前にも現れたのかもしれない。シシィは交霊術を使って息子と交信することがあり、このような迷信に無頓着ではいられなかった。最期の時が告げられたのだ、と断じたシシィに、今度はイルマが肩をすくめる番だった。

「神々がほかの国の人々にお手本としておあたえになるために、地上に置き忘れたかのような天国のかけら」と、ジュネーヴを表現したルイジ・ルケーニ。ローザンヌで郵便局建設の左官の仕事を辞め、下宿屋を夜逃げし、九月五日にこの町へやってきた。旧王族オルレアン家のアンリ・ドルレアンがジュネーヴで父のシャルトル公のもとに滞在する、と数日前に新聞で読んだからだ。絶好の標的だ、と考えた。そこで旅の準備をしたが、そのあいだにこのフランスの王位継承者はジュネーヴを発ってしまった。それでもルケーニは来ることにした。同じスイスでもドイツ語圏内よりフランス国境に近いジュネーヴのほうが、暗殺の標的となる王族を見つけやすいと本能的に思ったのだ。ルケーニは本能の声に従う男だった。

しかし、二日後には明らかな事実の前に屈服するしかなかった。ローザンヌのあるヴォー州にも、レマン湖畔オーヴィーヴの大噴水の下にも、もう君主や王位継承者はいないのだ。九月七日の朝、気持ちはおさまらないが、かといってほかにすることもなく、ジュネーヴとモントルーの中間に位置するエヴィアンに向かった。雑誌「エヴィアン・プログラム」をめくっていると、この数日間に町に滞在している人々のリストが目にとまった。王族や大公はひとりもいない。ただ「貴族たちと、エヴィアンを訪問中の清貧を説く枢機卿たち」がいるばかりだった。エヴィアンに滞在するご身分で清貧を説くとは、とルケーニは腹立ちをつのらせたにちがいないが、彼の獲物としては小物すぎた。

ジュネーヴに戻ると、ルケーニはダンフェール通り八番地にあるセドゥー夫人の下宿屋にたどり着いた。客を選り好みしないこの五十代の女主人が勧めたのは、家具つきの安い部屋だった。だが実際は部屋というより、一晩三〇から四〇サンチームで廊下にならべたベッドを貸しているのだった。ルケーニにはつれがいて、これも同じイタリア人だった。セドゥー夫人はこの嘘つきの人種が嫌いだったが、二人用のベッド一台を貸すことにした。生活のためには文句は言えなかった。

翌日の九月九日、ルイジ・ルケーニは市内の通りをあちらこちらと歩きまわっていた。表向きは仕事を探していることにしていた。だがほんとうのところは、標的になりそうな人物が現れないか、どんなに小さな情報も見落とすまいと目を光らせていたのだ。そこへ、モンブラン埠頭のホテル、ボー・リヴァージュ周辺で、馬車の御者とホテルの従業員が広めた噂が耳に入った。フランス人大女優のサラ・ベルナールが宿泊中のこの豪華なホテルのスイートルームに、オーストリア皇后がその晩宿泊する予定だというのだ。「時が来た」と、イタリア人アナーキストは胸を躍らせた。

＊

エリーザベトは、これまで何度か断わってきた友人ジュリー・ロートシルト男爵夫人の招待を、やっと受けることにした。オーストリア系ロートシルト家出身のジュリーは父の従弟と結婚したが、嫁ぎ先は旧両シチリア王の銀行家であったナポリ系ロートシルド家であった。旧両シチリア王といえばシシィの妹マリーの夫だ。男爵夫人が住んでいたのは、湖の反対側のジュネーヴ近くにあるブルニー城だった。自身の膨大な美術コレクションをおさめるために建てた城である。シシィはそこで半日をすごしたのち、九日の夜から一〇日にかけてジュネーヴに一泊し、それから蒸気船でテリテに渡り、コーの高地にあるホテルに向かうつもりだった。シシィはジュネーヴのホテル、ボー・リヴァージュのスイート、三四―三六号室に偽名で予約を入れさせた。

イタリア音楽の甘い調べにのせてくりひろげられた食事はすばらしいものだった。帝国風の小さなタンバル（グラタン）、湖でとれたマス、牛フィレ肉の温野菜添え、ヤマウズラのひなの冷製、ハンガリー風アイスクリーム、マルキーズ・オ・ショコラと続いた。シシィは厳しい食事制限も忘れてよく食べ、よく冷えた一杯のシャンパンさえみずからに許した。到着したときにいだいた軽い憤りも忘れていた。不満の原因は、ロートシルト男爵夫人が客人のおしのびでとの願いを蔑ろにして、庭園に立つ支柱の頂にオーストリア＝ハンガリー帝国の旗を掲げたことだった。昼食後、皇后は、贅をつくしたアンティーク家具とゴブラン織りのタペストリーのコレクションがならぶ、美術館のようなこの城を見学した。庭園には外国産の鳥を集めた鳥小屋と巨大な水族館と希少種のランの温室があった。帰り際、シシィは黄金のゲストブックに署名はしたが、一〇年来の習慣にしたがい、写真を撮られることは断わった。また直接テリテに帰るためにロートシルト家のヨット、ジターナⅡ号に乗ることも辞退した。宵闇がせまっており、その日はジュネーヴに泊まるつもりだったのだ。

レマン湖の静かな湖水を進みながら、シシィは憂鬱な気分だった。よく死について考えるようになったと、忠実なイルマに向かって打ち明けた。そして死をおそれていることも。「死後は安らぎと幸せが訪れるのではございませんか」と、信仰心の篤いクリスチャンの女官は問いかけた。「死の何を知っているというの」と、女主人の返事はそっけなかった。「死出の旅から戻った者はいないのよ」

「ホーエンテンプス伯爵夫人」は六時ごろにボー・リヴァージュに戻った。彼女の部屋は湖に面しており、居間は一八六二年から一八六五年のあいだに建てられたぜいたくな建物の一角を占めていた。一時間後、二人の女性は速歩きでテアトル大通りを歩き、アイスクリーム屋で足を止めた。ディミエの店では、娘のマリー・ヴァレリーへのクリスマス・プレゼントとして、小さなテーブルを買った。ホテルへ帰る道ものんびりというわけにはいかなかった。停電で市内が真っ暗闇になり、帰り道を探すのにたいへんな苦労をするはめになったからだ。

窓は厚いカーテンでおおわれていたにもかかわらず、シシィはよく眠れなかった。部屋は夜じゅうずっと白い光に照らされていた。月の光だった。それでも九月一〇日の土曜日、その当日の彼女は楽しい気分で目覚めを迎えた。昼前にイルマをともなってベッカーの楽器店を訪ね、オペラのアリアを得意とした名ソプラノ、アデリーナ・パティのオーケストラが聴ける、オルゴールのシリンダーを購入した。シシィはとくにビゼーのカルメン、リゴレット、そしてなかでも、いまは亡き親愛なる従弟のルートヴィヒ二世を思い出させるタンホイザーが好きだった。孫たちにも、手まわしで穴のあいた厚紙の円盤を回転させて演奏するアリストン・オルガネットと、子ども向けの曲を奏でる二四本のシリンダーを購入した。

あまり時間はなかったが、皇后はどうしても船に向かう前に着替えておきたかった。船にはすでに召使いによって、荷物が積みこまれていた。それをじっと見ていたのがルケーニだった。イルマが女主人を急かすために部屋に入ると、皇后はくつろいだようすで銀のコップに入った牛乳を飲んでいた。イルマが皇后をやんわりとたしなめ、二人の女性は船着場に向けてあわただしく出発した。時刻は午後一時半、ジュネーヴを出港予定の一〇分前で、それを知らせる船の鐘が鳴ったところだった。だが、シシィには遅刻を気にするようすはなかった。黒い帽子をかぶった彼女は湖沿いの歩道をゆっくりと歩いていく。とても暑い日だったが、もう花が咲いていた、通り沿いのマロニエの並木を眺めたかったのだ。そこへ、数メートル前方から人影がひとつ、女性たちに向かい、木から木へとすばしこく移動しながらジグザグにせまってくる（「まるでネコ科の動物のように腹黒いようすだった」と、その場に居あわせた目撃者がのちに語っている）。小柄なその男は作業員のような身なりをしていた。オテル・ドゥ・ラ・ペの前で二人の女性とすれ違ったその瞬間、彼はその体を皇后の日傘の下にすべりこませた。まるで、差し出された小さな日陰に入ろうとでもするかのように。それから、皇后であることを確かめるためにちらりと目を上げると、心臓の高さを拳でついた。そしてなにかを地面に投げすて、逃げさった。シシィは声も上げずに仰向けに倒れた。起き上がるのを手助けしようと、ひとりの男性が駆けよった。シシィはその髪のおかげで頭を直接地面に打ちつけずにすみ、たいして苦労もせずに立ち上がった。意識はあったが、顔色はふだんよりさらに悪かった。それでも、手慣れた仕草で髪を直し、スカートのちりをふりはらった。

「ご気分はいかがですか、皇后陛下、おけがはございませんか」と、ショックがおさまらないままイルマはたずねた。

「わたしならだいじょうぶ」とシシィは答え、「早く船着場へ向かいましょう」と女官をうながした。

「懐中時計を狙った強盗だったにちがいないわね」

ほんの数メートル歩き出したところへ、ボー・リヴァージュのドアマンが追いついた。ホテルに戻るよう勧め（シシィはそれを丁重に断わる）、暴漢が捕まったことを告げた。

*

見るからに逃走中といった男が波止場からデザルプ通りへと「蝶のように」飛びこんでくるのを見て、鉄道の転轍機整備士として働く実直な男が反射的に手を伸ばした。不意に行く手をはばまれたルケーニは、さらに逃げ出すすきを奪われた。なぜなら、さらに六本の頑強な腕によって地面に押さえつけられたからだ。四人は理由もわからず捕まえたが、男に疚しいところがあることは確かだった。彼自身がそれを裏づけるかのように、男たちに向かって「警察につれていけ、おれは人を殺したんだ」と強がってみせた。憲兵のカイザーと憲兵班長のラクロワに連行された裁判所前の通りで、彼は吊し首にするべき地主や司祭、階級闘争、社会正義、粛正すべき人々についてうたった曲を楽しげに口ずさんでいた。別の憲兵に引き渡され、所持品が調べられた。ルケーニが所持していたのは軍人手帳と、イタリア軍でのすぐれた功績を証明する叙勲賞状、アナーキズム賛歌（「国境を打破せよ！」）、フランス大統領サディ・カルノーを暗殺したカセリオの語録、ラジタトーレ紙の定期購読申込書、新聞の切りぬき、それにエヴィアン滞在中の外国人のリストだった。自分のしたことを正確に述べるよう求められ、ルケーニは答えた。

「女を一突きした。ただ無念なのは、殺せなかったことだ」

「刺したのはナイフだったのか」

「いいや、三角ヤスリだ。そいつで刺されたらふつうはくたばるものさ」

「なぜそんなことをした」

「しなきゃならないことをしたのさ。大物をみんなそういう目にあわせなきゃいけない。金持ちやお偉方に反旗をひるがえしたかったんだ」

ジュネーヴの憲兵たちは犯人こそ捕まえたものの、この時点ではまだ凶器は発見できていなかった（ルケーニが逃亡中に投げすてた三角ヤスリは、デザルプ通り三番地の門衛が戸口で見つけ、二時間後に届けられた）。そしてなによりも、犠牲者がまだ見つかっていなかった。

シシィと女官が埠頭の手すりまでたどり着いたとき、ジュネーヴ号はまさに離岸するところだった。イルマが支えていた女主人は、どんどん衰弱していくように感じられた。その顔色はいまや蒼白だった。「陛下、ひと息お入れになりますか」「少し胸が痛むようだけど、よくわからないわ」と答えて、皇后はむりをして軽快にタラップを渡ろうとした。しかし、渡り終えるなりイルマの腕にしがみつき、気を失った。船はすでに埠頭から遠ざかりはじめていた。

外気にあたるようにとエリーザベトは船橋に運ばれた。そこから数メートルほどのところでは、ジプシーの一団が、いつもの彼女なら夢中になるにちがいないハンガリーの民族舞踊、チャールダーシュを演奏していた。ベロア地のクッションを置いた長椅子に身を横たえて、彼女は少しずつ意識をとりもどした。枕もとには船長のアンリ・ルーのほかに元看護師のダルデル夫人がひかえ、イルマに言いつけて小さなはさみで皇后のキャッシュコルセット（コルセットと上衣のあいだに着る下着）のひもを切って開かせた。さらに一人の修道女がオーデコロンを染みこませたハンカチでそっと額をぬぐった。口には砂糖のかけらがふくませられた。少し元気をとりもどしたエリーザベトは座りなおし、周囲に集まった人々に怪訝そうな目を向け、不安げにたずねた。「いったい何が起こったのかしら」。そして、また気を失った。

不安は動揺に変わった。イルマは、今度は皇后の絹のブラウスのリボンをほどき、シャツのボタンをはずした。茫然とするイルマの目の前に現れたのは、ちょうど左胸の上にある小さな三角形の乾いた血のあとだった。そのまわりには硬貨ほどの大きさの褐色の染みが広がっていた。イルマは船長にただちにジュネーヴに戻るよう命じた。あなたの目の前にいる女性は命を狙われたのです、と叫び、その正体を明かした。「この方はオーストリア皇后、ハンガリーとボヘミアの王妃なのですよ!」

船は停泊地から出たところで、セシュロン村付近にいた。船は後退に切り替えられ、ボー・リヴァージュにごく近いパキ桟橋に向かった。乗客は動揺と不安で静まり返っていた。船長の命令で、オールとロープと大きな帆布で急ごしらえの担架が用意された。意識を失ったままのシシィがその上に横たえられた。その細い体の上に黒いコートがかけられた。

着岸すると、六人の船員が彼女をホテルに運んだ。七人目の船員が、皇后の血の気のない顔を強烈な日差しから守るために、白い日傘を手にして担架の横につきそった。皇后の片腕はだらりと伸びたままだった。だれかがその腕をとり、体の横に沿わせるように、そっと担架の上に置いた。

ボー・リヴァージュのスイートに運ばれ、皇后はゴレイ医師の診察を受けた。医師の顔には最期を確信した悲痛な表情が浮かんでいた。それでもイルマは「望みはありますか」と問いかけた。医師は「まったくありません」と答え、それから、凶器が肺のなか二センチ以上の深さまで達し、肋骨を一本くだき、左心室までとどいていたと説明した。ホテルの女支配人がそばに寄り、冷たい体をマッサージした。二人目の医師が右の手首に切開を行ない（血は一滴も出なかった）、司祭が午後二時三〇分に終油の秘跡を行なった。一〇分後、臨終が告げられた。イルマは、わずかに開いていた皇后の目を閉じ、十字を切り、胸の上で組ませた両手のなかにロザリオをもたせた。そして、看護師が部屋のなかにある四本の大ろうそくに点灯すると、イルマはウィーンに向けて電報をしたためた。「皇后陛下が重傷を負われました。皇帝陛下にお知らせするにあたっては、どうぞご配慮をお願いいたします」。イルマは今一度女主人を見つめて、前夜の言葉を思い返していた。皇后はこう言ったのだった。「心臓のそばに開いたとても小さな穴から魂が抜け出し、空に向かって飛んでいけたらいいのにね」

原注

1　ジューラ・アンドラーシ伯爵は、自由主義改革とハプスブルク家の撤退を求めた、一八四八年三月のハンガリー革命の指導者のひとりだった。革命は流血のうちに鎮圧された。アンドラーシ伯爵は欠席裁判で死刑を宣告され、数年間のパリへの逃亡を余儀なくされたのち、一八五七年に恩赦を受けた。

2　一八六七年以降、オーストリア＝ハンガリー帝国のハンガリー側はこのようによばれた。ライタ川の東側と南側の地域にあたる。

参考文献

Claude Bertin (dir.) : *Les Grands Procès de l'histoire*, tome XXIV : *Lucheni-Sarajevo*, Editions François Beauval, 1971.

Erika Bestenreiner : *Sissi, ses frères et sœurs*, Pygmalion, 2004.

Jean-Paul Bled : *François-Joseph*, Perrin, coll. « Tempus », 2011.

Raymond Chevrier : *Sissi, vie et destin d'Elisabeth d'Autriche*, Minerva, 1987 (album illustré).

Constantin Christomanos : *Elisabeth de Bavière, pages de journal*, Mercure de France, 1986.

Catherine Clément : *Sissi, l'impératrice anarchiste*, Gallimard, coll. « Découvertes », 1992. カトリーヌ・クレマン『皇妃エリザベート――ハプスブルクの美神』（知の再発見双書）（塚本哲也監修、田辺希久子訳、創元社、一九九七年）

Egon César, comte de Corti : *Elisabeth d'Autriche*, Payot, 1982.

Philippe Delorme : *Les Rois assassinés*, Bartillat, coll. « Omnia », 2009.

Marie-Thérèse Denet-Sinsirt : *Sissi doublement assassinée*, Gilles Gallas éditeur, 2008.

Jean des Cars : *Sissi, impératrice d'Autriche*, Perrin, coll. « Tempus », 2005.

Youssouf Fehmi : *Affaire Lucheni (1898-1910)*, édité à compte d'auteur, Paris, 1912.

Brigitte Hamann : *Elisabeth d'Autriche*, Fayard, 1985.

Le Journal poétique de Sissi, éditions du Félin, 1998.

Paul-Louis Ladame et Emmanuel Regis : *Le Régicide Lucheni*, A. Maloine éditeur, 1907.

Jacques de La Faye : *Elisabeth de Bavière, impératrice-reine d'Autriche-Hongrie*, Emile-Paul frères éditeurs, 1913.

Luigi Lucheni : *Mémoires de l'assassin de Sissi*, Le Cherche Midi, 1998.
Paul Morand : *La Dame blanche des Habsbourg*, Robert Laffont, 1963.
Maurice Paléologue : *Elisabeth, impératrice d'Autriche*, Plon, 1939.
Carlo Scharding : *La Tragédie d'Elisabeth, des inédits qui dévoilent le mystère de Sissi*, M. Muller, 1979.
Irma Sztáray : *Mes années avec Sissi*, Payot, 2007.

映画

L'Aigle à deux têtes, de Jean Cocteau (1948).『双頭の鷲』ジャン・コクトー監督（日本公開は一九五三年）
Ludwig ou le Crépuscule des dieux, de Luchino Visconti (1972).『ルードウィヒ 神々の黄昏』ルキーノ・ヴィスコンティ監督（日本公開は一九八九年）

8 オーストリア皇太子フランツ＝フェルディナント

サラエヴォ、一九一四年六月二八日

ヨーロッパが終わった日

ミリャツカ川は、サラエヴォを東から西に流れるおだやかな川である。北にあたる右岸には旧市街が広がり、広大なバザール、曲がりくねった路地、荷車の車輪ほどある大きなドーナツを売る店がならび、低い家なみの上には、オスマン支配がはじまった一五世紀にさかのぼるモスクがそびえ立っている。朝ごとに物悲しいムアッジンの声が、「アッラーは偉大なり、ムハンマドは神の使徒なり」とよびかける右岸では、川に沿ってアッペル河岸通りが数百メートルにわたって走る。オーストリアの都会の大通りのようにまっすぐ延びるこの道路は、幅約三〇メートル、両側の歩道は三人がすれ違えるほど広く、サラエヴォ駅と市庁舎を結んでいた。

一九一四年六月二八日の朝、一七歳から二八歳までの七人の男がこのアッペル河岸に沿って待機していた。未明には河岸を包みこんでいた霧は、もはやすっかり消えさり、暑さを感じるまでになっていた。一〇時を少しすぎた頃だった。興奮した群衆にまぎれこんだ七人の男たちは、熱気にほてりながら車列を待っていた。そこに乗りこんでいるのはオーストリア＝ハンガリー帝国皇帝フランツ＝ヨーゼフの甥にして、帝国の継承者に擬せられているハプスブルク家のフランツ＝フェルディナント大公、その妻ホーエンベルク公女ゾフィー・ホテク、イスラム教徒のサラエヴォ市長フェヒム・チュルツィヒ、ボスニア・ヘルツェゴヴィナ州総督オスカル・ポティオレク、そして数十人のオーストリア文民および軍の高官らである。帝国第一五および一六部隊を視察後、大公は地元当局者らの招きによりサラエヴォで数時間をすごしてから、オーストリアに戻る予定だった。昨夜は郊外の温泉地イリジャに一泊後、列車でサラエヴォに到着することになっていた。

すでに公用車の列は駅を出発し、まもなく七人の男たちの前を通過するはずである。彼らは全員セルビア人で、民族主義者、アナーキスト（無政府主義者）、社会主義革命家だった。一人を除き、拳銃と縦長の手榴弾で武装し、フランツ＝フェルディナントの殺害を決意していた。

ムハメド・メフメドバシッチ（二八歳）とヴァソ・チュブリロヴィッチ（一七歳）は、モスタル・カフェの向かい側、オーストリア＝ハンガリー銀行の入った巨大なビルの影にひそんでいた。河岸の日があたる側に、彼らと向かいあうように待機していたのは一九歳と半年のネデリュコ・チャブリノヴィッチだった。

少し先には、チュムリヤ橋の上にあるジュロ・ヴライニッチの有名な菓子店の近くに、一八歳のツヴェトコ・ポポヴィッチが真っ青な顔をして立っていた。そしてそこから数メートル先には二三歳のダニロ・イリッチが、考え深げにはかりごとをめぐらしながら、武器は持たずに状況を監視していた。

さらに一〇〇メートル先、アッペル河岸とラテン橋がまじわる地点には、二週間後に二〇歳を迎えるガヴリロ・プリンツィプがいた。

一味の最後の一人、一八歳と半年のトリフコ・グラベジュは、市庁舎の近く、ミリャツカ川にかかる帝国橋の上にいた。

細かい計画は決まっていなかった。未成年五人、成人二人からなる七人の男たちは、それぞれが計画実行の好機と見れば、ただちに行動に移ることになっていた。全員が同じ誓いを立てていた。暴君を倒し、四年前の六月、この同じ河岸で、二三歳で倒れた殉教者ボグダン・ツェラジッチを弔おうというのである。

ボスニア内の全セルビア人青年の英雄であるボグダン・ツェラジッチは、モスタル出身で九人兄弟の家に生まれた。モスタルでオーストリア当局から唯一認可されていた青年組織「聖マリア同盟」の指導者は、フランツ＝フェルディナントの友人であるイエズス会士、アントン・ノンティガムだった。出身地モスタルを訪れていた八〇歳の老皇帝フランツ＝ヨーゼフの殺害を、最後の最後であきらめたツェラジッチは、当時のボスニア州総督マリヤン・ヴァレシャニンの暗殺を決意する。決行日は新しいボスニア議会（サボル）が開会される一九一〇年六月一五日とした。ヴァレシャニンの車がラテン橋に差しかかったとき、ツェラジッチは四発の銃弾を撃ちこんだが、いずれも的をわずかにはずした。怒りと悔しさから、そして一八一九年にロシアのスパイを殺害後、みずからの心臓を撃ちぬいてシラーに絶賛されたドイツ人学生の後継者を任じるツェラジッチは、残してあった五発目の弾丸をみずからに向けた。ヴァレシャニンは車を降りて、愚か者とよんでツェラジッチの遺体を足蹴にし、口元に軽蔑の笑みを浮かべてその場を去った。セルビア人学生ツェラジッチは、中央に鎌を持つ男を描いた、黒い縁どりのある赤い記章をつけていた。それはロシアのアナーキスト理論家、クロポトキンの『フランス大革命』の表紙を模したものだった。

ツェラジッチの自殺後、小冊子がセルビア民族主義者や革命的社会主義者のあいだに出まわった。反オーストリアの理論家ヴラジーミル・ガチノヴィッチの署名があるその本は、『ある英雄の死』と題されていた。その一節にこうある。「ボスニアは生きていて、まだ死んでいない／その遺体を埋葬してもむだである／鎖でつながれた遺体は、いまも火花を散らしている／死者のために祈るのはまだ早い／明日には千もの腕が勇敢に立ち上がる／この銃声は最初のメッセージにすぎない／ゴルゴタの後には、栄光の復活がやってくる」

アッペル河岸でそれぞれの配置についた七人の青年は、いずれもこのガチノヴィッチの本を読み、ツェラジッチの名を崇拝していた。彼らのうちの三人は前日、ツェラジッチが埋葬されたサラエヴォの聖マルコ墓地を訪れ、にわか作りの小さな木の十字架に花を手向けた。その一人ガヴリロ・プリンツィプも、ベオグラードから持参した聖なるセルビアの土を墓にまいた。ツェラジッチはベオグラードがセルビア王国の首都であるだけでなく、オーストリア支配を脱したボスニアの首都ともなることを夢見ていた。

一九一四年当時、バルカン半島はヨーロッパの火薬庫だった。ベルリン条約（一八七八年）以降、あらゆる外交カードがこの地域のために切られた。二度にわたるバルカン戦争のすえ、一九一二年から一九一三年にヨーロッパから駆逐されたオスマン帝国の弱体化、セルビア、ブルガリア、ルーマニア、ハンガリー、クロアチアにおける民族統一主義（イレデンティズム）の台頭、ロシア、ドイツ、オーストリアという三つの帝国の利害の衝突、これらすべてがあいまって、この地域を将来の国際紛争の震源地にしようとしていた。バルカンでの紛争をだれもがおそれているかに見えて、その実、だれもがそのときにそなえていた。二つの連合体が形成され、それぞれの加盟国は侵略を受ければ互いの防衛に協力しあうことを約束した。一方の連合はドイツ、オーストリア＝ハンガリー、イタリア王国をふくむ三国同盟（一八九一年）、もう一方はフランス、イギリス、ロシアをふくむ三国協商（一九〇七年）である。またフランスとセルビア、ロシアとセルビアなど、友好国同士の二国間協定も結ばれた。ベオグラードが三国同盟によって侵略されれば、パリとモスクワが介入する。そしてもちろんロンドンも。

「ボスニアはセルビアの涙なり」。詩人たちにとっても、ベオグラードの為政者たちにとっても、セルビア人四三パーセント、ムスリム人[1]二三パーセントからなるボスニアは、オーストリアに属してはならない土地だった。セルビアの地理学者ヨヴァン・ツヴィイッチが述べているように、「民族原理の議論の余地ない最低条件とは、民族の核、すなわち心を外国に引き渡してはならないということである。セルビア人にとってのボスニアとヘルツェゴヴィナは、まさにそれなのである。セルビアとセルビア人にとってこれら二つの州は、フランス人にとってのアルザス＝ロレーヌ、イタリア人にとってのトレントとトリエステ、ドイツ人にとってのオーストリア・アルプスであるだけでなく、ロシア人にとってのモスクワ、ドイツ人とフランス人にとってのそのもっとも純粋な地域、すなわちドイツ民族とフランス民族の最良の部分を体現する地域なのである」。ベルリン会議（一八七八年）から一九〇八年まで、ボスニアの主権はオスマン帝国にあったものの、統治はオーストリア＝ハンガリー二重帝国によってなされていた。イスタンブールにおける青年トルコ人革命の混乱に乗じて、二重帝国は一九〇八年一〇月、あっさりとボスニア・ヘルツェゴヴィナを併合した。一九〇三年、カラジョルジェヴィッチ家が権力闘争のすえにセルビアの王権をにぎって以来、首都べオグラードとセルビアはオーストリア帝国南部辺境に住むスラヴ人たちの羨望の的となっていく。それは半世紀前、トリノとピエモンテ地方が、イタリアのほかの地域の羨望の的となったのと同じである。結果はご存知のとおり、イタリア全土が独立し、ブルボン朝とハプスブルク朝が半島から追い出されることになった。オーストリアからすれば、二度とそのようなことがあってはならなかった。イタリアの独立とドイツ第二帝国の台頭によって西で失ったものは、なんとしても東でとり返さなければならない。敵対するロシアとのあいだに若干のこぜりあいはあったが、ボスニア併合はさしたる損害もなく実現した。ヨーロッパ諸国がこれを黙認し、同盟国ロシアの実質的な支援もないなか、軍事力でおとるセルビアは併合を認めざるをえなかった。すくなくとも表向きは。

オーストリアによるボスニア併合の二日後、べオグラードに「ナロードナ・オドブラナ（民族防衛団）」という活動団体が生まれる。その目的は、中世セルビア王国の一部だったボスニアをとりもどすため、オーストリア帝国との戦争にそなえて、セルビア人のなかに知的・道徳的な改革を起こすことであり、そのネットワークは全国に張りめぐらされた。国境を越えて人員と武器を運びこみ、反乱にそなえる密輸ルートが作られた。民族防衛団は、かけ声こそ勇ましかったが、武装集団とよぶにはほど遠い文化団体だった。そこへ行くと「統一か死か」という団体は別だった。一九一一年、セルビア南西部ノヴィ・パザル出身のボグダン・ラデンコヴィッチが創設したこの団体は、別名「黒手組」ともよばれ、公然と暴力行動を提唱していた。この団体はイタリアのカルボナーリ[2]に想を得て、連帯・沈黙・地下活動からなる組織・価値観・手法を模倣した。黒手組はその機関誌に「ピエモンテ」という意味深長なタイトルをつけ、その一員となるには真っ暗な部屋の卓上にロウソク、十字架、拳銃、骸骨を置き、その前で三〇〇以上の儀式を行なわなければならなかった。紋章も露骨なデザインで、頭蓋骨と交差した骨からなる旗をふる手の脇に、短剣、爆弾、毒薬の小瓶を配していた。新たに団体にくわわった人々が宣言する忠誠の誓いからは、革命的ロマン主義の匂いが色濃くただよう。「わたしを照らす太陽に誓って、わたしを養う大地に誓って、先祖の血に誓って、わたしの名誉と生命をかけて誓う…」。頂点に立つのは文民と軍人からなる七人の男たちだった。そして彼らを統括するのはカリスマ的指導者ドラグーティン・ディミトリエヴィッチ大佐で、暗号名をアピスとよばれていた（アピスは古代エジプト神話で死者の国を守護する聖牛。堂々とした体格からそうよばれたようだ）。四〇前だったが、なみなみならぬ人生経験を積んでいた。一九〇三年、失敗すれば自害する覚悟で武装集団を率い、カラジョルジェヴィッチ家と覇を競いあっていたオブレノヴィッチ朝を転覆させたのはこの男である。彼の命令で、オーストリアとの癒着を批判された国王夫妻は殺害され、宮殿の窓から投げ落とされた。このことは西欧の諸政府をおぞましさでぞっとさせ、セルビア人青年たちのあいだにアピスへの賞賛をひき起こした。こうしてこの男は地歩を固めた。セルビア民族主義者のアピスは、南スラヴ人（ユーゴスラヴィア人[3]）の統一を夢見ていた。それはオスマン領マケドニアのスコピエから、オーストリア領スロヴェニアのライバッハ（リュブリャナ）まで広がるはずだった。大きな八端十字を首にかけ、胸には薔薇と剣の入れ墨をしたフリーメーソン会員のアピスは、赤絨毯を敷きつめたベオグラードの議会のひっそりした廊下で陰謀を練る腕前は天下無双、気にくわない近隣国の元首たちは自分がいつでも殺してやると発言するなど、その行動は論争をまきおこした。カリスマ的で、だれからもおそれられたが、部下からは崇拝された。セルビア政府はこの男を敵にまわすわけにはいかないと、秘密警察の責任者に任命した。

ボスニアにおいてディミトリエヴィッチに相当するのが、若きボグダン・ツェラジッチをたたえた本の著者その人だった。このヴラジーミル・ガチノヴィッチは民族防衛団だけでなく、ボスニアで反オーストリアの抵抗運動の火を掲げる組織「青年ボスニア」にも属していた。大学生・高校生が九〇パーセントを占めるこの組織は、純然たるセルビア民族運動というより、オーストリアの封建的・植民地的支配を打倒し、共通の旗のもとに南スラヴ全体を統一しようとの志をもつ人々の集まりだった。「シュヴァーベン人」の占領を敵視するセルビア人、クロアチア人、ムスリム人たちが、アナーキズムとマッツィーニの思想を奉じて抵抗したのだが、そこには革命的社会主義、「ユーゴスラヴィア」への愛国心、象徴主義、ロマン主義が入り混じっていた。メンバーにはのちにノーベル文学賞を受賞する作家イヴォ・アンドリッチもいた（当時、青年ボスニアの機関誌にウォルト・ホイットマンの詩の翻訳をよせていた）。とくに急進的なメンバーは、不品行や、本来の使命から逸脱させるような活動とは無縁だった。ガチノヴィッチはあるとき、友人のレフ・トロツキーにこう書き送っている。「わたしたちの組織のルールは、女と飲酒をひかえることだ」。これは多かれ少なかれ事実だった。

青年ボスニア、民族防衛団、そして黒手組は、ときに利害が重なりあってはいたものの、三つの異なる組織だった。セルビア政府は比較的同情的に見守ってはいたが、財政的・物質的支援は行なわなかった。アピスの政治的野心は警戒されていたが、とくに強い不信感をいだいていたのはセルビア王国の首相ニコラ・パシッチと国王ペータル一世だった。彼らは西のボスニァより、南のマケドニアやコソヴォに関心があった。一九一三年にトルコの軛から解放されたこれらの地域は、中世の輝かしいセルビア文明揺籃の地として、再興されなければならず、サラエヴォの奪還はあとまわしでもよかった。ところがある朝、一人の男がみずからを犠牲にして、「占領」に終止符を打つことを決意したのである。

＊

ガヴリロ・ピリンツィプは一八九四年七月一三日、ボスニア西部のグラホヴォ・ポリェ渓谷にあるゴルニイ・オブリャイの集落で生まれた。村はボスニアをダルマツィアやアドリア海からへだてるディナラ山のふもとにある。一六世紀にはハプスブルク家が対オスマンの最前線（セルビア語でクライナ）をこの半山岳地帯に置いていた。オスマン勢力が中世セルビア王国へ進出したため、この地に多くのセルビア人正教徒の一族がのがれたが、彼らはオーストリアにとってはオスマンに対する人間の盾であり、兵力の供給源でもあった。そのなかにチェカ（セルビア語で「監視兵」）をつとめる一連の家系があった。その一人に大酒飲みの巨漢、けんかっ早く短気なトドルという男がいた。一族の言い伝えによれば、聖ヨハネの聖日にトドルは白の愛馬を駆ってカトリック教徒の村に行き、剣を頭上にふりかざした。そして村いちばんの美少女をさらい、数週間にわたって自分の家に監禁した。その巨体、勇猛さ、狂気、色鮮やかな衣装ばかりでなく、畏怖を感じさせるその風采に驚いた地元のオスマン高官たちは、彼に「プリンツィプ」（大公）というあだ名をつけた。本人もまんざらではなかったようで、チェカの家系はプリンツィプを名のるようになった。

マリア・プリンツィプが大きな黒屋根をもつ木造の家で第四子を出産したとき（上の三人のうち二人はすでに死に、第五子以下の五人も生き残るのはニコラ一人である）、一九世紀の産業革命はまだこの地に到達してはいなかった。土を固めた床に質素な家具がわずかに置かれ、中世そのままの生活が続いていた。家の内部は暗く、入り口は低くて狭く、窓はなく、かまどが暖房と照明をかねていた。マリアが出産したとき、夫のペータルは郵便局員をかねながら、農民として六歳の長男ジョヴォとともに畑に出ていた。マリアは一人で子どもを産んだ。赤ん坊は小さく、たえまなく咳きこみ、死んでしまうのではないかと心配された。一刻も早く洗礼を受けさせようと、司祭がよばれた。マリアは死んだ上の子と同じスピロという名を望んだが、司祭は認めずに、七月一三日は聖ガヴリロの祝日だからガヴリロと名づけるべきだと言った。ビルビヤ神父は『ガルガンチュア』に登場する修道士、ジャン・デ・ザントムールのバルカン版のような男だった。一〇〇キロもある巨漢で、一八七六年、ボスニアのセルビア人が対オスマン反乱を起こした際、反乱軍にくわわり、この谷あいの村人たちから軍事責任者に選ばれていたから、逆らうことはできなかった。こうして、この小さな赤ん坊はガヴリロと名づけられたが、それはなんの前触れだったのだろうか。[4]

ひ弱な赤ん坊だったが、ぶじに成長した。すべてのセルビア人の子どもと同じく、ガヴリロも民族・地域・家族の伝説を聞かされて育った。祖父が一八七六年にオスマン軍と戦ったことも知った。

セルビア人に対する抑圧の過酷さを知ったヴィクトル・ユゴーは、このときの戦いについてこんな叫び声をあげている。「セルビア人たちはついに勝利を手にしたものの、カリュブデュスとスキュラ［いずれもギリシア神話に登場する怪物。進退きわまったことのたとえ］にはさまれて進退きわまっている」。ベルリン会議（一八七八年）によってオスマンの撤退は決定的になったが、同時にオーストリア支配がはじまったからである。プリンツィップ老人は一八八一年のある日曜の午後、鴨猟の際に命を落とした。事故か、それとも侵入者の復讐を受けたのか。村では後者の説が圧倒的に優勢だった。

明るいブルーの瞳にちぢれ毛、多感なガヴリロは孤独をこのみ、ある面で非常に早熟な少年だった。五歳で早くも千まで数えることができ、六歳になると右手でも左手でも文字を書くことができた。父親はいっしょに畑で働くことを望んだが、母親が説得して学校に入ることになった。ガヴリロは遠く離れた兄ジョヴォの援助を受けて、九歳から一三歳まで学校に通った。この兄は実家を出て、サラエヴォの西二〇キロにあるハジッチで木材輸送の会社を興し、小さな製材所を買いとろうとしていた。彼はガヴリロとニコラが学校に行けるよう、定期的に親たちに仕送りをしていた。二人の弟には、オーストリア支配のもとでボスニア農民が強いられている、奴隷のような生活をまぬがれてほしいと切望していたのである。一九〇七年のある日、兄はサラエヴォの士官学校が士官候補生として健康な一四歳の少年を探していることを知った。勉学とともに、食事や住居も完全に保証される。プリンツィプ家の父親は飼い馬を馬車につなぎ、ガヴリロをハジッチまでつれていき、三日後にこの小都に到着した。馴れ親しんだ谷あいの村からはじめて出る旅で、ガヴリロは街道を行き来するトルコ人を目にして震えあがった。伝統的な衣装を身につけたトルコ人が経営する宿屋に泊まるのをこばみさえした。到着の翌日、上着とズボン下を売る店で、父親のペータル・プリンツィプは、一家の友人でもある店の主人から、「セルビア人を抑圧する人間を養成する学校に息子を入れるとは、なにごとか!」と叱責される。ペータルはショックを受け、ガヴリロをサラエヴォの商業学校に入れるようジョヴォに頼んだうえで、ふたたび農奴の生活に戻るべく、痩せこけた馬にまたがって帰っていった。

サラエヴォの商業学校に寮はなく、ジョヴォはガヴリロの下宿を見つける必要があった。元洗濯女の寡婦ストヤ・イリッチが、数クローネで部屋を貸しているとの噂を耳にした。七年後、大公の暗殺者たちの最後の隠れ家となる縦長のイリッチ家は、サラエヴォの中心部から離れた静かな一角、オプルカニ通りにあった。狭い路地の奥には、四世紀前に建てられたモスクの白い尖塔(ミナレット)がそびえ立っていた。褐色にぬられ、ひさしのあるこの家は、がっしりした壁面に大きなアーチ型の窓がならんでいた。二階は木製の外階段で出入りでき、歴史に名をきざむことになるストヤ・イリッチ所有の賃貸アパートがならんでいた。この収入によって、ストヤは洗濯という重労働から解放されたのである。裏手には小さな庭があり、その中央には桜の木があった。

ガヴリロは家主の息子であるダニロ・イリッチと同じ部屋に住んだ。一七歳の大柄なダニロは、「死を忘れないため」と称して黒いネクタイをしめていた。こうしたことすべてが、四歳年下でゴルニイ・オブリャイ出身の零細農の息子であるガヴリロには衝撃的であり、またイリッチもすぐにガヴリロの気持ちを理解した。イリッチはたちまちガヴリロの知的教師となり、自分が訳したものもふくめ、社会主義や革命思想の書物(とくにゴーリキとバクーニン)を読ませたりした。ガヴリロが入学した商業学校をすでに卒業していたイリッチは、毎週のように仕事を転々としていた。劇場のドアマン、銀行員、時計屋、作男、警備員、大道芸人、新聞売りなどである。どの仕事も気に入らず、知識人を自負していた。唯一、情熱をそそいだのが「ズヴォーノ（鐘）」という、セルビア民族主義の若き革命家たちの機関誌に記事を投稿することだった。結局、イリッチは教師の仕事を得てフォチャへと去っていく。胃潰瘍に苦しむひ弱な体質のイリッチは、同志たちが一九一一年、対オスマンの第一次バルカン戦争に従軍して、セルビア人ゲリラとともに戦う姿を寂しさと苦い思いで見送った。その後、イリッチはスイスに旅してロシア人革命家たちの知遇を得、母の家に戻って「ズヴォーノ」への寄稿を続けた。プリンツィプはサラエヴォを離れてからもずっと、人生の師であり、いまは黒手組のメンバーとなっているイリッチとの連絡を絶やさなかった。

イリッチ家で数か月をすごした後、ガヴリロ・プリンツィプはハジッチにいる兄の家に身をよせることになった。兄が弟の家賃を払えなくなったためである。ガヴリロは毎日、サラエヴォとハジッチのあいだを行き来した。流行の帽子に伸ばしたての口ひげという都会風のいでたちのガヴリロは、結核特有のしゃがれ声で話し、動作は社会にいらだつ若者らしくぎくしゃくしていた。第一にいらついたのは、人が自分をガヴロ、あるいはガヴリツァ（小さなガヴリロ）とよび、本人が憧れていたガヴローシュ（ヴィクトル・ユゴーが描いた若き革命家）とはよんでもらえなかったことだ。夜になるともっぱら読書（アレクサンドル・デュマ、ウォルター・スコット）にふけり、詩も書いた。「あかつき」と題した一編の詩は、セルビアの文学雑誌「ボスニアの妖精」に掲載された。商業学校で三年間学んだのち、ガヴリロは医学や法律の予備過程があるトゥヴラの高等学校に入学した。トゥヴラは過激思想をもつ学生の巣窟であり、ガヴリロの革命思想はさらに磨きがかかった。そこで出会ったのが一三歳のヴァソ・チュブリロヴィッチで、その反オーストリア思想にも感化されることになる。一九一〇年秋にサラエヴォに戻る際、ガヴリロはヴァソに別れを告げ、いつかかならずともに戦おうと誓いあった。

サラエヴォの高等学校に入学したガヴリロは、新たな同志たちと市内のカフェに集まり、ビリヤードに興じた。その一人がネデリュコ・チャブリノヴィッチだった。一八九五年生まれで九人兄弟の長男、父親はオーストリアの支配下にある市当局ときわめて良好な関係をもつ、地元の名の知れた居酒屋の経営者だった。父親は一一〇キロの巨漢で、息子を虐待し、学費を払おうとしなかった。社会主義者やセルビア民族主義者の友人たちが、この父親をスパイとみなして避けたり逃げまわったりしていたため、ネデリュコはますます父親への憎しみをつのらせた。そして自分はけっしてスパイなどではないことを、友人たちに証明したいと望んでいた。

チャブリノヴィッチは一四歳以降、見習い錠前師、車大工、次いでサラエヴォにあるセルビア人経営の印刷所で植字工となった。筋金入りの社会主義者であり、ロシアのアナーキストの論文や、共産党宣言などを読みふけっていた。ガヴリロに出会ったとき、チャブリノヴィッチは父親から家を追い出されたばかりだった。ロシア皇帝アレクサンドル二世の暗殺者が座右の書としていた、チェルヌイシェフスキーの『何をなすべきか』を読んでいるところを見つかったのだ。アナーキスト組合活動家を自負していたチャブリノヴィッチは、オーストリアの君主制を打倒するとの志を共有する「青年ボスニア」の闘士たちとも密接なつながりをもっていた。ガヴリロとネデリュコはすぐに仲良くなり、それぞれが気に入った個所に線を引きながら、本をまわし読みした。ウィリアム・モリスの『ユートピアだより』を愛読している点も共通していた。

ガヴリロはまた、三歳年下のネデリュコの妹ヴコサヴァに恋をし、オスカー・ワイルドについて教えこんだりした。一九一二年、植字工のストライキに参加したあと、チャブリノヴィッチは組合指導者でアナーキストのステヴァン・オビリッチを家に泊まらせていた。その後、チャブリノヴィッチは新聞社への放火をもくろんだかどで三日間投獄され、組合指導者の名前を教えるのをこばんだ結果、サラエヴォから追放された。オーストリア人の警官によってトレビニエまで護送されることになった際には、ガヴリロにこうささやいた。「考えてもみろ。外国人の手で生まれ故郷から追放されるとは！」。二人はベオグラードでの再会を誓いあった。それもなるべく早いうちに。

サラエヴォの高等学校でのガヴリロの成績は惨憺たるものだった。授業は退屈で、読書と活動にしか興味がわかなかった。同志たちは貧しく、栄養不良で身なりにもかまわない。ガヴリロも政治活動や暴力の嵐のなかで、自分ひとりの苦労などかまっていられなかった。反ハプスブルクの抗議行動の先頭に立っていた彼は、何回も逮捕された。精神不安定という意味で、リボンのような男とよばれていた。授業をたびたび欠席するため、叱責を受けることもひんぱんになっていた。一九一二年春のある日、とうとう呼び出しを受けることになった。学校の規則ははっきりしていた。成績のふるわない学生は奨学金を受けられない。こうして彼は退学処分となった。

どうすればよいのだろう。家族に知らせるべきだろうか。兄はみずからを犠牲にして、あれほど苦労してくれたのだ。いまの状況を知らせればさぞがっかりするだろう。そして、村に戻って父親の属する農奴集団に入るよう命じることだろう。冗談じゃない、こうなれば残された道はただ一つ。ベオグラードに行くことだ。出発の朝、ガヴリロはサラエヴォにある聖マルコ墓地に行き、自殺者たちが眠る一角を訪れ、花で飾られたボグダン・ツェラジッチの墓の前で、その死に復讐することを誓った。その後、小さな荷物を肩に背負い、徒歩でサラエヴォを去り、三〇〇キロにおよぶ孤独な旅をはじめた。国境を越えると、セルビア人にとっての約束の地であるセルビアの大地にひざまずいてキスをした。

*

「ベオグラードは、つねに軍事基地のような警戒態勢にある。(…)街は召集された兵士たちや、徴兵間近の男たちでいっぱいだ。彼らはトルコ人と戦うというたった一つの目標に向かって張りつめている」。一九一二年の夏の盛りにプリンツィプが到着したとき、セルビアの首都ベオグラードはまさにトロツキーがそう形容したとおりの姿だった。セルビア全土の農民たちが、セルビア軍や志願兵の集団(コミタージ)にくわわっていた。同じバルカン同盟に属する国々(ブルガリア、セルビア、ギリシア、モンテネグロ)の同志たちとともに、南東欧からオスマンを一掃せよとよびかけられていた。ガヴリロはその熱気に流されていく。そして自分もその一員にくわわりたいと望んだ。しかしベオグラードでの最初の数週間は、みじめなものだった。金もなければ、友もなく、浮浪者のように食べ物を乞い、ゴミ箱や犬小屋で眠った。そんななか、ヴォジスラフ・タンコシッチ少佐配下の志願兵になれば、一石二鳥と考えた。みじめな生活を抜け出せるだけでなく、同胞であるセルビア人たちとともに占領者と戦うことができるからだ。当面はコソヴォやマケドニアで戦うことになるかもしれないが、いつかは祖国ボスニアでも戦うことができるだろう。それだけに落胆は大きかった。志願兵の本部で、ガヴリロは不合格になったのである。一メートル六〇センチで結核をわずらう体では、小さすぎ弱すぎた。それでも彼は、タンコシッチの前線部隊が駐留するプロクプリエに向かい、タンコシッチとの面談にこぎつけた。タンコシッチの裁定も同じだった。バルカンの傭兵隊長（コンドッティエーレ）として、部下の忠誠を試すためなら、高さ一五メートルの橋からリヴァ川に飛びこむことさえ命じたタンコシッチから見れば、虚弱な虫けらのような男を採用するなど問題外だった。もはやガヴリロは、歯ぎしりしながら同志たちの輝かしい勝利にみずからを重ねあわせ、喝采を送るしかなかった。タンコシッチの部隊とセルビア人補助兵たちは、一三九八年以来、オスマンに占領されていたセルビア建国の地コソヴォを解放。一九一三年夏にはブルガリア軍を蹴ちらし（第二次バルカン戦争）、北マケドニアを支配下におさめる。オスマントルコはヨーロッパの地、バルカン半島から駆逐されたのである。あとはオーストリアを追い出すのみだった。

二年近く、高等学校に籍を置きながら、ガヴリロ・プリンツィプはベオグラード旧市街にある「黄金のチョウザメ」「緑の王冠」「劇場カフェ」といったカフェで多くの時間をすごした。酒は飲まなかったが、大いにしゃべった。彼の主たる活動は、不幸な境遇にある仲間たちとともに、気宇壮大な議論を戦わすことだった。約束どおり再会したチャブリノヴィッチなど、仲間の何人かがガヴリロに寝場所を提供したり、金を貸してくれたりした。彼はその金を、「コミューン」や「あかつき」（個人の抵抗運動としての暴君暗殺を推奨していた）といった新聞や本を買うのにつぎこんだ。司教（ウラディカ）でロマン主義者のニェゴシュ・ペトロヴィッチ、崇拝するセルビアの詩人シマ・パンドロヴィッチ、モムチロ・ナスタシェヴィッチ、あるいはニーチェなどの詩集である。初対面の学生には、お気に入りのニーチェ作『悦ばしき知識』の序文から、こんな一節を朗読して聞かせた。「そうだ、わたしは自分が何ものかわかっている！／炎のように飽くことなく／燃えつきようとしている／わたしが抱きしめるものはすべて光となる／わたしがつき放すものはすべて炭となる／だってわたしは炎だから！」。一九一四年の年頭にあたるこの時期、プリンツィプはみずからが火花となって、炎を燃えあがらせることを夢見ていた。でもいったい何に火をつけようというのだろうか。

無一文とはいえ、プリンツィプをはじめとする「亡命中」のボスニアのセルビア人たちは、ある種のヨーロッパ風ダンディズムを誇りにしていた。三揃いのスーツ、帽子、ネクタイなどである。互いに服を交換することも多かった。この頃、ガヴリロともっとも親しかったのはチャブリノヴィッチとトリフコ・グラベジュだった。ガヴリロよりやや年下のトリフコは医学生で、正教の司祭の息子だった。サラエヴォ近郊の村パレの出身だったが、祖国のために心を痛めていると発言して笑われ、教授を殴ったことからオーストリア当局によって村を追放されていた。三人はともに、バルカン戦争に参加した幸運な男たちの武勇伝に好んで耳を傾けた。ガヴリロがサラエヴォのオーストリア当局の監獄で知りあった、神学生からタンコシッチ部隊の護衛となったジュロ・サラッチ、あるいはミラン・チガノヴィッチらの体験談である。チガノヴィッチもやはりタンコシッチの側近で、西ボスニア出身の二八歳。勇敢な行動で勲章も受けており、その語りに魅了されずにはいられなかった。彼は本来はセルビアのものであるボスニアの地は、いつの日かセルビアが力ずくでとりもどさなければいけないと確信しており、タンコシッチの部隊に志願兵を集める役割を担っていた。

チャブリノヴィッチのほうは、アナーキストとしての信念は変わらなかったものの、ベオグラードのカフェに出入りしているうちに、そこにたむろしているセルビア民族主義者たちとの交友も深めていた。彼らとのあいだに生まれた仲間意識や連帯の精神が心地よかったのだ。サラエヴォにおもむくことも多かったが、父親から遠く離れたベオグラードでは、だれからもオーストリアのまわし者と疑われることがない。民族防衛団にも誘われた。その指導者たちから、ポケットに入れてもち歩いているモーパッサンなど読むのはやめ、セルビア民族の英雄詩を学べと励まされた。そして一五ディナールをあたえられ、サラエヴォに行って現地の情勢を調べてくるように言われた。当初はゾラやクロポトキンの本を買おうと、もらった金を貯めていたものの、チャブリノヴィッチは結局ボスニアに戻り、一九一三年の終わりにふたたびベオグラードへまいもどった。両親が「反体制的」な本をすべて焼いてしまったこと、そして以前にもましてオーストリア当局におもねっていることにがまんできなかったのである。

一九一四年四月のある朝、チャブリノヴィッチは職場で匿名の手紙を受けとった。封筒に貼ってあった切手には、皇帝フランツ＝ヨーゼフの肖像画が描かれ、なかにはセルビアの新聞「ポクレット（運動）」の切りぬきが入っていた。オーストリアの皇位継承者で、一九一三年夏から軍総監をつとめているハプスブルク家のフランツ＝フェルディナントがサラエヴォを訪れる予定であることを知らせる記事だった。数週間後に、ボスニア内で重要な軍事演習の指揮をとる予定だという。記事の上から、「敬具」という文字がなぐり書きされていた。

昼休み、チャブリノヴィッチはカフェ「緑の王冠」におもむき、ガヴリロに切りぬきを見せた。ガヴリロは夜にあらためて会い、ゆっくり話をしようと約束した。夜になると、二人はパレス・ホテルに近い、緑豊かなオブリチェヴ・ヴィエナツ広場で落ちあった。だれが記事をチャブリノヴィッチに送ったのか、プリンツィプには見当もつかなかったが、この情報がどのような意味をもつのかを考えるほうが重要に思えた。そして怒りに喉を震わせながら言った。ウィーン政府は軍事力を見せつけようとしている。しかも六月末を選んで軍事演習を行なうのは、セルビアをはずかしめるためだ。それは全セルビア人がともにコソヴォの戦い[5]を覚える日なのだ。わざわざこの時期を選ぶことの象徴的意味は決して看過できない。これが挑発であることにまちがいはない。暴力には暴力あるのみ、とプリンツィプは吐きすて、フランツ＝フェルディナントの殺害を手伝うようチャブリノヴィッチにもちかけた。もはやそれしか道はない。ネデリュコは数秒ほど黙ってプリンツィプを見つめていたが、ガヴリロが本気であること、以前から温めていた計画であり、衝動的な思いつきではないことを見てとった。自信あふれる態度にネデリュコは感銘を受け、納得し、魅了された。そして承諾した。チャブリノヴィッチはプリンツィプの手をにぎりながら、皇帝の甥を殺せば、憎き父親も苦しめることができると思わずにいられなかった。二人はそれから、トリフコ・グラベジュに会うため「黄金のチョウザメ」に行き、仲間にくわわるよう勧めた。グラベジュは「陛下にふさわしい歓迎をあたえる」ことを、やる気満々で承諾した。こうして三人のトロイカが完成した。

　フランツ＝フェルディナントを殺す、しかしどうやって？　ガヴリロはあいかわらず兵員集めをしていたミラン・チガノヴィッチに会いに行き、計画を打ち明けた。「爆弾が必要なんです」。さらに拳銃も必要だが、自分一人でなんとかできそうだともつけくわえた。チガノビッチは上司のタンコシッチとディミトリエヴィッチに相談したが、二人は首をひねった。武器を提供したとしても、未熟な若者三人がサラエヴォで大公の警護をかいくぐれるとは思えない。とはいえ、せっかくの若者の志をくじくのもよくない。こうして爆弾が提供され、拳銃もあたえられることになった。貧乏な三人では入手できないと思ったからだ。ただし条件が一つあった。決意のほどを試すため、すくなくとも一人がタンコシッチ少佐の前に出頭しなければならない。

プリンツィプは二年前、タンコシッチにコミタージへの加入をこばまれたことが頭を離れなかった。チャブリノヴィッチは扱いにくい狂犬のような性格だ。結局、グラベジュが面談に向かうことになった。面談は少佐の執務室で行なわれた。対話は短く担当直入なものだった。

「だいじょうぶなのか？」少佐はたずねた。

「はい」

「どうしてもやるのか」

「はい、そうです」

「拳銃の撃ち方はわかるのか」

「いいえ」

「拳銃のかまえ方は？」

「いいえ」

若者の率直さがタンコシッチには好ましく映り、拳銃を差し出した。「射撃場で練習したまえ」。グラベジュとプリンツィプは数週間にわたり、毎日コシュトニャク公園におもむき、チガノヴィッチの指導のもと、人の形をした樫の古木に向かって集中的な射撃訓練を行なった。ガヴリロがもっとも上手だった。二〇〇メートルなら一〇発中六発、六メートルなら八発中八発を命中させた。走りながらでも、同じような成績をあげた。数日後には管理人から追い出されたため、二人は催事会場やコシュトニャク公園で練習を続けた。この公園は一八六八年、セルビア公ミハイロ・オブレノヴィッチが精神異常者に射殺された場所だ。チャブリノヴィッチは仕事に追われて、練習には一度も参加しなかった。それでもよかった、爆弾を投げる係になればよいのだから。

ガヴリロは十代前半の頃、サラエヴォの小さな家具つきアパートでダニロ・イリッチと同居していたが、数か月前からこのイリッチと暗号で文通をはじめていた。イリッチは母親のいる実家に戻っていたが、かつての同居人ガヴリロに、フランツ＝フェルディナントがサラエヴォに来訪する際は自分も行動をともにしたいと伝えてきた。四月の後半、プリンツィプはこの友人に、必要な武器を手に入れたことを伝え、サラエヴォに三人組の活動班を立ち上げてほしいと頼んだ。信頼でき、自主性があり、決意の固い人間からなる組織だ。イリッチは、ガヴリロがサラエヴォに到着するまでには準備すると約束した。

＊

一九一四年五月二七日、チガノヴィッチは約束どおり、ガヴリロら三人に武器をもってきた。ベオグラードのフィルマ・ドゥーセ社という武器商で正規に購入した、ベルギー製のブローニング拳銃四丁、そして攻撃用の爆弾六発だった。手榴弾ほどの大きさの縦長のその爆弾は、セルビア南部の工業都市クラグイェバツで製造されたものだった。カプセルに入っており、そこから取り出して起爆装置を硬いものにぶつけると、一二秒後に爆発する。したがって、理想的には一〇秒ほど待ってから標的に投げつけるとよい。それより早いと効果がない。

チガノヴィッチはほかにも一五〇ディナールにくわえ、ボスニア＝セルビア国境沿いで避けるべき検問所や憲兵詰所を示した地図もくれた。さらにシャバツで落ちあう予定のラーデ・ポポヴィッチ大尉に渡す、三人のイニシャル入りの封筒も渡された。そこからはポポヴィッチが国境を密出国する手伝いをしてくれるはずだった。そして三人の活動が非公式のものであること、セルビア政府のだれにも知らせていないから、逮捕されても今回の作戦への関与は否定されることになる、そう念を押された。「わたしたちは成功します」とプリンツィプは言った。そして暴君殺害を終えたら自分も死ぬつもりだとつけくわえた。「よろしい」とチガノヴィッチは答えた。

二年前ベオグラードにやってきてからのプリンツィプの変貌ぶりは、一九一二年から一九一四年にかけて交友のあっただれをも驚かせた。風采のあがらないボスニア生まれの農民が、きゃしゃな体にエネルギーと勇気を充満させた若者に変わっていた。つい最近も、カフェで周囲を驚かす冗談を言った。新聞記事を読みふけっていたとき、突然こう叫んだのだ。「ロシア皇帝が暗殺された！」

そして短い沈黙の後、「冗談だよ。君たちの革命家精神を試したかったんだ。どんな反応を示すのかってね」。この時期に撮られた有名な写真には、ベオグラードにある緑豊かなカレメグダン公園のベンチに座るプリンツィプの姿が写っている。かたわらにはグラベジュとタンコシッチの護衛サラッチが写っている。積年の苦悩を映し出すようにほおがこけ、表情は硬い。都会風の短い口ひげ、ソフト帽を後ろにずらしてかぶり、足を組んだ姿からは、なみなみならぬ決意のほどが感じられる。特筆すべきは、かつてのトレードマークだった本を手に持っていないことだ。機は熟し、いまや行動のときがやってきたのだ。

出発はキリスト昇天日に設定された。五月二八日の明け方、プリンツィプ、グラベジュ、チャブリノヴィッチは汽船に乗り、サヴァ川をさかのぼって西へ五〇キロのシャバツへ向かう。桟橋にはサラッチともう一人の黒手組メンバーが、霧のなかを遠ざかる船を見送った。さらば、ベオグラードよ！

その直後、最初の問題がもちあがった。ひかえめにして口数も少なくと指示されたにもかかわらず、極度の興奮状態におちいったチャブリノヴィッチが、船内の通路や甲板で出会った人々に片っ端からしゃべりかけたのだ。なんとそのなかには警官もいた！　不注意というより無責任に近かった。思わせぶりな発言をくりかえし、絵葉書を書きまくり、大事をなしとげるつもりだと綴った。プリンツィプは旅行中、ずっとチャブリノヴィッチのそばを離れず、どうしてもおちつかない場合は仲間からはずすことも覚悟した。

三人はシャバツでラーデ・ポポヴィッチと再会し、ポポヴィッチは彼らをロズニツァにいる同僚ヨーカ・プルヴァノヴィッチ大尉のもとへと送り出した。大尉は「予定どおりの場所へつれていく」役目だった。ロズニツァ到着から二四時間後、ドリナ川を渡してくれる密航業者を待つまでのあいだ、三人は結束を再確認しあった。川沿いの柳を標的にして二度の射撃練習を行なったとき、プリンツィプはチャブリノヴィッチに武器を差し出させ、一人で合法的に国境を越え、ボスニア側のズヴォルニクに行くよう指示した。表向きは二手に分かれて尾行をくらますためだったが、チャブリノヴィッチは自分が罰を受けているのだと悟っていた。そしてこの出来事から、自分の価値を証明するため最大限の努力をしなければならないと心に決めた。

五月三一日深夜、ダンテの神曲にふさわしいすさまじい嵐のなか、プリンツィプとグラベジュはボスニアに入った。数日にわたる過酷な徒歩行では、暗闇、沼地、深く危険な森、大風のなか、検問や警官、憲兵、密告者をおそれながら歩きつづけた。手に入るものはなんでも口にし、そこかしこで民族防衛団に共鳴する農民たち[6]から提供されたもので命をつないだ。チェンギッチ、トルヴォノ、プリボイ、トブトとたどり、六月四日の朝早くトゥズラに到着した。疑いをかけられないよう、ボロボロになった服をヤラ川で洗い、ミシュコ・ヨヴァノヴィッチなる人物の家に武器を預けた。だれからも疑われることのない地元の名士であり、地域の大銀行の役員、正教会の執事、そして映画館も経営するこの人物は、志に共鳴してはいたものの、自宅に爆弾や拳銃を隠すことにはおよび腰だった。しかしプリンツィプはこれは依頼ではなく命令だと言って、彼を説き伏せ、数日後にだれかに取りに来させるから、それまでおとなしくしていてくれればよい、とつけくわえた。次いでグラベジュとプリンツィプは、戻ってきたチャブリノヴィッチを駅まで迎えに行き、最初に出発するリラエヴォ行きの列車に乗りこみ、数時間後に目的地に到着した。とうとう着いたのだ。

三人はそろって数年前にサラエヴォの刑務所にいたことがある。地元警察のブラックリストにのっているとわかっていたので、すぐに三人バラバラになった。グラベジュはパレの実家に行き、チャブリノヴィッチは辛いことではあったが、一年間顔を見ていない両親の家（フランツ＝ヨーゼフ通りにあった!)に戻った。父親は翌日さっそく息子のことを警察に届け出ようとしたので、チャブリノヴィッチは激怒した。プリンツィプはイリッチおばさんのもとに身をよせた。おばさんは寛大にも、ただで泊めてくれただけでなく、大好きな本を買えるようにと二〇クローネを貸してくれた。朗報はそれだけでなかった。ダニロ・イリッチが使命を完了し、二番目の暗殺チームの準備がととのったことを伝えてきたのだ。

地元の若者三人からなるこのチームの最年長はムハメド・メフメドバシッチといい、「イスラム教徒のセルビア人」で二七歳だった。一九一四年の初め、彼はフランス、トゥールーズのビヤホールにいた。キャピトル広場にあるこの店は「ル・ビバン」といい、生ビールと、この店で地元紙「ラ・デペッシュ」への投稿を執筆している著名な社会主義者、ジャン・ジョレスで有名だった。その日はヴラジーミル・ガチノヴィッチの手引きで、黒手組の秘密会議が開かれていた。この会議で、ボスニア州総督のポティオレクの抹殺が決議され、メフメドバシッチが解放闘争のためこの犯罪を担う栄誉をあたえられた。選ばれたメフメドバシッチは大喜びで、毒をぬった短剣をカバンに入れ、マルセイユ経由でイタリアへ向かった。しかし憲兵によって乗客の身体検査が行なわれると、恐怖に駆られた彼は逮捕をおそれ、トイレの窓から短剣を投げすてた。がっかりした彼は、ヘルツェゴヴィナにある生まれ故郷ストラツに戻り、拳銃を購入し、サラエヴォに戻り、当初の計画を実行する機会をうかがっていた。イリッチはモスタルでこのメフメドバシッチと長時間話しあい、自分の計画をあきらめて、より野心的で壮大なこちらの計画にのりかえるよう説得した。メフメドバシッチはすぐに同意した。

新たにくわわったもう二人の人物は、「青年ボスニア」に属する高等学校の生徒だった。一人目は、プリンツィプの「古い」知りあいで、一七歳のヴァソ・チュブリロヴィッチである。二人がトゥズラで知りあった当時、ヴァソはオーストリア国歌を歌わされた際に教室を飛び出し、市当局によって退学させられていた。声をかけてきたイリッチに対し、ヴァソはフランツ＝フェルディナントを殺す覚悟はできているが、共犯者の名前を知りたくないし、自分の名前を彼らに知られるのも断わると告げた。ただし友人の一人、母親のいない一六歳のツヴェトコ・ポポヴィッチは、前年にオーストリア当局によって投獄され、不公正に一矢を報いたいと望んでいたのだった。民族主義の闘士であるポポヴィッチを仲間に引き入れることも提案した。

こうして二つのチームができあがり、あとはトゥズラに残してきた武器をどうするかだった。どうやって受けとるのか。イリッチがその役目を引き受けた。六月一四日、彼はサラエヴォの北八〇キロにある小さな町、トゥズラに向かう列車に乗りこんだ。ヨヴァノビッチが見分けられるよう、手に「ステファニア」というタバコを持つことにした。しかし駅に着くと、尾行されているのではないかとこわくなり、一日中、町のなかをさまようことになった。やっかいなものから早く解放されたいと願うヨヴァノヴィッチは、爆弾と拳銃を入れた砂糖の袋を駅の待合室の片すみに置き、上からコートをかけ、さっさとその場を去ってしまった。午後遅く、イリッチはようやく駅に着き、袋をとり、中身を大きな黒のグラッドストンバッグに移し替え、尾行をまくためにわざわざ近郊のマリンドヴォルを迂回して、夜遅くサラエヴォに戻った。ガヴリロは寝つけないまま、勇気をもらおうと読むふけっていたロシア人革命家たちの本の山をどけて、友がベッドの下になにかを置く音を聞いた。こうなれば、もはや標的がやってくるのを待つばかりだった。

＊

ハプスブルク家のフランツ＝フェルディナントの経歴や政治的考え方を知っていたら、彼を死に追いやろうとしていた七人の男たちは、まちがいなく計画を思いとどまっていたことだろう。皇帝フランツ＝ヨーゼフからかわいがられていたとはいえないこの甥を標的としたのは、まちがった選択だった。平和主義といわれ、スラヴ民族に好意的だったことが、彼を殉教者として祭り上げる一部の歴史書によって誇張されすぎているのも確かだが、かといって一九一四年以前も以後も、セルビア人に染みこんだイメージとはほど遠い人物であったのも確かである。実際、彼は一九〇八年のオーストリアによるボスニア併合に反対していた。南スラヴ自治連邦（クロアチア＋ダルマチア＋スロヴェニア）を創設すれば、セルビアの拡張主義をくいとめるのに十分と考えていた。[7] また一部の閣僚や宮廷人の好戦的な発言にも批判的だった。「オーストリアとロシアの戦争はロマノフ家の崩壊、あるいはハプスブルク家の崩壊、ひょっとしたら両家の崩壊で終わるだろう」と見抜いていた先見の明の持ち主であり、ベオグラードとの直接対決には消極的だった。「われわれがセルビアと個別に戦争し、すぐに撃退したとしても、われわれになんの得があるだろう。全ヨーロッパがわれわれを非難し、戦争の扇動者のようにみられるだろう」。こうした明晰さ、独立心の強さは、彼が波乱の人生を送ってきたこととと無縁ではない。

一八六三年一二月生まれのフランツ＝フェルディナントは、のちに彼の命を奪う暗殺者と同じく、頭の上にダモクレスの剣、すなわち結核という危機を背負って生きてきた。しかも皇帝にはなれないことがほぼ確実だった。王位継承権を主張するためには、フランツ＝ヨーゼフに皇太子ルドルフ以外の息子がいないこと、そのルドルフが死ぬこと、叔父マクシミリアンが男子相続人がないまま死ぬこと、そして父カール＝ルートヴィヒが死ぬことが条件だった。ところがそのすべてが現実になったのである。マクシミリアンは息子がないまま、一八六七年にメキシコの先住民によって犬のように射殺された。ルドルフ皇太子は一八八九年にマイヤーリンクの狩猟小屋で愛人と心中した。そして父カール＝ルートヴィヒは聖地を訪れ、キリストと同じようにヨルダン川の水を飲むと言い張り、それが致命的な病因となって一八九六年に亡くなった。二〇世紀にケネディ家の呪いがあったように、一九世紀にはハプスブルク家の呪いがあったのである。

十代の頃のフランツ＝フェルディナントは、結核がおさまっているときは狩猟を得意とした。そして女性に対しても同様だった。九歳ではじめて鹿をしとめ（その後、何千頭をもしとめることになる）、魅惑的な灰色の瞳で侍女や公女たちを夢中にさせ、目の前に現れた獲物を片っ端からものにしていった。一八九二年には船で三〇〇日間の世界一周の旅に出た。トリエステ、エジプトのポートサイド、アデン、セイロン、ボンベイ、ジャカルタ、シドニー、ニューカレドニア、香港、日本、ヴァンクーヴァー、そして期待はずれだったロッキーからニューヨークまでの列車の旅（「食べ物はまずく、音楽は不快。馬の足音のような黒人音楽や、イギリスの影響を受けた先住民のメロディに耳を慣らすしかなかった」）、ルアーブル、パリ、シュトゥットガルト。数年後、何世紀にもわたる歴史をもつオーストリア＝ハンガリー帝国の王位継承者に指名されてのち、彼は女伯ゾフィー・ホテクとの結婚をめぐり、伯父フランツ＝ヨーゼフと対立する。ボヘミアの古い貴族の家に生まれ、フランツ＝

フェルディナントの親戚に女官として仕えていたゾフィーには、王家の血が一滴も流れていない。したがってハプスブルク家の一員であり、先祖にフランス王八人、イタリア王七人、ドイツ王七一人を数えるフランツ＝フェルディナントとの縁組みはまったく不可能だった。ただし貴賤結婚であることを宣言すれば別である。その場合、ゾフィーは夫の称号を名のることができず、子どもたちも帝位や継承権を放棄しなければならない。フランツ＝フェルディナントはこの規則を受け入れ、フランツ＝ヨーゼフは失意のなかで結婚を許した。フランツ＝ヨーゼフは甥に向かって、このような行動に出たのは六〇〇年のハプスブルクの歴史ではじめてのことであると教えた。「わが甥よ、あなたが後になって悔やむことがないように祈るよ」

クルトリーヌの喜劇の一シーンであるかのような相続放棄の儀式がとり行なわれて、当事者たちが書類に署名してから三日後、一九〇〇年七月一日に結婚式がとり行なわれた。チェコの新聞は悔しそうにこう書いた。「ホテク伯女が王冠をいただくことはないが、茨の冠の苦しみを知ることだろう」。そのとおりだった。ゾフィーは移動時も、公務においても排除された。帝国の紋章のある特別列車には乗れず、演劇やオペラの鑑賞でも夫と同じ桟敷に入ることは許されず、夕食時はテーブルの端にしか座れず、行列でも五歳の大公女たちのはるか後ろで、侍従長に手を持たれなければ行列にくわわることができなかった。

宮廷からばかにされ、伯父からも軽蔑されたフランツ＝フェルディナントは、独特な人格を築き上げていった。ブルドッグのような顔に山型の口ひげをたくわえた彼は、権力の中枢で存在感を発揮していく。政治的には皇帝よりもリベラルだったが、伝統的なキリスト教的反ユダヤ主義の流れをくみ、先祖代々にわたるユダヤ人への反感を受け継ぎ、フリーメーソンを嫌い、進歩をおそれた。神経質で誇り高く、権威主義的ですさまじい怒りを爆発させることもあった彼には、さまざまな趣味があった。庭いじり、美術品の収集（ただし趣味がよいとはいえなかった）、そしてとくに狩猟には狂気に近いほどの情熱をもっていた。亡くなった時点で獲物の数は二七万四八八九頭に達していた。

怒りと失意が治まると、フランツ＝ヨーゼフの甥との関係は改善し、軍改革をまかせるようになる。手はじめは海軍だった。一九一二年、フランツ＝フェルディナントは海軍に最初の弩級戦艦を導入する。二万トンで、三〇五ミリ砲を一二門そなえた戦艦だった。次は地上部隊である。一九一三年には陸軍総監に任じられた。紛争があれば帝国の軍事作戦を指揮することになる。当面は平時であったため、力を誇示することで逆に実力行使をせずにすむという、自分流の考えを実践するつもりだった。たとえば山がちなボスニア＝ヘルツェゴヴィナについていえば、二度のバルカン戦争を通じて領土を大幅に拡大したセルビアに対し、その拡張主義がサラエヴォにおよべばオーストリアが黙っていないことを見せつける必要がある。

一九一四年のこの六月末、第一五、第一六連隊の演習を視察するためとはいえ、みずからが出かけていく必要があったのだろうか。どう考えても答えは否だ。ボスニアでは過去四年間に、失敗した計画を除いても、オーストリア当局者への襲撃事件が五回起きている。サラエヴォではかつてない不穏な空気がセルビア人のあいだに生まれており、壁いっぱいの落書きやポスターにも、地元の非合法の新聞にも、同じ言葉が記されていた（「オーストリア皇太子、春にサラエヴォ訪問を発表！　セルビア人よ、手に入るものはすべて手にせよ。ナイフ、拳銃、爆弾、ダイナマイト！」）。サラエヴォのカトリック大司教、シュタッドラー猊下は訪問の中止を助言した。セルビアの外務大臣もみずからウィーンに出向き、コソヴォの戦いの記念日に計画されている今回の訪問が、いかに危険なものかを説明した。フランツ＝フェルディナントは迷い、フランツ＝ヨーゼフに相談した。フランツ＝ヨーゼフは怒りの声を震わせて言った。「行かなければ、現地に住むオーストリア人をがっかりさせるだろう。これまで長いあいだ、皇位継承者の訪問を受けることができなかったのだから」。こうして、フランツ＝フェルディナントは行くことになった。不安をいだきながらも、運命を受け入れる覚悟だった。「われわれにはつねに死の危険がつきまとっている」と、彼は陸軍大臣に語っている。「神にすべてをおまかせするのだ」。そして神の加護を祈った。ウィーン政府は財政的理由から、警備のために四〇人を投入すること（推定費用一万クローネ）をこばんだ。警備はわずか二人となった。

出発前の数週間、命の危険は覚悟のうえとはいえ、フランツ＝フェルディナントがボスニア訪問をどれだけおそれていたかを示す証拠はたくさんある。一九一四年五月、ウィーンの住居であるベルヴェデーレ宮殿での晩餐会で、彼は甥のカールとその妻ツィタの前でこう宣言している。「近いうちに殺されることはわかっている」。出発前の一週間は、毎晩、家族とともに祈りを献げた。「主よ、あなたの愛ゆえに、わたしが犯した罪のすべてを心から悔いあらためます。それが御心ならば、どのような形、どのようなとき、どのような場所であれ、あなたの手からいただく死を受け入れます」。警護担当のハラハ伯爵に対しても、同じ時期にこう語っている。「あちらでセルビア人から何発か銃弾をくらったとしても、わたしは驚かない」。そしてみずからの弾丸はあいかわらず、夏の初めから滞在していたボヘミアのフルメッツ城の公園で、動物たちに向けていた。六月二一日には、拳銃を狙い違わず発射して、芝生を横切る猫をしとめている。これが狩猟人としての最後の姿だった。そして今度は、みずからが獲物となる番だった。

＊

一九一四年六月二三日、ドイツ皇帝ヴィルヘルム二世との会談を終えたフランツ＝フェルディナントは一人でウィーンを離れ、トリエステに向かい、帝国海軍の旗艦フィリブス・ウニティスに乗りこんだ。アドリア海沿いを航行した後、ドゥブロヴニクの北、ネレトヴァ川の河口で皇太子は下船した。そこからはヨットでクロアチアのメトコヴィッチに向かい、列車でモスタル、さらにはサラエヴォの北にある温泉地バド・イリジャに向かった。妻ゾフィーとここで落ちあい、二人の希望で特別にムーア風に改装されたボスナ・ホテルに宿泊した。ホテルの破風にはオーストリア＝ハンガリー帝国の国旗がはためいていた。ポティオレクが命じて、ここだけでなく市全体で、市民がうっかり掲げたセルビアとクロアチアの旗を降ろさせたのである。演習の現場におもむく前に、フランツ＝フェルディナントは思いついて、ゾフィーとともにサラエヴォのトルコ人バザールを散策した。散策は計画されていなかったので警備担当者は大あわてになった。それもそのはず、二人はそれと知らずに、カビリヨという絨毯店でガヴリロ・プリンツィプから二メートルの距離を通りすぎたのである。セルビア人の若者は、そのとき武器をもっていなかった。執行猶予があたえられたのだ。

演習は成功裏に終わった。ゾフィーが近隣の学校や孤児院を訪問しているあいだ、フランツ＝フェルディナントが二日にわたって指揮した部隊は、帝国軍の総帥たる彼にとって完全に満足できるものだった。オーストリアのバート・イシュルで静養しているフランツ＝ヨーゼフに向けて、彼はその興奮を伝えようと電報を打った。「士気は高く、陣形は高度、作戦行動も誠に優秀。負傷者もほぼなく、全員が元気発剌」

六月二七日の夕方にはホテル・ボスナで祝宴が開かれた。招かれた地元の名士や聖職者たちの数は四〇名だった。メニューはレジャンス風スープ、スフレ、虹鱒のゼリー添え、子羊のロースト、アスパラガス、パイナップルのクリーム、シャーベットである。供されたワインはフランス産とハンガリー産だったので、サラエヴォの招待客はがっかりした。地元産の酒は食後酒として出されたのみだった。食事の後、フランツ＝フェルディナントは参謀長と話しこんだ。上機嫌だったが、翌日に予定されているサラエヴォ訪問がほんとうに必要なのか、なおも自問していた。このままウィーンに帰ってしまおうか。しかし州総督のポティオレクや副官のフォン・メリッツィ大佐は反対した。急いで出発すると誤解されるおそれがあります。大勢の群衆が市内の路上で熱狂的にお迎えすると予想されています。民衆が喝采するのですから、殿下になにも起こるはずがありません。

何日か前から、プリンツィプは仕事を見つけ、多少の収入を得ていた。アッペル河岸にあるセルビア文化協会での仕事だ。夜は「セミツ」というカフェで夜をすごし、したたかに飲んだ。悩みがあったからではなく、警官の目をあざむき、監視の目をのがれるためだ。フランツ＝フェルディナントの殺害をもくろむ革命家たちは、禁欲的だということが知られていたからである。いつも座っているテーブルから数十メートル先には、明日六月二八日の日曜日、おのれの流儀でフランツ＝フェルディナントを歓迎することになっているラテン橋のシルエットを望むことができた。この後、母親の家にいるダニロ・イリッチと落ちあうことになっていた。最近では、闘争仲間であるイリッチが心配の種になっていた。突然疑念に襲われ、計画をあきらめようとガヴリロを説得しようとしたこともある。フランツ＝フェルディナントを暗殺すれば、報復に拍車がかかり、セルビア人の苦しみを減らすどころか増してしまうのではないかというのだ。グラベジュとガヴリロはなんとか彼をおちつかせ、安心させようとした。そして証拠として、イリッチ自身が「ズヴォーノ」誌に書いた最近の記事を引用した。公園や庭園の手入れがいきとどいているおかげで、サラエヴォでは鳥のさえずりが増えたという、オーストリア系の州政府の発表に対して、イリッチは舌ぽう鋭く批判していた。「わが祖国の文化的生活が飛躍的に発展」というが、その一方で税金に押しつぶされ、自分の家を建てることさえできない住民たちの苦しみも、同じように報道すべきだというのである。記事は皮肉で詩的な言葉で結ばれていた。「わたしたちも、鳥になったほうがよほどましだ」。なんといってもイリッチは、サラエヴォ・ホテルでメフメドバシッチに指令をあたえ、サラエヴォ郊外のベンバシャにあるひと気のない公園で、ヴァソ・チェブリロヴィッチとツヴェトコ・ポポヴィッチに武器を渡し、射撃の練習をさせた人物なのである。二人の少年は大公を狙撃する場所を自分で選べないことに失望したかに見えたが、最終的には命令を守ると約束した。

そしてチャブリノヴィッチはといえば、あいかわらず父親と激しく言い争っていた。父親は市長の意向を受け、家にオーストリアの旗とセルビアの旗をならべて飾っていた。ネデリュコは激怒して家を飛び出し、何時間も帰らなかった。家に戻ると、ネデリュコは母親にポケットナイフと時計を、金に困るといつも助けてくれた祖母に二〇クローネを渡した。妹にも何枚かの紙幣をあたえ、長い旅に出ると告げた。そして婚約者のもとには、大きな花束を届けさせた。

六月二八日明け方、チャブリノヴィッチは両親の家のドアをそっと閉め、霧のなかを足早に歩きさった。数メートル行ったところで、愛犬が後を追ってきたことに気づいた。彼はふり向いて最後の愛撫をあたえ、犬小屋に閉じこめたあと、地元新聞が配達されている学生書店に立ち寄った。セルビアの日刊紙「ナロド」を買い、ニヤリと笑った。フランツ＝フェルディナントの来訪のことなど一行も書いていない。逆に聖ウィトスの祝日のこの日、コソヴォの戦いと英雄たちをたたえる文章で埋めつくされていた。チャブリノヴィッチは騎士ミロシュ・オビリッチにみずからを重ねあわせていただけに、この編集方針はことのほか嬉しかった。一三八九年六月二八日、クロウタドリの野で、オビリッチは当初、オスマン陣営にくわわったことで裏切り者扱いされていた。しかし敵陣に入りこむや、皇帝ムラト一世の天幕を襲い、このスルタンを殺害した。指揮官を失ったオスマン軍は、かならず混乱状態におちいると考えてのことだ。彼はすぐさま斬首された。以来、オビリッチはセルビア史上最大の英雄とみなされている。父親の行動ゆえにつねに疑いの目で見られてきたチャブリノヴィッチは、よくこう言っていた。「聖ウィトスの日には、だれが裏切り者で、だれがそうでないかがわかるだろうよ」。そしてその日が来たのだった。

パレの村から戻ってきたグラベジュと合流したのち、チャブリノヴィッチは八時一五分にキュムリア通りにあるジュロ・ヴライニッチの菓子店に入った。イリッチが彼らを待っていた。イリッチはチャブリノヴィッチに爆弾とシアン化合物を渡したが、拳銃は渡さなかった。グラベジュには小銃と爆弾を渡し、シアン化合物は渡さなかった。グラベジュは襲撃を実行できないだろう、したがって自殺することもあるまいと思ったからである。最後にプリンツィプが現れた。拳銃と爆弾をズボンのなかに隠していた。アッペル河岸でそれぞれの配置につくまでに、まだ少し時間があった。チャブリノヴィッチはその時間を利用して、偶然出会った学校時代の友人トモ・ヴチノヴィッチとともに、サーカス広場にあるヨーゼフ・スキーライの写真館へ向かった。そこで肖像写真を撮り、自分は「ザグレブに行くから」と言って、写真をトリエステとベオグラードにいる姉、母、友人たちに送るようトモに頼んだ。この写真には、ポケットから「ナロド」紙がはみ出しているのが写っている。それからアッペル河岸の右岸、オーストリア＝ハンガリー銀行とチュムリヤ橋のあいだに集まっていた少数の野次馬のなかにまぎれこんだ。彼の向かい側にはチュブリロヴィッチとメフメドバシッチ、さらに五〇メートル先には小柄なポポヴィッチ、そしてグラベジュが立っていた。プリンツィプは偶然出会った二人の高校生と散歩した後、アッペル河岸のチャブリノヴィッチと同じ側の、ラテン橋の近くに立った。一〇時少し過ぎ、全員が配置についた。イリッチの情報では、大公は二台目の車に乗っているはずだった。

＊

フランツ＝フェルディナントとゾフィーが、大きなウェディングケーキを連想させるゴテゴテとした建築様式のバド・イリジャ駅に着いたのは九時であった。夫妻は車中で供された食事（フランツ＝フェルディナントには小さなソーセージ、丸パン、干した猪の肉、こちらでは「トルコの月」とよんでいるクロワッサン、ゾフィーには紅茶とスライスしたパン）をとりながら、これからサラエヴォで二人を待っているスケジュールを確認した。兵営の視察、市議会主催の歓迎式が行なわれる市庁舎までの自動車での移動、サラエヴォ初の博物館の落成式、オスカル・ポティオレク総督公邸での昼食会、旧市街の視察とモスクおよび絨毯工場の訪問、そしてバド・イリジャを経由して愛《いと》しきオーストリアへの帰国。挽いたコーヒーとプラムの蒸留酒が混じりあった香りがただようサラエヴォの郊外に汽車がさしかかると、フランツ＝フェルディナントはローズウッドのパイプに火をつけた。サラエヴォ駅では、ポティオレク総督が二人を迎え、サラエヴォで作られた青と緑のキリム［つづれ織りの絨毯］、ユダヤの物語がおさめられた本、十字架、スリヴォヴィッツ（地元名産のプラムブランデー）をつめた桜材の瓢箪《ひょうたん》を進呈した。オリエント風の装束（白いシャツとふくらんだ赤いズボン）を着たボスニアの名士たちが何度もお辞儀をしながら、パレードさながらにリムジン六台がならんでいるところまで二人につきそった。夫妻は、グラーフ＆シュティフト社製の黒いコンバーチブルリムジンに乗りこんだ。車両登録番号はA‐Ⅱ‐118だった。シートは白い革製で、大きなタイヤは見るからに新品で、黄色と黒の小さな旗が車体の前方でひるがえっていた。夫妻と向かいあわせに、ポティオレク総督とハラハ伯爵が座っていた。運転手は、レオポルト・ショイカという名前のチェコ人であった。サラエヴォをとり囲む丘の上の要塞から放たれた二四発の礼砲に送られながら、六台の車は出発した。そのうちの一台を運転していたのは、のちにレーシングドライバーとなってドイツグランプリで優勝するオットー・メルツであった。

夏至から八日目にしてすでに暑さがきつかったためか、サラエヴォの街には予想していたほどの人出はなく、遠慮がちに「君主制万歳！」と叫ぶ声がぱらぱらと聞こえた。フランツ＝フェルディナントが着ていたのは、騎兵隊将軍の白と青の正装であり、やや窮屈そうな高いカラーには三つの星がきらめき、ズボンには赤い側線が入っていた。手にはバックスキンの夏用手袋。シャツには金羊毛騎士団勲章をはじめとするいくつかの輝く勲章とハンガリーの三色綬が飾られていた。頭上には、緑がかった青の羽で飾られたシャコ［円筒形の軍帽］。全体として、「大公に変装した警官」という雰囲気だった（ポール・モラン）。それよりもなによりも、こうした煌《きら》びやかな色彩によって、大公は遠くからでも狙いやすい的《まと》となってしまった。ゾフィーは全身を白でまとめていた。サテンのドレス、ヴェール、そして頭にはキャプリーヌ。怖がっている者は一人もいなかったが、全員が汗をかいていた。フランツ＝フェルディナントは、濡らした絹のハンカチでたえず額をぬぐっていたし、白い日傘をさしたゾフィーは黒い扇子を動かしていた。

車列は河岸通りアッペルに入った。大公夫妻の車はメフメドバシッチの前を通った。目の前に立っていた警察官に視界をさえぎられたメフメドバシッチは、なにもできなかった。ホーエンベルク女公爵［ゾフィー］を傷つけることをおそれたチュブリロヴィッチも手出しをひかえた。ポポヴィッチは、近眼であったために大公の帽子をはっきりと見分けることができなかった。要するに、だれもが度胸を欠いたのである。チャブリノヴィッチは違った。彼も一人の警官の横に立っていたが、臆することはなかった。弾んだ声で、皇太子が乗っている車はどれでしょうか、と警官にたずねる度胸さえ見せた。警官も同じように浮き浮きとした調子で「三番目だ」と答えた。つま先立ちしたチャブリノヴィッチの目には、フランツ＝フェルディナントがかぶるシャコの羽とゾフィーの日傘の先端が映った。時間は一〇時一〇分。街灯に爆弾をたたきつけると、かすかな銃声に似た鈍い音が聞こえたので、チャブリノヴィッチは数を数えはじめた。一、二、三。一〇秒待ったら、自動車は離れすぎてしまう。そこで爆弾をこの段階で投げつけた。四、五。爆弾はリムジンのたたまれた幌にぶつかって弾んだ。六、七。そして道路に墜ちて、数メートル転がった。八、九。四台目の車、すなわちオットー・メルツが運転するメルセデスが通りかかり、爆弾をかすめた。一〇。一一。左後輪の下で爆弾はついに破裂し、幅三〇センチ、縦一五センチの穴を道路に空けた。すべての車が止まり、状況の確認が行なわれた。大公の副官であるエーリヒ・フォン・メリッツィは頭に負傷し、病院に搬送されることになった。そのほかにもけが人はいたが、軽症であった。メリッツィの近くにいたアレクサンダー・ブース・ヴァルデック伯爵と見物人七名である。爆発があった地点を見下ろすバルコニーにいた一人の女性は耳が聞こえなくなってしまった。ゾフィーの肩にも破片が一つあたった。フランツ＝フェルディナントは「この種のことが起こるとわかっていたよ」と忌々《いまいま》しそうに述べると、一行に走行の再開を命じた。

爆弾を投げつけたあと、チャブリノヴィッチはそれがどういった結果を生むのか確かめようともしなかった。群衆をかき分け、チュムリヤ橋まで走った。毒入りのカプセルを飲みこんでから、欄干をのりこえ、川に身を投げた。水面までは四メートル以上もあった。ただし、チャブリノヴィッチは暗殺に失敗しただけでなく、自殺もしくじってしまった。この時期は水量が少ない川のなかで、イスラム教徒の私服警察官に捕まったチャブリノヴィッチは、ぴんぴんしていたわけではないが、生きていた。シアン化合物の配合量が少なすぎたためだ。唇からわずかに白い泡をたらしたチャブリノヴィッチは、川岸に引き上げられると、殴る蹴るの暴行から身を守ろうとしたが、ふと頭を上げた。彼を打擲している者たちの一人が「おまえはセルビア人だろう？」とたずねた。チャブリノヴィッチが「ぼくはセルビア人のヒーローだ」と答えると、顔に新たな一発をくらった。

　大公夫妻はやっと市庁舎に到着した。建物の前の階段にはレッドカーペットが敷かれていた。最上段には宗教別にならんだサラエヴォの名士たちが待ちかまえていた。ムスリム、カトリック、ユダヤ教徒、そして（オーストリア＝ハンガリー帝国に忠誠を誓った）セルビア正教徒であった。全員が爆弾の破裂音を聞いていたが、大公夫妻を歓迎する祝砲の音だと思っていた。上機嫌の市長は玄関ホールでスピーチをはじめた。「皇太子殿下、わが国の首都に殿下がお越しくださったことはわたしどもにとって名誉であり、わたしどもの心は喜びに満たされています…」。フェヒム・フェンディ・チュルチッチ市長はこれ以上、話を続けることができなかった。二〇〇メートルも離れていない場所で起こったばかりのテロにかんする遺憾の念や、被害者を労《いたわ》る言葉がないことに怒ったフランツ＝フェルディナントは顔を紅潮させて怒鳴った。「こんなことは認められない！　友好訪問としてサラエヴォに来たわれわれは、爆弾の歓迎を受けた。なんという屈辱！」。重苦しい沈黙があたりを支配した。だれも口を開こうとしなかった。うろたえた市長は、正面に居ならんだユダヤ教のラビ、イマーム、カトリックと正教会の聖職者におずおずした視線を走らせたが、全員がワックスで磨きこんだ床、もしくは過剰な装飾をほどこされた壁を見つめるばかりだった。ついにゾフィーが夫に身をよせて、何ごとかを耳もとにささやいた。妻の一言《ひとこと》には怒りをなだめる効果があったらしく、大公は仕方ないという気持ちがこもった声で市長に対して「スピーチをお続けなさい」と述べた。市長が震え声で歓迎のあいさつを終えると、新たな沈黙が訪れた。大公が読み上げることになっていたスピーチ原稿は、先ほどのテロで負傷した警備隊士官がもっていた。損傷した自動車に原稿を取りに行かせているあいだの数分はひどく長く感じられた。ついに届いた原稿には、メリッツィとボース・ヴァルデクの血の染みがあった。

これに続くレセプションは、奇妙な雰囲気のなかで進行した。グラスを片手に、当事者らはこれからの対応についてさまざまな案を出した。大公夫妻はサラエヴォを即刻立ちさるべきではないか。これは、新たなテロをおそれるのと同時に、大公夫妻の訪問を打ちきることでサラエヴォ市を罰してやりたいと考えるポティオレク総督の意見だった。通りを立入り禁止にして、博物館と昼食会が開かれるコナク（宮殿）への移動の安全をはかったらどうか。これが、サラエヴォ駐屯地の司令官パウル・フォン・ヘガーの提案であった。オーストリア軍の建物がならんでいるために安全で、敵意をいだく群衆が集まるおそれがないミリャッカ川左岸にあるコナクに直接行くべきではないか。ついに、フランツ＝フェルディナントの鶴の一声で議論は終わりとなった。今日一日が安全だとは確信できないものの（「われわれは今日、まだ何発かの弾丸にみまわれると思われる」）、自分には軍の総大将という地位がある以上、先ほどのテロで負傷したメリッツィ陸軍中佐を見舞いに行くのは義務である、というのが大公の判断だった。そこで一行はまずは駅の近くにある病院に寄り、その後に予定どおり訪問を続けることになった。だれかが、当地での演習を終え、兵営に戻ったばかりの二万人の兵士の一部を動員して河岸通りアッペルの警備を強化したらどうか、と提案した。儀典にしたがえば、実戦用の軍服を着た部隊がこのような機会に街中に展開することは許されない、との理由で、この提案はすぐさま却下された。最終的に、なにも変更をくわえないことにした。だれも、騎馬兵に護衛させることを考えなかった。だれも、ラテン橋のところで右折してフランツ＝ヨーゼフ通りに入って博物館に向かうのではなく、河岸通りアッペルを直進して病院まで行くという行程変更を、運転手たちに指示しなおすべきだと気づかなかった。これがなによりも拙《まず》かった……

フランツ＝フェルディナントは、自分に仕える者たちに自分の意向を強制することができたが、妻に対してはそうはいかなかった。ポティオレクの公邸に直接おもむいて身の安全をはかるよう勧められても、ゾフィーは「（夫を）見すてる」ことを断固として拒否した。一〇時四五分ごろ、二人はいっしょに市庁舎の階段を降りた。その前に大公は伯父である皇帝に状況を知らせる電報を送った。大公夫妻がリムジンに乗りこんで着席すると、ハラハ伯爵は車の左側の踏み板に足をのせて立った。河岸通りアッペルで再度襲撃があれば――先ほどのように河寄りの道端から襲撃があることを想定していた――自分が盾になる、と伯爵は説明した。

車はゆっくりとした速度で河岸通りアッペルを進んだ。グラベジュはもち場から離れていなかったが、先ほどと同様に行動を起こさなかった。ガヴリロ・プリンツィプも先ほどと同じあたりにとどまっていた。今朝、爆発のあとでネデリュコ・チャブリノヴィッチが生きたまま警官に囲まれているのを目撃したときは、陰謀の秘密を守るためにネデリュコを射殺してから自殺しようととっさに考えたが、結局はこの考えを放棄した。次に、車列がふたたび発進する音を耳にし、大公のシャコを飾る緑の羽根がふたたび集まった見物人の頭越しに通りすぎてゆくのを目にした。ということは、フランツ＝フェルディナントは死ななかったのだ。大公はずうずうしくも公式訪問のスケジュールを予定どおりに続けるのだと確信したガヴリロは、モリッツ・シラーの店の近くに移動し、いちばん大きなショーウインドーの前に置かれた厚紙製の巨大な発泡酒のボトルのそばに立った。このボトルは高さが四メートルもあり、その影でガヴリロの姿は少々隠された。弾をこめたピストルを手に、彼は待った。一台目の車が目の前を通りすぎた。そして二台目も。

ポティオレク総督は進行方向に背を向けていたため、先を行く車がラテン橋のところで右折したのに気づかなかった。総督が反応したのは、自身が大公夫妻とともに乗っているリムジンの運転手が、前の車につられるようにハンドルを右に切ったときだった。怒った総督は「なにをやっているのだ？おまえは道をまちがえている！　河岸通りアッペルを直進するのだ」と言って運転手を叱責した。運転手は車を止め、バックをはじめた。フランツ＝フェルディナントは右側に視線を送った。一組のカップルが熱狂的に歓声をあげながら大公にあいさつした。ミラン・ドルニッチという人物とその妻であった。二人の横には、陰鬱な目つきの若者がいた。口を閉じていた。その手にはピストルがあった。

プリンツィプは当初、爆弾を投げることを考えたが、さわると撃針のネジがきつくしめられているとわかったうえ、周囲の人間の数が多すぎたので、投擲《とうてき》に必要なスペースがなかった。そこで、弾をこめたブラウニングを手に、自分の目の前で停止している車へと近づいた。彼と標的のあいだにはだれもいなかった。フランツ＝フェルディナントの護衛であるハラハ伯爵は車の左側の踏み板の上に立っていた。これは天佑だ。プリンツィプと皇太子をへだてる距離は二メートル以下だった。彼は狙いを定めた。一名の私服警察官がプリンツィプの動きに気づいたが、たまたま居あわせて状況を察知したセルビア人の若者、ミハイロ・プサラに膝を蹴られてしまった。

一発目はフランツ＝フェルディナントの顎の右側、喉頭の近くで頸動脈を傷つけ、頸骨にのめりこんだ。二発目は、プリンツィプが狙っていたのではないゾフィーにあたり、左骨盤の少し上のところで胃の動脈を切り裂いた。プリンツィプは三発目でツェラジッチのように自殺するつもりだったが、何十本もの腕が伸びて妨害された。シアン化合物入りのカプセルをかみくだく時間しか残されていなかった。チャブリノヴィッチの場合と同様に、この毒薬にはたいした効き目がなかった。一〇分後、殴る蹴るの暴行を受け、何回も嘔吐したのちにプリンツィプは牢獄につれていかれた。

オスカル・ポティオレクは最初、銃弾は狙いをはずした、ゾフィーは恐怖のあまり気絶しただけだ、と思った。しかし、彼女の白いドレスに広がる茶色い染みは、幻想を消しさった。総督は、ゾフィーが苦しい息の下でフランツ＝フェルディナントに「ああ神様、あなたに何が起こったのですか？」とたずねるのを耳にした。次に、彼女の頭は膝のほうへとくずれ落ちて、目は閉じられた。口からたれる糸のような血でユニフォームの右袖を濡らしていた大公は「ゾフィー、ゾフィー、死んではいけない、子どもたちのために生きておくれ」と妻に懇願した。車の右側ではなく左側の踏み台に立っていた自分を呪いながら、ハラハ伯爵はフランツ＝フェルディナントのほうへと体を傾け、「殿下、かなりの痛みでしょうか？」とたずねた。「なんでもない。なんでもない…。なんでもない…。なんでもない…。なんでもない…。なんでもない…」。答える声はしだいに弱くなっていった。

大公夫妻を乗せたリムジンは猛スピードで総督公邸へと向かった。そして二人の体は邸内に運ばれた。ゾフィーは銅製のベッドに寝かされた。医師たちが駆けつけた。ただちに診断がおりた。銃弾が臓器に致命傷をあたえたため、彼女は内出血で死亡していた。

フランツ＝フェルディナントは、あえぐあいまに喉につまった血の塊を吐いていた。まわりの人間が小刀で大公のユニフォームに切りこみを入れ、首を楽にした。すると、大公は金とプラチナの魔除け護符を七つもつり下げた金の鎖をつけていたことがわかった。そして、左腕には龍の入れ墨があった。おそらくは、二〇年前の世界漫遊旅行の記念であろう。一〇人ほどがなすすべもなく、結局はオーストリア皇帝になる運命とは無縁だったこの大公の命が消えゆくのを眺めていた。だれかが、青味がかった唇に十字架をのせた。イエズス会司祭のアントン・プンティガムが臨終の赦しをあたえた。だれかが臨終の祈りを唱えた。「今日、平和のなかにあなたの場所を見いだなさい、聖なるシオンのうちにあなたの住処を定めなさい」。一一時三〇分、すべてが終わった。サラエヴォのすべての教会の鐘が鳴り、大公の死を告げた。それは、欧州全体における二〇〇〇万人の死を予告する鐘の音でもあった。セルビアが、サラエヴォでのこの暗殺事件への同国のかかわりの有無を調べるためにオーストリアがセルビア領土内で捜査を行なうことを拒絶したため、オーストリアは一九一四年七月二八日、「予防措置としての」戦争行為をセルビアに対して行なうことを宣告した。それぞれの同盟関係にもとづき、フランス、ロシア、ドイツ、イギリスがただちに戦争にくわわった。やがて、戦火は欧州全体に広がった。欧州内戦ともよべるこの戦いによって、それまでの欧州は崩壊する。一九歳と三四九日の若きセルビア人青年が放った一発の銃弾で欧州は殺されたのだ。

事件から三か月半後、サラエヴォ事件の犯人を裁く裁判[8]の冒頭、裁判長から「あなたは罪を認めますか？」とたずねられたガヴリロ・プリンツィプは次のように答えた。「わたしは犯罪者ではありません。わたしは有害な人物を排除したからです。自分は正しいことをやろうと思ったのです」

原注

1　キリスト教異端のボゴミル派や、オスマン帝国のパシャ（州知事）の迫害をまぬがれるためにキリスト教からイスラム教に改宗したセルビア人たちの子孫。

2　一九世紀初頭に創設された秘密結社のメンバーをさす。この組織は北イタリアの小国群を支配するオーストリア系の君主たちを打倒し、共和国の旗印のもとにイタリア統一を実現することをめざした。一八三〇年にはマッツィーニが最高指導者となった。

3　セルビア語でyug（ユグ）は「南」を意味する。

4　登録の際、教区の帳簿係がうっかりしたのか、無能だったのか、あるいは酔っぱらっていたのか、誤って一八九四年六月一三日生まれと記帳してしまった。一九一四年一〇月の裁判でプリンツィプがあわや死刑になりかけたのは、この誤りのせいだった。実際にその日に生まれていたら、フランツ＝フェルディナント暗殺の時点で二〇歳を超えており、結果的に死刑が適用されていただろう。最終的に弁護団が一八九四年七月一三日生まれである証拠を提出し、事件が起きた時点で未成年であったことを証明したため、あやうく絞首刑をまぬがれた。

5　一三八九年六月二八日、聖ウィトスの聖日、セルビア文明揺籃の地であるコソヴォの中心部、クロウタドリの野でキリスト教徒とオスマン軍が壮絶な戦いをくりひろげた。多数のセルビアの王侯や騎士が英雄的な働きをし、後世の偉大な詩人や作家によって武勲詩が生まれた。六世紀を越えるオスマン支配の末に、コソヴォは第一次バルカン戦争後の一九一三年に解放された。したがって一九一四年六月二八日は全セルビア人にとって、この神聖な領土の奪還後、最初の記念日だった。

6　一九一四年一〇月の共犯者の裁判で、彼らのうちの複数名が共謀罪で懲役刑を科された。

7　そのような連合体が生まれれば、海への出口を失うハンガリーにとって大きな痛手となることもフランツ＝フェルディナントは承知していた。同時に、オーストリア＝ハンガリー帝国が三重帝国になることも、ハンガリーにとってとうてい受け入れられないだろう。彼がこの案を公式に支持したり、肩入れしたりすることがなかったのは、おそらくこのような理由からだった。

8　サラエヴォ事件加担者七名のうち、ムハメド・メフメドバシッチのみが事件当日にモンテネグロに逃げてオーストリア司直の手をのがれた。グループのなかでただ一人、成人であったダニロ・イリッチのみが死刑判決を受けて一九一五年二月に絞首刑に処せられた。ポポヴィッチは懲役一三年、チュブリロヴィッチは懲役一六年、グラベジュ、チャブリノヴィッチ、プリンツィプは懲役二〇年の判決を受けた。テレジエンシュタット要塞に監禁されたガヴリロは一九一八年四月二八日、結核で死亡する。

参考文献

Hamilton Fish Armstrong : « Confessions of the Assassin Whose Deed Led to the World War – the notes of Martin Pappenheim », dans *Current History*, vol. XXVI, août 1927.

Dušan T. Bataković : « La Main noire (1911-1917) : l'armée serbe entre démocratie et autoritarisme », dans *Revue d'histoire diplomatique*, n°2, 1998.

— : *Histoire du peuple serbe*, L'Age d'Homme, 2005.

Jean-Paul Bled : *François-Ferdinand d'Autriche*, Tallandier, 2012.

— : *François-Joseph*, Perrin, coll. « Tempus », 2011.

Francis Roy Bridge : *From Sadowa to Sarajevo. The Foreign Policy of Austria-Ungary, 1866-1914*, Routledge, 2010.

Gordon Brook-Shepherd : *Victims at Sarajevo*, Collins and Co., 1984.
Jean-Christophe Buisson : *Histoire de Belgrade*, Perrin, coll. « Tempus », 2013.
Lavender Cassels : *The Archduke and the Assassin : Sarajevo June 28th 1914*, F. Muller, 1984.
Georges Castellan : *Histoire des Balkans*, Fayard, 1991.
Jules Chopin (ou Jules-Eugène Pichon) : *Le Complot de Sarajevo, étude sur les origines de la guerre*, Bossard, 1918.
Velibor Čolić : *Sarajevo omnibus*, Gallimard, 2012.
Veljko Čubrilović : *« Letter to Daughter »*, *Assassination at Sarajevo : The Event which Sparked Off the First World War*, Jackdaw publications, 1966.
Jovan Cvijić : *L'Annexion de la Bosnie et de l'Herzégovine et la question serbe*, Hachette, 1909.
Vladimir Dedijer : *La Route de Sarajevo*, Gallimard, 1966.
David DeVoss : « Searching for Gavrilo Princip », dans *Smithsonian*, août 2000, vol. 31.
André Ducasse : *Balkans 14/18 ou le Chaudron du diable*, Robert Laffont, 1964.
Mary Edith Durham : *The Serajevo Crime*, George Allen & Unwin, 1925.
Tony Fabijančić : *Bosnia : in the Footsteps of Gavrilo Princip*, University of Alberta Press, 2010.
François Fejtö : *Requiem pour un empire défunt, histoire de la destruction de l'Autriche-Hongrie*, Seuil, 1993.
Hans Koning : *Death of a Schoolboy*, Allison and Busby, 1974.
Jean-Yves Le Naour : *1914, la grande illusion*, Perrin, 2012.
David Mackenzie : *Apis, the Congenital Conspirator. The Life of Colonel Dragutin T. Dimitrijevic*,

Boulder, 1989. デイヴィッド・マッケンジー『暗殺者アピス――第一次世界大戦をおこした男』（柴宜弘他訳、平凡社、一九九二年）
Albert Mousset : *L'Attentat de Sarajevo, texte intégral des sténogrammes du procès*, Payot, 1930.
Dolph W. A. Owings : *The Sarajevo Trial*, Documentary Publications, 1984.
Clive Ponting : *Thirteen Days, the Road to the First World War*, Random House, 2011.
Michael Pupin : « Austria to Blame, Says Prof. Pupin », dans *New York Times*, 29 juin 1914.
Joachim Remak : *Sarajevo, the Story of a Political Murder*, Weidenfeld and Nicolson, 1959.
Michèle Savary : *Vie et mort de Gavrilo Princip*, L'Age d'Homme, 2004.
Robert William Seton-Watson : *Sarajevo* : *A Study in the Origins of the Great War*, Hutchinson, 1926.
David James Smith : *One Morning in Sarajevo, 28 June 1914*, Phoenix, 2008.
Paul Tabori : *Un siècle d'attentats*, Rencontre, 1969.
Jean-Louis Thiériot : *François-Ferdinand d'Autriche*, Perrin, coll. « Tempus », 2012.
Léon Trotski : *The War Correspondence : The Balkans Wars 1912-1913*, Pathfinder Books, 2005. レオン・トロツキー『バルカン戦争』（清水昭雄訳、柘植書房新社、二〇〇二年）
Rebecca West : *Agneau noir et faucon gris*, L'Age d'Homme, 2000.

映画

Belle Epoque de Nikola Stojanović, 2007.

◆著者略歴◆
ジャン=クリストフ・ビュイッソン（Jean-Christophe Buisson）
「フィガロ」誌の副編集長であり、歴史に特化したテレビチャンネル（chaîne Histoire）の番組「イストリックモン・ショー（Historiquement show）」の司会を担当している。フランス学士院アンリ・ド・レニエ賞およびフランス学士院倫理・政治アカデミー賞を受賞。著書に、『敗者が変えた世界史』（神田順子、清水珠代ほか訳、原書房）、『彼の名はヴラソフ』、『ミハイロヴィチ』、『ベオグラードの歴史』、編著書に、『王妃たちの最期の日々』（神田順子、土居佳代子ほか訳、原書房）などがある。

◆訳者略歴◆
神田順子（かんだ・じゅんこ）…まえがき、1-3、5、6章担当
フランス語通訳・翻訳家。上智大学外国語学部フランス語学科卒業。訳書に、ピエール・ラズロ『塩の博物誌』（東京書籍）、クロディーヌ・ペルニエ=パリエス『ダライラマ 真実の肖像』（二玄社）、ベルナール・ヴァンサン『ルイ16世』、ソフィー・ドゥデ『チャーチル』（以上、祥伝社）、共訳書に、ディアンヌ・デュクレ『女と独裁者——愛欲と権力の世界史』（柏書房）、ジャン=クリストフ・ビュイッソンほか『王妃たちの最期の日々』、セルジュ・ラフィ『カストロ』、パトリス・ゲニフェイほか『王たちの最期の日々』、アレクシス・ブレゼほか『世界史を作ったライバルたち』、ジャン=クリストフ・ビュイッソンほか『敗者が変えた世界史』（以上、原書房）などがある。

田辺希久子（たなべ・きくこ）…7、8章担当
青山学院大学大学院国際政治経済研究科修了。翻訳家。最近の訳書に、グッドマン『真のダイバーシティをめざして』（上智大学出版）、ブレゼほか『世界史を作ったライバルたち』、ビュイッソンほか『敗者が変えた世界史』（以上共訳、原書房）がある。

村上尚子（むらかみ・なおこ）…4章担当
フランス語翻訳家、司書。東京大学教養学部教養学科フランス分科卒。訳書に、『望遠郷9 ローマ』（同朋舎出版）、オーグ『セザンヌ』、ボナフー『レンブラント』（以上、創元社、知の再発見双書）、ブレゼほか『世界史を作ったライバルたち』、ビュイッソンほか『敗者が変えた世界史』（以上共訳、原書房）などがある。

暗殺《あんさつ》が変《か》えた世界史《せかいし》
上
カエサルからフランツ＝フェルディナントまで

2019年12月15日　第1刷

著者………ジャン＝クリストフ・ビュイッソン
訳者………神田順子《かんだじゅんこ》
田辺希久子《たなべきくこ》
村上尚子《むらかみなおこ》
装幀………川島進デザイン室
本文組版・印刷………株式会社ディグ
カバー印刷………株式会社明光社
製本………小高製本工業株式会社
発行者………成瀬雅人

発行所………株式会社原書房
〒160-0022　東京都新宿区新宿1-25-13
電話・代表 03(3354)0685
http://www.harashobo.co.jp
振替・00150-6-151594
ISBN978-4-562-05714-6